黄河的
第三条岸

葛道吉 著

河南文艺出版社
· 郑州 ·

图书在版编目（CIP）数据

黄河的第三条岸/葛道吉著. --郑州:河南文艺出版社,2023.6

ISBN 978-7-5559-1514-0

Ⅰ.①黄…　Ⅱ.①葛…　Ⅲ.①散文-中国-当代　Ⅳ.①I267

中国国家版本馆 CIP 数据核字（2023）第 047510 号

选题策划	李　辉	
责任编辑	李　辉	
书籍设计	刘婉君	
责任校对	赵红宙	
插图摄影	赵文昌	

出版发行	河南文艺出版社	印　张	9.75
社　　址	郑州市郑东新区祥盛街 27 号 C 座 5 楼	字　数	218 000
承印单位	郑州印之星印务有限公司	版　次	2023 年 6 月第 1 版
经销单位	新华书店	印　次	2023 年 6 月第 1 次印刷
开　　本	890 毫米 × 1240 毫米　1/32	定　价	68.00 元

作者简介

　　葛道吉，河南济源人。中国作协会员，中国散文学会会员，河南省作协理事，河南省散文诗学会副会长，济源市作协原主席，济源市文学艺术创作研究会主席，《济源文艺》主编，河南省济源职业技术学院特聘教授。在《人民文学》《人民日报》《莽原》《飞天》《散文选刊》等报刊发表作品400万字，出版作品集9部，数十篇散文入选全国初高中语文试卷和校本读物。散文《1300年前的一粒种子》获第六届冰心散文奖；散文《沁园春》获2020年《莽原》优秀作品奖。

序：两条岸以外的黄河

李 洱

　　我知道道吉在写黄河，是因为这个选题在 2014 年被中国作协定为作家"深扎"项目。中途零零星星在《人民文学》《莽原》《人民日报》《文艺报》《奔流》等报刊，看到了道吉的相关作品，我由此知道道吉的"深扎"不敷衍。

　　提起黄河，可不是一般性的题材，她的深远可以回望到目击以外的苍茫与混沌，她的话题可以延伸到生命的无限里。她的每一次改道，每一个转弯，每一段舒缓，甚至清冽、浑浊、跌宕、咆哮等，随便以一朵浪花一圈涟漪一滴水珠作为切入点，都会进入人类历史的纵深，万事万物发展变化的源头，甚至太阳光下一切生灵或歌或悲的心灵。

　　那是我们的生命之河。一代代生命或顽强或孱弱终结的时候，黄河仍以轰烈与持久的姿态与天地共存，与日月相映。黄河陪伴见证了有史以来甚或以前的尘灰湮灭、风霜露雪，阅尽了朝代兴衰、人世沧桑。我们记述历史、赞颂时代与英雄，往往忽略黄河母亲，忽略母亲河对人类命运、生存环境以及文化传承所起到的关键性作用，正说明我们对黄河的生命情感、心路历程以及丰厚的哲理思想，至今一知半解，没有读懂。

鉴于此，我们就需要学习黄河、深入黄河、研究黄河、弄懂黄河。道吉正是奔着这一视角去"深扎"的。

黄河奔流不息，历代写黄河的诗文滔滔不绝，人家写"长河落日圆"，你写长河月亮圆吗？其实道吉早已想到了我的这一点顾虑。他把触角伸到黄河水以外的地方，比如临水的陆地、大山、植物、人物、工程，甚至水的源头以及水下太阳光照射的地方，没有直面水的澎湃和回旋。窃以为，高明！这更能体现黄河的深度、宽度和长度。于是，便觉书名《黄河的第三条岸》之精妙了。

读《河水洇湿了我的身影》，便知道岸上踽踽行走着一个执着的身影，肩负行囊，提着相机，穿越茫茫戈壁，跨过雪山草原，亲吻高海拔稀薄而珍贵的氧气。风，大把地拨拉着无法顾及的发型，紫外线无情地针刺着古铜色的肌肤。在星宿海旁边高高的山头，牛头碑是现代黄河源的文化符号，是探寻黄河水如何从"天上来"的最佳标志。那个洇湿的身影拥抱着碑的通体，眼光呢，从积雪覆盖的巴颜喀拉山雪峰，飘逸到融化洇流着的星宿海，及至扎陵湖、鄂陵湖。满眼的星星啊！是太阳光吗？待湿着的身影从遥远的空旷里醒来，擦完眼泪，整理好思绪，方才回看一眼好奇的黑色牦牛。心里说，对不起，没事的。

这个经历是珍贵的，是要有一种强悍的意志力的。道吉给我叙说这一经历时，他仍然很动情，那个暗暗背过脸的细节还是被我捕捉到了。我当时就有直觉，道吉能写出好文章。

当然啦，不是说有经历就可以写出好文章。我早年在《散文选刊》当编辑的时候就知道道吉的文字，再加上他在报纸副刊和地方文学刊物当主编的磨炼，文字是没有任何问题的。况且文学的修养和感知，都已到了一定的水准，难怪他作为一个地方的作协主席，用作品来带动"深扎"呢！

道吉的"深扎"是够深的，不仅仅是拜谒了黄河源，还曾经在小浪底潜泳。他的"潜"，不是在水里，是在水淹没前太阳光朗照的地方。那是一系列村庄，各个村庄里都有历史烟云的印痕和星月雾霭的轮廓，都有祖祖辈辈的农民或喜或悲的恩仇。太浓烈，太丰厚，太撼动人心。道吉于是就反复在相距数十公里的不同移民村里奔波，在大山深处移民留下的窑洞里借宿，就着蜡烛和农民大伯谈心，听农民大伯讲故事……为了挖掘和延续一个家庭的完整的悲凉，不惜用半年的时间采访一个单一的故事。道吉告诉我，写这个篇章的时候是动了真感情的。李德亮在黄河里消失了，家里的天塌了。喜莲娘为了让孩子活命，将小孩子送了人，喜莲出嫁时悲伤到气绝。一切的一切压迫得喜莲娘透不过气，半夜里像洪水一样在村后的鸡血石旁恸哭发泄，那凄凄切切的诉说，那揪心揪肺的哀怨，让黄河水翻滚着动容。道吉说是自己写作时的悲恸惊动了家里人，那是在深夜。我知道，道吉爱流眼泪，和他一块儿看节目，台上一个凄切的情节，就会让他泪光闪闪。后来我在2019年第6期《人民文学》上读到了这篇近两万字的散文《百米深处的人家》。

河流通常是两条岸护卫，黄河当然也是。由于道吉对自然界万物的好奇与兴趣，没有放过对任何一草一木的留意和观察。在第三条岸上生长的各种植物，都在文字中有所涉猎。你如果是个植物爱好者，就读一下《秋的色彩》，那里面以颜色分类，红、黄、绿以及白色的苍茫，扮靓着黄河以外的世界，你会看到格外的五彩缤纷、花枝招展。鲜红的柿子叶用接近疯狂的激情为果实庆祝，为自己精彩的人生喝彩。

道吉有一个很好的朋友叫老刘，是生活在水上的，那是河北省廊坊农村的一个农民，在黄河上以打鱼为生，并且带动了小浪底库区沿岸的民众搞水上养殖。2004年，小浪底库区因风浪引起一次沉船事故，是老刘驾着打鱼船救回17个人的生命。为了弄清渔民生活，道吉就和老刘经常漂在水上，被老刘邀到"家里"（生活船）吃饭，喝酒时和老刘一样下手捏菜吃。"妻子在'厨房'刺刺啦啦就是几个下酒菜。一个清炒黄河大虾，一个油炸小银鱼，一个干炸鱼块，一个煎白鲦。老刘拿两个碗倒上酒，说没什么菜，随便吧。就用手捏了吃，我也下手捏，老刘就把我当了真朋友。"道吉一来二去就学会了钓鱼，并且技术相当不差，仅装备就让初学者望而生畏。他告诉我曾在黄河里一天钓过50斤鲫鱼，用4.5米手竿钓过一条17斤重的红尾鲤鱼。那是何等的刺激。道吉炫耀着对我说："李洱，写小说，我不如你。但我敢和你比钓鱼。"

其实，道吉能钓鱼，也能写好小说。《小鱼钩大世界》写得很精彩，不仅写出了鱼情、鱼技，更把黄河第三条岸上的风土人情和无限风光描摹得淋漓尽致，妙趣横生。

"刘平仔细看了看媳妇的脸，是真诚的，好不高兴，嘴上却说：'你身体刚好，一个人带孩子做饭不容易，其实钓不钓鱼无所谓。'此话一出，媳妇狠狠看了他一眼，说：'那好吧，你明天带孩子，我做饭。'他一下显出慌乱，唧唧呜呜想收回那句话。媳妇看在眼里，绷了脸奚落说：'你还想要个小心眼，和我玩虚情假意。'"

到一个地方抢钓位很重要，你去得早占住了，就会有好的渔获。"到了地点天已大亮，心里说不行了，保证有人占了。下了车往沟下一看，没人！苗峰激动万分，背上包就往那个拐角处跑。三四十度的山体斜坡，噔噔噔噔没收住脚，直接落进了水里。当人们听到声音往下看，苗峰嘴里'哎呀哎呀'喊着，就剩头和鱼包露在水面。几个人慌忙将他拉上来，看他落汤鸡一样狼狈，都说：'苗峰，以后凡咱们几个人来，这个钓位不用再抢了，非你莫属！'苗峰看看大家，想笑却没笑出声。"

第三条岸承载了太多的风物，都有鲜活的生命和生机。从"湿漉漉的身影""烈日下的浪花""黄河入海流"到每个章节的具体内容，都是在设定的区域内活动。把工程、人物、自然、故事、人文、动物以及民间传说等，构成了一个有机的整体，特别是黄河的源头、壶口、小浪底、入海口等重要节点的串联，让黄河完整了起来，这样，第三条岸才丰满。

对于河水，我是有着特殊的情感挂牵的。我小时候居住在黄河的重要支流沁河岸边，流水声伴随着我的童年，能听懂水车吱吱呀呀的诉说，那时候我的耳边全是水，后来"洱"就成了我的名字。道吉也在沁河岸边住，他说，遇上"文革"，自己因为篮球影响了学业，就在村里当了民办教师，后来进工厂，编撰县志，再后来，进报社当了副刊编辑。这时候道吉说"找到了自己的归属"。我说，对于文学，道吉主编《济源文学》杂志20余年，更是一种修炼。一个地市级党报的副刊作品经常在全国范围各大党报副刊作品中获奖，没有一定的政治、文学素养能行吗？道吉对文学是有韧劲的，20世纪80年代在王屋山下起步的近百名文学青年，至今坚守的只有道吉了。几年前我看到《1300年前的一粒种子》获得第六届冰心散文奖，又看到《沁园春》获得《莽原》2020年度优秀散文奖，高兴的同时，认为是一种自然，功夫不负有心人嘛！

道吉说他最终还是会写小说的，他的第一本作品集《过水桥》就是小说集。

2023年5月18日　芍药居

目录 CONTENTS

第三章　黄河入海流

第一章

湿漉漉的

身 影

河水洇湿了我的身影

在大地行走，高山可以攀登，沟坎可以跨越，而大河呢？

大河每每让我伫立发呆！

她以独特的水的肤色彰显个性，表现出急性子的任性。河水认定了东方，那里是她的归宿。她要赶到一个浩瀚的地方和太阳握手。她要亲自洗掉太阳身上翻山越岭的征尘，任凭你在岸上观望打招呼，急匆匆是她的专注，专注到顾不得跳跃转合的惊险。如果有比壶口更加龟裂更加纵深百八十米的恶劣，大河也会毫不含糊纵情欢快地走自己的路，反而兴奋得手舞足蹈呢！

当我从被黄河的震慑中慢慢醒过神的时候，一时茫然失措，不知道河水的旋流把我抛到哪个深涧浅滩。我试了试，还能大口大口地喘气，方才知晓了，那是爱的形式！我清楚地记得婴儿鲜嫩肌肤上清晰殷红的唇印，一声"我的小心肝"以后，便是婴儿哇哇的哭声。母亲用这种透彻心骨的热吻表达了骨子里的爱。而黄河呢？俨然是用汹涌的姿态翻卷出无数个大大小小的漩涡在观望吗？儿女们每每欢呼着拥抱母亲河，那情不自禁的呼喊声，那长时间盯着欢腾的水发呆，又像毛驴一样撒欢儿奔跑跳跃。捡一块圆扁的河石弯腰打漂，一长串的句号跳向远方，就会引来掌声与雀跃。不知道，这是不是在真诚地亲吻母亲，那水漂句号的唇印很快抹平于母亲永久的慈怀与深情里。

这就是亲情？凭我对黄河永久的崇拜与眷恋，已麻木了种种亲近的戏耍形式了。

星月的风姿浸透了银白的光亮

天不清澈，地不明晰，太阳勿见灿烂，星月无法闪现。而风呢？雨呢？雷电冰雹植物山川河流呢？宇宙是不是一个懵懂荒蛮的混沌呢？

我是在遥想远古以前的远古。

其实不是想象中的无解。我只好寻找文字的依据。据说，我们居住的地球同宇宙间的任何物质一样，是处在不断运动和变化之中的。地球内部有无数放射性元素产生的无限热能，促使地球运动。有运动就会有挤压，就会有扭曲，就会有拉拽，从而产生地面的隆起、沉降或移位。水和各类生物在阳光的辐射下发生变化，破坏着地面的隆起部分，并将破坏后的产物搬运到低洼处，用永久的耐力维护着大大小小、深深浅浅的咸的淡的湖。

然而，陆地欲静而动不止。由于地壳的抬升与降陷，由于气候变暖，冰川融化，水量充沛，在海底运动形成西高东低的地形中，巨大的流水和下切侵蚀，终于用时间的利器将湖泊中间的分水岭打通，使各个封闭的湖盆有了迅速加大的出口，便将各自独立的湖水与运动着的河流串联起来，形成浩荡之势。我想象着这可能是古黄河当时的胎动。不过，这时的古黄河仅仅是一条内陆河，自西边的巴颜喀拉山起步，一路跌撞迂回，经青海、甘肃、四川、宁夏、内蒙古、山西、陕西到河南的三门湖。东面横亘的中条山牢固地封锁着她东去的路途。

可想，曾经的三门湖是何等的浩瀚与雄浑。日月星光的沧海桑田成就了水的光华，灵动的晶体又以澎湃的温顺积聚于此，湖面旖旎，千岛峥嵘，鲤鱼翻飞，天鹅戏水。今天的三门峡被称为天鹅之城，仍有栖息越冬的白天鹅和那被混凝土大坝拦截后澄清的水，留下远古悠悠的遗韵。

但是，三门湖保持不了永久的青春与美丽，尽管坚守炫耀了数千万年，古黄河终以顽强的毅力与无限的侵蚀，在上游水力勇猛的气象中，水位升高，迈过了三门地垒把持的高度，越而向东。经过漫长的岁月与永久的下切，终于切穿了号称鬼门的三门峡，涌入华北平原。"浩浩荡荡""一泻千里"等词语是不是生发于此，不去考证。权且是吧！形状与气势的恰当与吻合，令人振奋！

黄水裹挟着万千风尘与泥沙，一头扎进大海的怀抱，与太阳亲切握手。从此，一个伟大的生命轰然诞生！

一时间，浩荡之水迷蒙了我的双眼。这般勇猛，这般雄浑，这般肃杀而无可顾忌！你是谁？你要怎样？你是大地的魂魄大地的主宰？

眼看汹涌着行走，忽而旋出深深的黑洞，甚至牛眼一样笑傲苍穹。不远处便轰然炸锅，翻卷出巨鳌般光滑的有泥土味的晶体，或激起疙疙瘩瘩拥挤的花朵，执着远行，奋勇东去，留下开锅的沸腾。灵动的脑子每每这时就木讷出呆板，眼睛定格黄水中，平时眼睛永远捕捉不到的地方，长久到满世界找寻也难见影踪的地步……

首先想到力量的气势，想到粘连聚集起来的团结。山体的雄伟是静立的，是一体化的呈现。水是多与少的汇集，集合地在哪儿？源自哪里？唐人李白武断地说来自天上！天是无限大的空间，空间里的水怎么会在太阳下落的地方倾泻，而不在太阳升起的地方抑或行走时的任何一个地方洒落呢？真是可笑！

我后来逐步探寻水的源头，到青海湖，到扎陵湖，到鄂陵湖。在湖畔静坐，在岸上观鱼，在湖里掬水洗尘的时候，突然发笑了。

我是为原来我自己的痴痴遥想感到好笑！

荒漠涌动着文明的曙光

难道泱泱大国之山河，浩浩历史烟云中之贤达，竟不知滔滔黄河究竟从哪儿舀来的水？当然知道！

只是，古人凭借自己的两只脚板，凭借嗒嗒作响的毛驴的碎蹄，怎么也无法到达远离中原、海拔很高、人迹罕至的不毛之地。就根据相关西天的传闻和臆想中的猜测，说河源高悬于云天之外。我国早期的一部地理学著作《山海经》则说："昆仑之丘……河水出焉。"昆仑，在古人心中又是什么地位？我们只能从听到的传说与神话的演绎中管中窥豹。

昆仑山，无论从海拔、周身环境以及昆仑本身的地质特性，在古代都被笼罩着无解的神秘色彩。传言上面住着一位半人半兽掌管天下瘟疫刑罚、维护和平的西王母，有着很凶的一面；后来又有貌美慈善救人于水火之传说，一度成为人们的精神寄托。大凡莫测的东西都这样，神和仙是意念中虚无的存在，许多事在无奈中只好求助神仙。环境的恶劣，让你无法前行，根本看不到源头，远处若隐若现有昆仑的影子，那就只好推测着"……河水出焉"吧！其实也有不同的观点。譬如另一部地理著作《禹贡》，写大禹治水时，就只写他"导河积石"，意即从积石山开始治理水患，而未写黄河究竟源自何处。这里所说的积石山，指的并不是今青海果洛藏族自治州境内的阿尼玛卿山，而是指今甘肃临夏西北、青海循化东南的积石山，距离真正的黄河源头还有很远的距离。

历史的探索仍在进行。西汉时张骞出使西域，自认穿越了河源，回长安即向汉武帝报告"河源出于阗"。于阗指今新疆和田的西南部，昆仑山下。东汉时东西部交往相对频繁，有关西部的见闻日益增多，班固根据其弟班超出使西域的见闻，在《汉书·西域传》里提出"其河有两源"。晋代张华的《博物志》中首次提出了"源出星宿"的重要说法。"星宿海"在鄂陵湖的上游，这个发现其实把无限遥远的苍茫定位于一个坚实与牢固的基点，对今天从文字中找寻源头的芸芸众生来说是个令人激动与兴奋的说法，尽管路途仍然遥远！隋炀帝大业五年（609 年），在今青海南部设置河源郡，用"河源"作为郡名，这不仅仅是开了历史的先河，显然是对众说纷纭中黄河源出青海南部的正式确认！尽管如此，还仅是一个泛指，故《隋书·地理志》对河源郡的注释为："有曼头城、积石山，河所出。"此积石山指的是阿尼玛卿山，其实黄河只是自山下绕过，源头还应在河源郡西边的另一座山脉上。

茫茫西域，承载着高山雪域、大河奔腾，承载着超强阳光下的混沌沧桑亿万年。铁血广袤的荒芜检验出风的狂暴与紫外线豪放的直白，树在哪里？植物的概念是冰雪阳光风暴肆虐无数次硬生生泛绿的坚强，尽管趴伏在大地上，没有中原沃土生长的高挑与柔嫩，它是有骨气的，即使你不小心脚踏上去，它仍会一激灵挓挲起来。这种高原草用自己特有的气质笑傲冰雪，笑傲风的狂暴，笑傲缺氧后阳光的肆无忌惮，把自己完美成西部高原独有品质的草料，让高原收获了一群群一栏栏膘肥体壮的牛、羊、驴、马。唐贞观七年（633 年），松赞干布将都城迁到逻些（今拉萨），建立西域辉煌的吐蕃王朝。唐贞观十五年（641 年），高原暴烈的阳光下发生一件具有历史性的绚丽事件。

　　时年 25 岁的大漠英雄吐蕃王松赞干布在多年的马背征战中，十分敬慕唐王朝的强大兴盛与中原汉族的灿烂文化，为了加强交流，增进友谊，多次派使者前往长安说情求婚，终被唐太宗李世民应允，让文成公主入藏与之成婚。让你想不到的是，西域的恶劣环境让人望而生畏，一个娇柔文弱的公主如此悲壮地赴约成婚，可见中原人柔美中的刚强与大智大谋的韬略。

　　能不激动吗？吐蕃王松赞干布亲自迎驾到河源，在少有的文字记载中，这是中原人到过河源的珍贵记载。河源尽管是个大概念，不是具体的星宿海或者扎陵湖、鄂陵湖，但已是历史长河中黄河源头的一桩盛事！有乐翻天的响器吗？有振聋发聩的火铳、爆竹吗？有香飘十里的奶酒玉液吗？犹如节日的喜庆，艳丽异服，载歌载舞，欢快的脚步缠绕着白云，把蔚蓝的天空打扮成盛装云朵的笸筐，彩绸飘荡，玛尼石肃立，五彩经幡兴奋着鼓掌……粗犷、雄阔而彪悍的大漠啊，我已看到了你阳光的温柔，矗立的身影被风掀开了袍角，裸露出随身那把精美的藏刀，还有一管狼毫！是大漠狼吗？是中原狼吗？反倒不重要，重要的是一管狼毫！难道是与文成公主的定情物？

千年以后的今天，我酝酿了一个甲子的轮转，决心到河源一次，看看天的蓝投进水以后的水蓝，看看地冒出泉水翻卷的力道，看看盛夏高温为什么就融化不了山头的积雪，抑或融化了半拉子以后从山顶跌落下来的欢快与色彩。道路的畅通任车轮尽情旋转，攀爬超过了海拔 4000 米，就出现身体木木的感觉。路途随之有了羁绊，是白云！缠绕车轮不能行走时，唯有相机的咔嚓咔嚓声。拼命地翻越山头冲过去，哇！又出现更大的箩筐盛满着新的云朵等着呢。车轮吱吱吱扭着腰身说，天啊！我实在走不动了。对于这样的阻挠太多太多，难道是对我等是否虔诚的考验？为什么相机咔嚓咔嚓就驱赶不开呢？好在又有了剥离白云的妙法，用自己孩童般的身体，在洁净的青青黄黄的草原打滚，或三个滚，或五个滚，或盘腿打坐，或仰八叉随性躺卧。这时候，白云才不显得那么任性，不去在意你是否破了喉咙大声呐喊。当然也不确定，有几次呐喊后又增加了几首变调的西部歌曲，白云方才让行，车轮飞旋。过了玉树，一座金碧辉煌的建筑吸引了眼球，坐北朝南，依山而建。山体上镶嵌几个大字：玉树千年唐蕃古道。顿时惊艳，这是汉藏友好的历史深巷啊！

那规模宏大的金色建筑正是文成公主庙，难怪既有唐代艺术风格又有藏式平顶建筑特点，是典型的汉藏文化相融合的结晶。此地是玉树藏族自治州结古街道的贝纳沟，两边的山脉不见边际，

的第三条岸

文成公主庙傲然矗立在阳光灿烂的蓝天下，背靠悬崖，风景幽静。金光闪闪的屋顶光芒四射，在山体上赫然写着几个大字，令人肃然起敬。悠悠3000余公里的唐蕃古道，怎么偏就选中了这个点，是这里的潺潺流水和圣洁的山石吗？原来，此地是文成公主远嫁吐蕃途中在此停留时间最长的驿站，至今在当地藏族群众中还传颂着文成公主路过这里的动人情景。由于是吐蕃王松赞干布的大事，当地藏族头领和群众为公主举行了进入吐蕃地界以来第一次极为隆重的欢迎仪式，公主见藏族人民如此热情，深受感动，就挥毫在岩石壁上用汉字楷体书写古风颂词，并由随从工匠雕刻石上。后有古藏文的译者在一旁写了"尕恰"（即说明），这些珍贵的手迹依然存在，只是大都被风雨剥蚀得残缺不全，难以辨认了。文成公主通过自己的言传身教，帮助当地藏民学会驾牛开荒、耕耘播种，学会了纺纱织毯、唱歌跳舞等。因此，在当地藏族人民的心目中，文成公主是上天派来的菩萨娘娘，公主遗留下来的物件是珍贵的圣物，要想尽办法加以保护。于是，就以庙的形式保护了1300余年。

云朵上挂着牦牛角的碑

是传说，也是现实。

这路，坚实而深远。因为吐蕃王松赞干布的雄才，因为大唐的睿智和宽广胸怀，也因为汉藏人民敬仰的文成公主以及这座光芒四射的庙宇，辉煌永固了西域版图上这条唐蕃古道的赫赫盛名以及历史的、今天的蹄铃、车轮、欢歌声。

遥远的古道连接着汉藏人民的深情厚谊。有关"河源"文字的记载又在元代潘昂霄的《河源志》书中出现。那是元世祖忽必烈将西藏纳入中原王朝管辖后，曾派人三次深入吐蕃探寻河源。翰林学士潘昂霄执笔完成的《河源志》中描述了河源有百余泓清泉，流经一片广袤的湿地，"方可七八十里，且泥淖弱，不胜人迹"，在这样大面积的沼泽地，再根据星星点点的银色水流，就取了个美丽的名字"火敦脑儿"，意为星宿海。权且称为海吧，关键是那般浩瀚的泥淖中有盆盆罐罐、箩筐簸箕般水的点缀，简直就是星星的宿营地了，惟妙惟肖！然后"群流奔辏，近五七里，汇二巨泽"。二巨泽即今天的扎陵、鄂陵两个姊妹湖了。书中接着描述，河水从二巨泽继续东流，又汇合了来自西南、南方、东南方向来的三条水流，水量骤大，始称黄河。该书更为详尽的一点，认为河源是在星宿海西南百余里的地方，星宿海并不是黄河的源头，而只是一个加油站而已。

更为接近黄河源头的文字记载，要数明朝初年宗泐的《西游集》，那是明太祖朱元璋派南京天界寺高僧宗泐出使吐蕃后完成的，可惜此书在清代已经佚失。宗泐西游途中路过河源地所作的《望河源》诗至今犹存。特别是在诗的序言里，宗泐对河源地区作了较为详细的记述，并确切阐明黄河与长江共同源头的关系。序说："河源出自抹必力赤巴山，番人呼黄河为玛楚，牦牛河为必力处，赤巴者分界也。其山西南之水则流入牦牛河，东北之水是为河源。"这里说的抹必力赤巴山就是巴颜喀拉山，在浩瀚的文字探源中终于行进到了真正的源头。牦牛河是今天长江上游的通天河，说明巴颜喀拉山既是黄河与长江共同的发源地，也是黄河与通天河源头的分水岭。

巴颜喀拉山是西北—东南走向，山的西南所出之水流进通天河，是谓长江；山的东北所出之水经星宿海、扎陵湖、鄂陵湖再向东流，是谓黄河。诗序还特别否定了"河出昆仑"长期的错误定论："中国相传以为流自昆仑，非也。"这样明确的观点，在黄河探源的历史中，可谓独树一帜，厥功至伟了。

真正对黄河源头采取大规模科学考察，是1952年8月，黄河水利委员会组织了一支黄河河源查勘队，历时四个月，确认历史上所指的马曲是黄河正源。黄河水利委员会又经过30年的观察与研究，综合历史资料与多方意见，于1985年确认马曲为黄河正源，遂在约古宗列盆地西南隅的玛曲曲果竖立了河源标志。1988年10月，在扎陵湖和鄂陵湖之间的措哇尕泽山顶竖起一座"黄河源头"纪念碑。碑身由青铜铸造，三米高的两只牦牛角，直抵蓝天白云，在阳光的照射下，气势非凡，令人肃然起敬。

一条鱼在浅水滩游动

我想起一条鱼，在浪头戏耍时进入了浅水区，脊背被阳光直射，奋力摆尾，振鳃，总找不到原有的自如。

在海拔4200米的玛多县停留，其实不是一件轻松的事，你总是在付出很大的体力，无论走路、做事甚至游荡商场，你都像老牛一样呼哧呼哧地喘着粗气。陪伴你的朋友失去活泼与热情，说话有一搭没一搭地游离，把步子以及任何举动都摆放出清晰的沉稳，不去敷衍和急慌。水杯里永远是家乡王屋山上野生的蒲公英，我强迫着自己仰起脖子灌水，其实是习惯性提示我随行朋友多喝水。这时候最亲近的就是灿烂到无限霸气的阳光，当地男人戴一顶大一圈的枣红色牛仔帽，墨色眼镜恨不得变成面具，如此，也不会停止转动手中吊着的佛珠。女人呢，色彩艳丽的纱巾、围脖、长裙以及玲珑的饰品，总是显出繁多、飘逸而不臃肿。她们或许不喜欢霸道的阳光！我们其实是做好了对付阳光的充分准备，特别是女性，但是面对绝对的高原阳光，仍显得单薄软弱而无奈，像一只娇丽的母鸡，在雄壮公鸡高亢的鸣叫声中低吟出颤抖，快速奔跑的挑逗抑或拼命脱逃的同时，还是没逃出公鸡的两只利爪。

什么高原防晒霜，还是用逐步"健康"的肤色面对吧！就在适应和亲近中好奇着坚强的美丽。而风呢？雨雪冰雹呢？当你在惨烈阳光的灼烫中，一阵近乎刺杀脸面的寒风狂袭，头上的遮阳帽霎时像受惊吓的草原雄鹰，划一条影线急速飞去，主人机灵地抓一把空气，差一点儿没有被寒风的推力摔倒，此时有黄豆甚至大枣大小的冰雪蛋蛋飞来，头上脸上有了噔噔的刺痛，路面满地的是白色跳跃与哗啦啦滚动。我们猝不及防，别无选择地用嗷——嗷——声高喊着抵抗，野兔般钻进车内，在惊慌的颤抖中欣赏叮叮当当的冰雹舞曲。谨慎驾车，谨防敲破玻璃的车速，向眼前黄黄白白的前方驶去，一会儿，就成功逃离了头顶那团可怕的乌云。阳光一如既往强烈，白云静美。

太阳根本不去管你昨天多么辛苦，一天内经历了四个季节的不同天气。海拔的原因，有朋友被吝啬的氧气逼迫到起不来床的地步。我思忖着朝阳的多情，就决计不去敲门干扰，自然醒能确保体力的充沛。东山头上那非同寻常的建筑群在阳光下熠熠生辉，

吸引着我的好奇，尽管有一种民族间的生疏让我望而却步，"岭·格萨尔文化博览园"，汉藏两种文字书写，倒让我有了无限的亲近。文字告诉我，格萨尔王，一生戎马，扬善抑恶，弘扬佛法，是藏族人民引以为豪的旷世英雄。建园的这座山叫地藏王经山，之所以把博览园建到此处，是因为玛多县是格萨尔在此赛马称王的福地，千百年来这片草原上到处都在传唱史诗《格萨尔》，也留下了英雄格萨尔的很多神迹。我有幸目睹开园整整一年的博览园，那种神圣的民族威严始终震慑着我，有数十面格萨尔英雄事迹展示墙，近百幅浮雕，上百座佛塔，数百个转经筒以及无数的八宝祥瑞、七珍宝等图案彩绘，给人以栩栩如生的感觉。静的山冈，全部覆盖了上面雕刻了红黄蓝色彩经文的石块，像房屋上的瓦一样严谨、规整。我敬佩丰厚的格萨尔文化，更为眼前英武的格萨尔骑赛马的铜像感动。腾空飞奔的骏马，和英俊潇洒的格萨尔形成完美的协调与统一，使整个博览园透出一种草原特有的气度与神圣不可侵犯的英气！

史诗般的《格萨尔》令人荡气回肠，似乎弥补了高原氧气的稀少。我赞同正面墙上中国作协副主席吉狄马加的一句感叹：一部最长的活态史诗，至今没有一个人能把它唱完；一部穿越了时间的讲述，每一个名字都还活在今天。

园里的每一个文化符号都能吸引我的眼球。

让我更加敬佩千百年以前交通条件下的探源者，是因为玛多通向源头的百余公里的路，车上备胎的价值远超了刀风雪冰的脚印凝聚着的艰辛。我还是选择了停下来，是浩渺的水与沼泽中的长腿鸟吸引了我。在空旷的蓝天下，水仍然有巨大的吸引力。黄黄的苍茫中隐藏着太多大地的精灵，它们原本静谧的幸福无意间被打扰。三三两两跳跃奔走的藏羚羊，鬼头鬼脑窜进地洞的草原鼠，闲庭信步在浅水草丛中观望的水鸟，明显多了警觉和警惕。我知道是因为我的莽撞，心里无数遍地默念造孽造孽、愧疚愧疚。动物们怎么会原谅我呢？没办法，我就是想亲自走到水边，看看扎陵湖的水究竟长什么样！

由于是浅水滩，生怕不小心拔不出自己的脚。我怎么能和眼前留下了蹄印的无数动物相比呢？我断定，两个红枣大小显出秀丽蹄印的是黄羊和羚羊，拳头大的梅花瓣儿是猎豹，抑或是高原虎？那个木碗一样的圆坨儿，一定是野驴吃完了草到此畅饮留下的。种种迹象显示着这里的神秘。我在想，假如动物们突然发现有区别于它们熟悉的脚印与气味，会是怎样的惊悸与好奇呢？会不会如我一样产生兴趣？怕的是它们出于防御的天性自此不再造访，打乱规律的生活。水里发出一个声响，鱼群的脊背突然被阳光抚摩，迅速掉头。扎陵湖是高原鱼类幸福生活的乐园，这里没有捕捞，没有掠杀，不仅仅是因为藏民兄弟奉鱼为神灵从不食用，更大程度上是因为路途遥远，天敌只有各种食鱼鸟和高原熊。一根羽毛，长梗，清亮的白色，40厘米左右的长度，这样静美而雅致。弯腰捡起，细腻的光泽耀眼，用手轻抚，有无尽的滑润之感。是白天鹅光顾了高原？这里的雁类、鸥类以及食鱼鸟繁多，还真不明白究竟是哪种鸟的羽毛。稍稍留心，就又有了灰的、褐黄的、灰白的各色羽毛，让人爱不释手。我深信，水和鱼才是勾引各种鸟的真正诱因！一段蹄骨，没有被泥土完全掩埋，我拿起来，是藏羚羊还是黄羊呢？成色已很暗淡，有些时日了。也是因为渴，不得不来到湖边，天性的警觉还是没有躲过杀戮，豹子？老虎？狼？自然的规律就这样极其残酷地规律着，表现出深沉的现实。我感觉气味的不协调，就随手丢下。不承想，却惊动了一只在泥土洞口观望的草原鼠。我近距离看到了它美丽的眼睛，黑珠子一样滚动。进去不到一分钟，又机灵地探出了头。我慢慢举起相机，生怕吓坏它，还没有完全聚焦，它以为是什么不友好的武器，迅速缩了进去。我再靠近一点，用耐心聚焦洞口等待出现。呵！手有些抖了，这个生灵和我斗心眼儿呢，我看你能躲多久。我突然有点儿恍惚，眼睛从黑黑的洞口移开，你不出来就算了。一侧，那双贼溜溜的眼睛突然大放光芒，原来这个洞还有另一个出口，它跃起两条前腿看着我嬉笑。我被它耍了！它发誓不进我的镜头，我刚刚掉转镜头过来，它又出溜一下没影了……阳光依旧强烈，有了水汽就显出清凉的湿润，再有风的搅和，让你在烈日下猛地冷缩一下。高原湖畔的这部百科全书，让我读得津津有味而似懂非懂。

把自己幸福到半死

仰望湖水以上的措哇尕泽山顶，浩气油然而生！400米垂直高度的Z形路被征服，身体挂在了4610米的高度，有点儿轻飘。又认真拉一拉车门锁，确认锁好，怕一不小心车飘飞了！手、脸以及头皮有麻麻的感觉，想飞起来揪一朵白云。我伸手拍了拍黑色的刺向天空的牦牛角，那种冰冷的生涩，那种粗犷豪放的力道，那种神话般的遥远，还真就有了梦幻般的真实，像抚摩着眼前拔地接天的周身披挂着白雪铠甲的巴颜喀拉山一样不可想象。风癫狂般不厌其烦地竖起又放倒我的头发，此时此地的个人形象属于蓝天、白云、雪山、冷风以及脚下青蓝青蓝的湖水兼及耳边哗啦啦鼓着掌的彩色经幡，让人油然而生一种豪放感，不分男女长幼。不就是5米的高度吗？怎么就触摸到了白云，我直直地盯着弯弯的牛角挂起来的云朵，在红日高挂的蓝天下，犄角上尽情地披挂了庄严的哈达，多彩的幡巾，兴奋的掌声，和着草原上碎碎的脚铃声，和着战马的嘶鸣与马刀的寒光、帐篷内奔放的歌声，在精彩纷呈。

在草原的深处，我的好奇心飞扬起来，随着那顶圆圆的白色帐篷犄角处的炊烟。门口向阳的地方盘坐着一位中年藏族妇女，手里不停地忙着，像在做着什么家务活儿。两丈开外懒洋洋卧着一只狮子般的黑色藏獒，尽管我把心提到了嗓子眼儿，还是控制不住向帐篷靠近。"您好，大妹子！"其实我只是想看一眼牧民的帐篷和帐篷里的炉子，眼睛却死死地盯着那只藏獒。牧民妹子完全理解我的表情，笑着摆摆手，嘴里说着我听不懂的语言，一定是在告诉我没事。我一看藏獒懒得理我，就比画着说我进帐篷里看看炉子，大妹子笑笑示意我进去。不是我想象的在农村老家烧木柴的泥炉，而是特制的长方形铸铁炉。一端坐上锅，一端装进风干后的牛粪，烟囱在帐篷外的高处一抽，悠悠然牛身上的气味升向天空。我心里嗷了一声，看着帐篷外不远处码着的黑色土坯一样的牛粪，会心地笑了……

水面上飞镖般投出灰灰白白飞翔的鱼群，那是白云和帐篷里的音乐感染了鄂陵、扎陵姊妹二湖。我被震慑了，拼尽全力面对牛头碑大吼，却没有丝毫反应。原来，我只是表现在心里。就像

黄河的第三条岸

风的妄为撼不动牛头碑半点儿毛发，依然故我昂首挺立，依然恣意狂放傲对蓝天，傲视雪山、绿水和青草一样自然而平和。

风和阳光紫外线的凌厉清醒了我，我贪婪拍照完全是此时最热烈的拥抱！

面对碧绿的湖水，实在无力打捞出落在湖底的白云，就把目光抛向远方。没办法，远方的巴颜喀拉山驮着皑皑白雪，与云朵牵手，完全阻挡了更远的视线，山脚与湖水之间由草原连接，草原上无数条粗粗细细的溪流，是星宿海？我终于“噢——”一声明白了！原来，我是在黄河的源头，是在巴颜喀拉山脚下！

我终于没有按捺住激动的情绪，水的清澈与清凉刺激着我的手，我的脸，我的眼睛，直至我的心脏……水、天、云、雪、阳光、草原、动物以及吝啬的氧气全都碾压过来，我几乎透不过气。突然，全身通透，快感袭来，我把自己幸福到半死！

冥冥之中，有苍鹰掠过，有浪花一涌一涌亲吻肌肤，清凉到微微的刺痛，耳畔有呼哧呼哧的声响。原来，一头英俊魁梧的黑色牦牛怒睁着大眼注视着我，哦！它可能是误会了。刚才还欢呼雀跃地兴奋，怎么突然就躺倒长时间不动了呢？它眼神中的好奇给我传递了友善的信息，我醒了神，一起身坐了起来，说了声谢谢！牦牛无所谓地转移了视线，慢悠悠移开了脚步。水的波浪仍然没有停歇的意思，就差那么一点湿了我的身，那么温良和善。阳光没有计较风的干扰，照样明亮着白云的晶莹。清净的山冈，凹地遍布着黑黑白白的牦牛和羊群，有癫狂的风陪伴，它们悠闲散漫的样子，还不是因为蹄下永不枯竭的草原和身旁飘着蓝天白云的一湖圣水？

我为牛羊自豪。我更为我自己自豪。

壶口听雷

瀑布不一定都是挂在高处的，掉进山涧深深的谷槽，让你看不到它或伸或蜷的体形，能算瀑布吗？能！壶口瀑布即是。想了想，第一个把这里叫作壶口瀑布的人，足够令人尊敬！

这个人不知道是谁，追溯到《尚书·禹贡》，便有记载："既载壶口，治梁及岐。"这是最早说出壶口的文字记载。一部古代名著流传至今，但是历代学者对《尚书》作者的论证却说法不一，究竟是谁，我辈更加迷茫，只是徒有一场景仰而已。

来到壶口，立马便被那惊天动地的磅礴气势和滚烫的热浪所震慑，我仿佛一时没了神志。眼睛迷离着任由那万般黄龙张牙舞爪，表现出不羁的个性。它们翻滚着，撕咬着，或热烈缠绕，或昂首甩尾，似乎周身挟雷裹电，一路咆哮呐喊。倏地，在撞击中腾空而起；霎时，又在高处深呼吸后俯冲而下。如同篮板球弹起下落，运动员拥挤一片互相钳制，都利用各自不同的姿势跃起抓球，有的高，有的低，有的暗中撕拽对方的球衣，有的钳紧了有利位置，突然就有人高高地抢到了，裁判响哨，那是借助了别人的肩膀。

眼前没有规则，踢、打、扭、捏、冲、撞、抱，任你拿出十八般武艺。这黄水，这壶口，怎么突然就这般模样呢？当黄河流经黄土高原，造福了银川一方百姓以后，携着荣光进入秦晋峡谷，河床由四五百米宽忽然收缩成四五十米，况且由于特殊的地理山石结构，河床的岩石都是砂岩、页岩和泥岩，石质相对松软，在突然变窄了的强劲水流的冲击下，时间犹如一柄钢錾利剑，生生将松软的岩石切、割、凿出一道道深壕。黄河水像千军万马奔腾，迅疾冲进壕沟，形成千旋百转一壶收的壮丽景观。

不由得让人感叹"君不见黄河之水天上来，奔流到海不复回"的诗句，难道诗仙太白也正是站在这里体会出黄河水勇往直前的精神，写出这首千古绝唱的佳句？"风在吼，马在叫，黄河在咆哮……"这又是何等鼓舞士气的歌曲。这首歌在抗战时期起到了巨大的凝聚人心的作用。如今唱来，让人仍然热血沸腾。

我静静地站在壶口旁边，听着这如雷滚滚的涛声，看着这撞击翻腾的巨浪，感受到中华民族在强敌入侵时奋勇反抗的不屈精神，体会到炎黄子孙为国家强盛、人民富裕全力拼搏的那种气吞山河的气概。这壶口、这瀑布、这一往无前、这百折不挠的雄浑之气，不正是我们民族力量的真正体现吗？

其实，母亲河也有她温柔的时候，那是在上游。上游是她的少女时代，天生丽质，肤色细腻明润，眼睛像妩媚的星星。在高原，那是雪域皑皑的清纯氤氲着的玉液，不动声色，修炼出高雅、纯洁、明丽。没有大开大合的暴躁，一切都显得那么娴静，那么富丽而有涵养。涓涓的，氤氲的，雅致得体得令人敬仰。就连"天下黄河第一桥"的跨越，也显出那样的默不作声。

黄河的第三条岸

那年我到青海省的果洛藏族自治州玛多县，就想着观瞻黄河上游的第一座桥梁的风采，岂料由于它的沉稳它的低调以及它极其普通的容貌，让我在飞驰的车里一闪而过，眼睛里留下了桥头石碑上"天下黄河第一桥"的字样。由于它不足百米的长度，我还没反应过来，车就冲向远方了。我说，看了黄河源头回来再说吧。反正就那么一个短小不起眼的混凝土桥梁，不像中原地区动不动就是十数公里的长度。在一处靠近黄河的地方小憩，清澈、晶明、娴静的碧水在高高低低的砂砾石子间流动，让人不忍心用手去打扰她。在这里，我完全记不起宁夏、甘肃、内蒙古三省区交界处，黄河的大度、包容和中卫沙坡头下羊皮筏子漂流时黄河母亲那片宽阔的胸怀；山西老牛湾的黄河水倒是柔顺，偏又多了些荡气回肠的婉转，两边还有悬崖峭壁的护佑；怎能想到壶口瀑布突然就汹涌咆哮的狂烈；更不用说在山东东营入海口那里望不到边际的海天相接……在这里，黄河仅是清纯稚嫩的女童，在奔向大海的路途中渐渐成熟，成为孕育中华民族的母亲河，真是奇妙、神奇而精彩的事情！

没想到的是，车在黄河源头抛锚，两条轮胎报废。求助当地藏民朋友帮忙，直到太阳落山才算勉强启动。拐回到玛多县城已是晚上九点多钟，过"天下黄河第一桥"，只是在车灯下瞄了一眼栏杆，算是匆匆告别。

提到沙坡头，那可真是一个神奇的地方，由于腾格里沙漠的存在，锻造了沙坡头人民的生存意志。20世纪50年代，当地几个治沙的年轻村民，玩闹时无意中发现，黄沙上铺着一米见方的麦草格子，沙子就被捆住手脚，不再前移。这一做法，迅速得到大面积推广，成效显著。沙坡头人趁机引来黄河水，在麦草格子里种上绿树。一片片绿洲长了出来，与黄河边的绿地连成一片，腾格里沙漠就此止步。这一创举，被誉为世界奇迹，联合国高度赞誉，并在全球推广。苍天钟爱勤劳智慧的人。黄河水从甘肃黑山峡流入中卫，途经沙坡头，拐个大弯，形成了一幅天然的太极图。在沙漠与黄河之间，形成一块大绿洲，长着郁郁葱葱的枣树、梨树、柠条、花棒，也长着郁郁葱葱的花和草。走出其外，大漠荒凉，炙热逼人；置身其中，绿意盎然，通体清凉。谁能想到这里是沙漠边，是黄河湾，既有西北之壮阔雄浑，又有南方之秀丽清雅。

哪像万马奔腾的壶口，未见其面，先闻其声，浩浩荡荡，声震四野。即便是千万陕甘民众头裹白毛巾，肩挎红腰鼓，腰系红绸绿缎，跨步、跳步、曲步，排山的威风锣鼓震天动地的回响，也难比得上壶口天崩地裂的震荡！我突然想作一首气势如眼前的图腾景象一样的诗，但是反反复复咏出的是："黄河之水天上来，奔流到海不复回。""源出昆仑衍大流，玉关九转一壶收。""雪原雷动下天龙，一路狂涛几纵横。裂壁吞沙惊大地，兴云致雨啸苍穹。"无奈，左冲右突，前面是当代诗人左河水，后边有诗仙太白，中间明代诗人"一壶收"的精妙，令我辈汗颜，急出满脸满头汗水终是望尘莫及。当转过身，抹一把脸，哇！哪里是汗水，分明是黄泥水，突然就成了舞台上的"花脸"。衣服呢？成了白里泛黄的印染。原来，黄水像无数匹脱缰的野马跌落进壶槽，拼命挣扎，企图跃出深槽，可接踵而至的后来者，又以泰山压顶之势猛冲下来。在震耳欲聋的轰鸣中，无数的鬃毛残屑化作黄泥细雨，从深槽中迸溅、升腾，如同一股强劲的旋风，冲天而起，然后变作闪光的黄色水雾，细蒙蒙飘洒下来……我的头上、脸上甚至周身就弥漫在这雨雾中了。

同行人看着我嬉笑，我也回笑同行人。我认为，难得呢！那是母亲河对我的一种深深的爱意！

在壶口奇绝的八大景观中，水底冒烟、霓虹戏水、山飞海立、晴空洒雨、旱天雷鸣、冰峰倒挂、十里龙槽等，在不同的季节不同的天象时日里都能时不时地碰到，唯有"旱地行船"怕是永久见不到了。

明清时期，陆路交通没有今天这么发达，黄河水运比较昌盛。上游沿河下来的大货船到了壶口这个地方，由于瀑布阻隔，无法航行，必须把船拉上岸，由人力推拉绕过瀑布，到下游比较平缓的地方再推进水里。大的货船要上百人推拉，小的也要几十人。船在岸上走，纤夫喊着号子，人的喊声与水的怒吼声交织在一起，那场面该是何等的壮怀激烈！

由于旱地行船的必然与兴盛，壶口岸边曾经兴起过一个非常繁华的水旱码头，被称为龙王辿古码头。别看现在只剩几十孔破败的窑洞，当年这里可是欣欣向荣的水陆集镇。尤其是明清两代达到了鼎盛，钱庄、当铺、皮店、染坊、盐店、铁木匠铺、擀毡铺、剃头铺、麻糖铺、饭铺等商号近百家，并有专供旱地行船时租用的毛驴和工人。四季各有庙会，会期二十余天，吸引了秦、晋、豫、冀、陇等地的客商。古籍资料记载："地虽偏小，胜得泾阳三原；形似弹丸，赛过长安八水。"因为繁华，三教九流聚集而来，有做生意的商人，有拉船的船夫，更有各色赌徒和视生命与窃夺为儿戏的地痞。而今陆路交通日趋发达，黄河航运渐次衰退，古码头逐渐淤泥长草。繁茂的集市仅存十几孔坍塌的窑洞，四百多年的历史风尘正在被无情的时光遗忘。

完全可以说，壶口，是古老黄河上的一位耄耋老者，是黄河上鲜明如中国印一样的胎记。壶口，可以为黄河代言，是黄河的重要标志，是中华民族的魂魄！此时此刻，我真希望时间在这里凝固，把我凝固成飞溅起来的一粒水滴，凝固成蒲津古渡瞪眼弓腰的力拔山兮的铁牛。

我是专程拜访过那四尊彪悍的开元铁牛的。有一次，我供职的单位让我外出考察学习，正好途经古蒲津大地，记者行动，能不看望一下黄河岸边那一抹重要的历史烟云吗？

滔滔黄河已经离开蒲津古渡遗址几公里开外，也就是说，黄河河道在若干年河东河西的改道过程中，向西岸的方向翻了个身，就给原来的古渡东岸留下了上千米宽的滩涂绿洲，山西这边得到了十余万亩良田。然而，蒲津渡浮桥中断，四尊庞然铁牛从此失业闲置。如果牛长期不干活，那还有什么价值！会让它闲置吗？

单说蒲津渡地理位置的重要性，是不可没有通衢的，我国有史记载最早的浮桥便是蒲津渡浮桥。从秦昭襄王东征赵魏到汉高祖刘邦平定关中，都曾在此架设浮桥。开元十二年（724 年），唐玄宗举全国之力，下诏新建蒲津渡浮桥，计划在渡口两侧各铸四头铁牛，铁牛系铁索，铁索连舟船，连成浮桥。此工程耗资巨大，是唐王朝建起来的最浩大的交通工程。且看，四头铁牛每尊重 30 吨左右，连同牵牛的铁人，固定船只的铁柱、铁山以及绞盘等物，耗用的铁相当于全国年产铁量的百分之八十。开元盛世，国家强盛，蒲津渡浮桥是盛唐气象达到极致的完美体现。

不可思议的是，在我农村老家邻居中，有一位博学的长辈葛宏福，我称他宏福叔。他在打麦场上给我们刚上初中的几个后生讲了一个蒲津渡铁牛的故事。说是在宋代，一次黄河发大水，蒲津渡铁牛被冲得挪了位，进而被洪水吞噬陷入淤泥。当再修浮桥时，打捞铁牛成了难题，最终还是一个和尚想出办法。先请船工水手定准水下铁牛方位，再用两艘大船载满沙石，行驶到位置后下锚，将两艘船并排拴牢，船上搭好木架系紧足够粗的绳子，另一头让水手潜水拴牢铁牛。和尚令人急速卸掉砂石，船身慢慢上浮，将铁牛一点点拔出淤泥。随后，起锚行船，舵手奋力撑竿划桨，岸上民众下死力拉船，大铁牛终于重见天日。

随着交通事业的发展，公路桥、铁路桥畅通，铁牛早已闲置荒废在河滩草丛中了。据一位老者讲述，新中国成立初期，铁牛还在泥沙中露出牛角，当地人还传说摸摸牛角能祛除百病。1958年后，三门峡水库下闸蓄水，河床淤积，河水西移，开元大铁牛也被埋进十米深的泥沙中。直至1989年，四尊开元大铁牛以及铁人、铁山、铁柱才作为国宝级文物被挖掘发现。现在的开元铁牛已经被精心保护，随后将展示于世人。它展示的不仅是唐代的冶金、建桥技术，更为研究唐代的政治、经济、文化提供了珍贵而翔实的史料。

我站在铁牛面前，看到已被游人摸得锃亮锃亮的角，也有触摸的冲动，但是又怕惊扰了它。我在想，能近距离站在它的面前，就已经穿越了历史的风尘，大唐的浩荡之风已在耳边嗖嗖作响。这可爱的、活灵活现的、牛劲十足的铁牛啊，太辛苦太无怨无悔而让人心疼、让人尊敬了！在河水中沉潜，经历了无数的暗无天日，在滩涂荒草中领略了历代的岁月更替，你喝一口水了吗？吃一口草了吗？我真想扭身去薅一些青草，让你体会一下大河长流的延续和星月同辉的滋润。

此时此刻，铁牛们双目圆睁，极目远眺黄河的方向。它们思虑重重，想起了什么吗？

突然有人在呼喊我，是同行在向我频频招手，登楼啦——

我明白，是去旁边的普救寺，是去登鹳雀楼。虽然从未去过，王之涣"欲穷千里目，更上一层楼"的诗句是耳熟能详的。我也早就知道《西厢记》中著名的吟唱："碧云天，黄花地，西风紧，北雁南飞……"不由得就想起在普救寺里发生的爱情故事。但是，你根本想象不到，这些经典名胜居然扎堆儿集中在黄河岸边的这片弹丸之地。我对游逛寺庙本来就找不到多少感觉，普救寺那段卿卿我我的缠绵故事更是云雾般幻化，但是，离开时我下意识地拍了两下巴掌。演绎过爱情的苍老古塔，就像青蛙一样回应出呱呱的叫声。

鹳雀楼虽然是复修的建筑，但是不失历史的深远与威严。当这座蜚声中外的名楼一下子从恍惚中走到眼前，除了多多少少的震慑感，隐约有一点点突兀夹杂其间。其实我清楚，即便固若金汤的建筑又能保存多久呢？况且是一座木质结构的楼宇，能从唐代挺到现在吗？望着巍峨精美的鹳雀楼，徒增无尽的慰藉。风铃在翘檐下摇晃，发出丁零零的响声，似乎传递着唐时文人雅士吟咏诗文的遗韵。难怪现今的中国，只要是汉字能到达的地方，就会听到吟诵这首诗的声音："白日依山尽，黄河入海流。欲穷千里目，更上一层楼。"

登临此楼，顿感文气扑面。遥望滚滚长河，豪迈之气油然而生……

这时，朗日普照，祥云四起，空中呈现五彩斑斓的氤氲之气，在两山峡谷间舞蹈，在砂岩石窝上叩击，在壶口万千游人的眼神中游弋。

我定了定神，不由得呼唤出壶口的名字。

后靠

顽石是深沉而持重的，把世间万事万物悉数清点，心中有数，从不显露一丝一毫。不像水那么清明而灵动，遭受不了半点儿冷落。然而，一股水抄了小道，进到一个相对封闭的沟壑，形成了湖……30年很短，是风？是阳光？

——题记

多年以后，面对淹掉了大半个山体的碧波，我仍然不能忘记那个寒冷刺骨雪花飞舞的傍晚时光。那时的靠石仅是个几十户人家的小村落，掩映在逄石河西岸的沟沟岔岔中。不是不时的鸡鸣、狗吠抑或牛羊骡马的哞叫嘶鸣声，不是树丛荆棘的苍茫中不时升起的袅袅炊烟，很难看到这里散布的农户。他们居住在窑洞里，没有白墙绿瓦的炫耀。能看到一面飘扬的红旗，那是一片不大的空地，柏树枝上吊着的半拉子铸铁车轮，当当当敲响时，就有学童从窑洞窜出，让院子充满活力。

这条河，生长着无边无际且层出不穷的鹅卵石，尽管大小不一，形状各异，都呈现一个祥和光鲜的笑脸，纹理千奇百怪，惹得人弯下腰直不起来，抚摸一下这个腮帮，啪啪啪拍拍另一个圆润的脸庞，手里那个宝贝把玩得心肝一样爱不释手。这就是河吗？既然时间的利器把石头打磨成如此模样，水呢？

水，完全由季节把控。没有雷霆暴雨，没有阴雨绵绵，这河就只有暴晒自己卵石的份儿。只有在石缝沙砾间可见涓涓细流，那是王屋山崖缝里滴流下来的山泉水，长途跋涉而来，或仰泳，或潜泳，让两岸民众望水兴叹。两岸民众对水的渴盼与护佑不啻护佑自己的生命！

然而，一个确凿的消息让大伙儿兴奋了：逢石河水位要永久地暴涨 50 米高！

是小浪底！小浪底大坝让黄河水聚起来，最高海拔可以达到 275 米，咱们逢石河就能达到 50 米的水深。有人说：如果 50 米水深，逢石河就有两三千米的宽度，南北水域少说也有 8000 米的长度，那不成了水泽国了吗？震惊了全村老少，震惊了沟沟坎坎的生灵、草木包括一抔抔黄土。沟畔的坟茔前，几乎都燃起了纸钱，青烟袅袅。响头磕罢，村民大声说："爹！娘！咱们靠石变天了，以后不用为水发愁了，黄河水涨到了家门口，南拐沟那块地到了水边……"

那些时日，不时有劳作了一生的老人端坐在村头，畅想着这水的到来也太突然太容易了吧，眼神里那种喜悦和迷茫交织着，发出迷离的光，长时间盯着远方的什么美景，心里美滋滋又觉出空洞。时间久了，收回眼光，心里划过一丝微笑。

有不少村里的青壮年，走路的脚步明显快了起来，脸上洋溢着喜气，见了乡亲们欲言又止。他们又要见村支书和村长了（他们习惯将村委会主任叫成村长），实则是畅想着靠石村的未来。他们的心里都有个富丽堂皇的愿景，得意的表情加上有时和乡亲们交流一个眼神和动作，就能把心里那个神秘演绎得丰富多彩而显得沉甸甸的。

那天烈日正午，村支书和村长在镇里开会回来，一个消息迅速在村里炸开了锅：靠石村是首批移民搬迁对象。搬迁地不出济源，要到50公里以外的平原乡镇，那里土地平阔，水利便捷，可以保证人均5分水浇地，学生入学、医疗等条件和城里一模一样，移民后国家还有村办企业专项扶持资金，能充分保证生活富裕。

突然村路的交会处响起了鞭炮声，一时间青烟夹着细碎的尘土飞扬起来。不少人兴高采烈，高喊着靠石村时来运转了，我们的后代将不再受苦受累，搬下山去，摆脱这穷山沟。人们奔走相告，人们熟悉的几条黄狗、黑狗和大花、二花们也好像意会了，一会儿跳上岭头，一会儿钻进人群，兴奋是感染来的啊！

村支书在岭头那个大喇叭里喊话："移民搬迁是一个政治责任，是我们牺牲个人小家支援国家水利建设的具体行动。小浪底水利枢纽工程是世纪工程，水库形成后可以充分利用黄河水，可以发电、防洪、防凌，发展水产资源，变害河为利河。我们祖祖辈辈生活在这里，受够了恶劣的环境，受够了骡马一样肩挑背驮的苦日子。今天国家专门出台移民政策，一切搬迁费用国家拿，一切修房盖屋装修安居国家管，国家为我们新建学校，新建医疗所，划分水浇地，打井修渠修公路，并且为我们投资建企业，农忙种地打粮食，农闲进厂上班挣工资，我们很快就过成了人上人，逢石村很快就是小康明星村……"

一时间群情激昂，很多妇女站在窑院门口夛耳细听，激动了，扭身回家，步子明显加快，在窑院里使劲扭了扭硕大的屁股，倒头看看门外，又没人看见，自己乐还不行吗？

时隔一天，到了第三天的擦黑，村民脸上的笑容突然收住了。一个长者分头叫了几个能在村里晃动风的后生，到自己的窑洞喝了茶，就让后生们说说村子移民搬迁的意见。当然是积极的态度，说我们可以彻底改变生存环境了。还有人说，这也是你们作为长者的福气，能在有生之年亲眼看到村里的变化云云。长者狠劲抽着自己那管旱烟，吧嗒吧嗒半天不说话。

突然有人意识到了什么，感觉老人不大对劲，就醒悟地说："爷们儿，你一定有话给我们说，你老经事多，看得远，我们听风就是雨，没有眼光，你还真的给我们说道说道哩。""对！爷们儿你说说。"大家都切切地盯着长者。

长者在鞋底梆梆梆磕出烟灰，又在嘴里噗噗吹着通了气，放下烟袋说："那天听大喇叭一广播，三天两夜了我没合眼睡过觉。躺到床上合不住眼，一关灯你们爷、奶奶甚至老爷、老奶长辈们都来了，问我还要不要祖宗了，真要把他们扔到山上、泡在水下不管了？我说谁有恁大胆量敢不要祖宗？"长者说着顿了顿看看每一个人的脸，见大家狐疑着表情，就继续说："水，涨到50米高，老安家、得贵家、发来家、包括牛圈以及后沟全喜那几家，全淹了。咱们这些窑院也不行，一淹就进不来。"有人插话说："关键是地没了，几方好地都在河边。""我是在想"，长者又慢悠悠说，"靠石村祖祖辈辈在这里生存，背靠山，脚踏水，风调雨顺了粮食吃不完，山上核桃、柿子、大枣年年不断，平原可是没有这条件。

靠石村的先人们能把村子定下来，祖祖辈辈平平安安，虽说生活不好费点力气，安稳啊！我们如果一拍屁股搬走了，祖宗们愿意不愿意？我反复想不能急着决定，老少爷们儿好好合计合计。"

"不是我们能决定的啊，虎豹不是在大喇叭里说了，政策啊！"有人看着长者说。

"你们想了没有！"长者继续说，"近来村里村外都在议论小浪底工程，那是国家的事情，我们只说水，只说搬迁。都知道，我们祖祖辈辈在这里生存最头疼的两件事：一是缺水，二是没路。现在水到家门口了，让我们搬走？地是少了，水上可是有活儿干啊！"

"学南方人水上养殖吧！我们都是旱鸭子，都是种地出身，水上活儿谁会！"后生有点儿困惑。此话一出，遭到大家不屑。有人说："靠山吃山，靠水吃水，我们以前只能在山上扑腾，按照长者的意思，靠石村以后是山水通吃了。"

"那是自然！"长者接着说，"不怕眼前穷，考虑不到一直穷。我的意思是，打生不如望熟。我们不能把祖上积德赐予我们下一步的好光景扔了，你前脚移民走，后边肯定会有人来承包这山，承包这水，搞水上养殖，搞山水风光旅游，我们是憨，是精？……"

一个外表沉稳心里机灵的中年人借了长者的烟袋，一边在烟布兜里装着烟，一边说："我理解长者的意思，我们靠石村遇上了千载难逢的好机遇，长者说是祖上积下的阴德，我们不能辜负了。我的一门远房亲戚在移民局上班，前段时间碰面了谈到咱们村的移民，我说祖上留下的家业，舍不得扔下啊！"

"'你说的没错。'我那亲戚接着说,'咱们的家庭利益和国家的大工程可不能相比,不过移民还有一种政策,可以后靠。就是村子整体向后挪。不过,咱那儿自然环境、交通条件那么差,搬到平原可是彻底改变了,还是移民了好。'

"我那亲戚说的没有错,他当然知道故土难离。但是我记住了一句话:'后靠'!"

"后靠!后靠!后靠!"大家都说。

"噢!还有这种政策,靠石村的老少爷们儿有福了!"长者说着高喊着老伴儿:"把闺女送的两瓶罐头打开,再醋熘一个白菜,我要和这些后生们喝两杯……"

不承想这种行为竟和移民局意见不一致。全市十多个移民村思想都统一,保证按时搬迁,不影响国家重大工程整体进度。起初虎豹作了难,给镇里、市里都表过态,在移民这盘棋上,靠石村绝不拖后腿。结果老少爷们儿都不买他的账了,党员、居民组长、群众代表已经开了无数次会,虎豹又带领村两委班子成员挨家挨户做工作,结果,不光工作没做通,反而两委班子成员慢慢接受了群众的意见。虎豹代表靠石村给上级汇报时说,靠石村群众是通情达理的,是能够认清国家形势的。只是太眷恋自己那片热土了,他们说党和国家如此关心我们,我们打心眼里感谢党,感谢政府,感谢全社会。我们选择后靠,是自己的意愿。我们在移民政策的扶持下,自强自立,给国家和政府减轻负担,全力支持国家重大水利工程顺利进行。

为啥选择那样一个恶劣的天气和群众见面?虽然阳光明媚的时光多了去,但是移民主管单位为了尽职尽责,做到能够让移民政策落地，移得动，落得下，能安居，能富裕，避免工作不当落下后遗症，于是就汇报给市政府主管移民的副市长，决定那天上午同镇政府主要领导以及相关工作人员一起到靠石村，和村两委干部、党员、居民组长以及群众代表进行最后一次座谈，讲明政策后分析利弊得失，然后作出决断。K市长认为全市移民工作能否顺利完成，靠石村是个关键所在。就当场表态："这个会我要参加，政府上午的会议时间缩短，下午1点准时赶到靠石村，就这样定。"

谁能想到，本来山路行车就困难，偏又飘起了雪花，让习惯了跑柏油路的司机提心吊胆。还好，耽误了半个小时。当K市长出现在大家面前，雷鸣般的掌声骤然响起，这场面有点儿突然，K市长就生出感动，看到不大的村会议室挤得满当当的，说："迟到了半个小时，对不起大家。"接着会议就开始，镇党委书记介绍了与会领导以后，移民局局长宣读国家重点工程做好移民工作的相关文件精神，又再次宣读济源市关于移民安置的实施意见，然后说："乡亲们，这次负责移民的K市长亲自来，就是来给大家办实事的。虎豹，你先说说村里的意见。"虎豹是村支书，既要和上级保持沟通，又要随时掌握群众的具体情况。他说："首先感谢K市长冒着雪进到山里来，为我们村的前途操心，为父老乡亲办实事，我代表全村老少爷们儿给市长敬礼！"虎豹站起来毕恭毕敬行鞠躬礼时，突然又响起热烈的掌声。K市长站起来频频给大家点头，示意虎豹继续说。虎豹就说："我们深深知道各级领导对靠石移民的厚爱，我们两委班子多次开会研究、多次分头挨家挨户做工作，村民对这片土地的感情超过我们的预期，一致决定后靠。"

"后靠！后靠！我们坚决不下山！"一个激动的声音突然从窗外飞进来。原来，室外的空间已挤满了人，都在朝室内看。在这个声音的带动下，一下子嘈杂起来："我们情愿后靠，我们不下山！"K市长看到群情激昂，就暗暗给移民局局长点点头。

移民局局长站起来挥挥手，让大家安静，说："理解大家的心情，也尊重大家的意愿。今天K市长亲自来，就是听听大家的意见，说实话。我们都认为移民到平原，各方面条件要优于山区，想让大家冷静再冷静，作出正确决定。"

"说那废话，我们已经决定了还让冷静，非得逼我们下山？"又有人冒出一句。

虎豹赶紧站起来，打着下压的手势。有一个声音在批评刚才那个人："就不知道领导是在为我们着想！"移民局局长看看K市长低声说："K市长给大家说两句？"K市长点点头。又是一阵热烈的掌声。K市长环视了一圈，把眼光落在了一言未发、心事重重抽着烟袋的一位长者身上："这位长者像是有话要说，是否发表一下自己的高见？"长者抬起头深深看一眼市长，虎豹忙介绍说："这位长辈叫连发茂，德高望重，村里人都很尊敬他。"然后催促说："发茂叔，市长征求您老意见，您老说说。"

发茂老人从嘴里拿开早已不冒烟的烟袋，弯腰在鞋底梆梆梆磕出烟灰，看着市长说："靠石村这山窝窝今天可是遇了大喜，老几辈人没有经过县太爷驾到，况且是来为我们办事，这世道可真是变了啊！"老人一开口，场面上有笑声，更有掌声。老人接着说："听老辈人说过迁移，那是求活路。我们现在挪窝，是支援国家建设，是往更富处走。县太爷把我们安排到大平原，有水浇地，有大公路，那是人间天堂啊！我发茂代表祖上给县太爷磕头！"老人说着就要站起来下跪，人们忙拉住他说："可不能，不兴了。"K市长说："您老可不能这样，有话只管说。"发茂老人继续说："不是靠石村老少爷们儿不识好歹，祖上老根都在这儿，离开根，树不好活啊！县太爷就高抬贵手，让我们往山上靠一靠，以后过好过坏没懊怨。"

"对！没懊怨！"有人高声附和。

K市长又抬了抬手，示意老人把话说完。发茂老人又深深看一眼市长，说："我连发茂冒死提个请求。"

市长忙说："您老只管说。"

"给咱靠石村修一条柏油马路，连住济邵公路！"长者如释重负。

"对！修一条公路，长辈说得太好了，我们祖祖辈辈为路发愁，都有这个请求。"大家的插话激情澎湃。

K市长站起来征求发茂老人意见："您老说完了？"

"完了！"老人用烟锅在布兜里装烟。

"我刚才听了老少爷们儿的话，很感动，感动在大家通情达理！感动在靠石村的群众关心国家重大水利建设！感动在大家舍弃小家，不给国家增添麻烦！更感动大家的家国情怀，不忘祖上恩德。尽管那只是一种情感，说明我们懂得感恩！在此，我向大家表示深深的谢意！刚才这位长者提到修路，我要告诉大家：没问题，会以最快速度修通柏油路！"

"好！"有人高喊，霎时像山洪暴发一样的掌声经久不息。

"大家坚定不移决定后靠，移民局之所以三番五次推翻定不下来，都是为了今后的靠石村能够发展得更好。市移民局和镇政府在这里做工作、开会少说也有三四次了吧？"移民局局长看着虎豹说："咱们开过5次会，今天K市长来已是第6次。"虎豹心中有数，说："6次了"。

"按照国家的移民政策，市政府和移民局是不主张靠石村后靠的，主要是考虑移民后村里会享受到必要的政策红利，有利于靠石村发展得更快更好。今天就先到这里，按照靠石村党员群众的意愿，后靠！移民局回去后以市政府的名义，抓紧起草靠石村民众的意见报告，呈送省政府。镇政府结合小浪底工程建管局，做好各家各户在自愿后靠协议书上签约的一切准备工作，尽快拿出新村规划，包括山地开发整理、公路、街道、学校等。尽管工程庞大，牵一发而动全身，我们也要克服种种困难，按时完成后靠任务，保证小浪底水利工程顺利截流！"

酣畅淋漓的激情突然爆发到了手掌上，叭叭叭的频率与力度全表现在声音里！咔嚓一声室内爆亮，谁在振奋中猛然醒悟拉亮了灯，就有人幡然震惊：天黑了！看看表，已是傍晚六点半，门外雪纷纷扬扬，映出昏暗中洁净的白……

开了春，靠石村的山坡上早已机器声隆隆、热气腾腾了。但是，突然有村民经常三三两两窃窃私语，有时还有个怪怪的表情和眼色，他们的心里却畅快着。原来，村民阻拦了修路工程！

不可思议！修路可是村民的一致呼声，怎么会呢？

盼之深爱之深而关切之深啊！这里祖祖辈辈因交通阻塞几乎让村民与世隔绝，盼望通向缤纷世界的路是一直以来大家梦寐以求的，今天梦想成真。

公路修到靠石村后还要往前修，有人捷足先登，已着手开发八里峡黄河风景区了。听说路通后，每天要有几辆通往市区的班车在此经过。交通部门规划的线路是在村子以下30米以外的地方，况且村子的每道纵向街都硬化了并通向公路。但这样子还不够方便，班车应该在村中间甚至家门口通过才是真方便。村民阻拦的原因就在此。他们面对交通部门、移民局以及镇政府无数次的引导、座谈都不改变主意，都坚定不移，死死地说着一致的话："谢谢领导们的提醒，我们会重视安全隐患，我们会保持好道路卫生，一切不良后果都是我们自己的……"

好在规划新村的正中间有一条10米宽横向大街，交通部门只好将公路通过大街后再拐下去向南行。村民们奔走相告，在电话中给亲戚们说："现在方便得不能再方便了，坐班车到咱家门口下就行了，不跑一步闲路。"更为得劲的是，麦收季节，各家门前的街道全铺满了刚收割的麦秸，差不多半人高的厚度，过往车辆不上去碾压不行，甚至在平展的地方用木头、石块堵上，逼迫你朝着需要的地方通过。几年间景区兴盛，过往车辆不断，村民们时常炫耀："我早上在家门口坐车，在市区逛一天，回来必须在家门口停车我才下。"

……

八里峡景区发展成了今天的黄河三峡景区，节假日车辆多到无法统计，大街上像流水一样不断头。

虎豹在村支书的任上已辞职多年，他不愿意谈起村里的事，他说他把自己的路走到了死胡同，里外不是人，上下不落好，在市里、镇上包括村里，颜面全失。满肚子苦水不想说，像一锅煲在心里的胡辣汤，既扎心，又烧心，不是滋味。于是就整天架着条机动铁皮船，不是在网箱里喂喂鱼，就是布布虾笼逮逮虾，实在没事干了，就在小船上拿根鱼竿，网箱旁的鱼特别好钓。钓住钓不住无所谓，只要能安静，见不到人就行。

几年前发茂老人下葬时，全村人都出动了。大家互相说着一句话："长辈真是个大好人啊！"虎豹每每听到，只是机械地点点头。后来有人带头说："我们今天的苦楚，是因为当时太尊敬长辈了，太听长辈的话啦……"

虎豹怎样说也是讲党性、有责任心的农村干部。事情办到此突然变个人一样没了神气。想想原来的 K 市长，因违反政治纪律判了刑，现在还没有恢复自由。移民局局长倒是出来了，受到了双开处分。其他人退休的退休，调动的调动。现在睁眼闭眼都是熟悉而陌生的面孔，甚至那些虚幻的面孔像长有翅膀，一会儿鬼脸，一会儿阴阳脸，一会儿嬉皮笑脸，一会儿又成了毫无表情的冷酷的脸。耳边反复着几句话：

"抹抹脸跑跑吧虎豹，咱们只有错打错来了，当初咱们目光短浅，执拗，自作聪明。现在咱们只有受点儿损失，让领导开开恩，把靠石村搬迁到平原吧……"

"找找交通局，村里愿意出义务工，汽车轧死的鸡、鸭、猫、狗，咱们自认倒霉，撞伤撞残的村民就是沉痛教训，把公路改出去吧，真不能进村里……"

"后靠是你们全村的选择，领导做多少工作你们知道，往你们村跑了多少趟你们知道，搬迁的平原新村地址让你们看过多少遍！移民政策可不是说改就能改的啊……"

"当时考虑到你们村的交通安全问题，我们改路是无奈之举啊！全村人出来阻拦要求走村里，当时是签了字盖了公章的啊……"

"丢人啊！"虎豹心里深深地自责。

虎豹不愿意再干支书，一方面是随着形势的变化，小浪底水域的管理也发生了改变，国家提出"清洁黄河"，水面上一切网箱养鱼、一切捕捞作业全面禁止。靠石村没了财路啊！另一方面是村民的话刺痛了他："虎豹没主见，关键时刻没有和上级保持一致，导致靠石村今天这尴尬境地。"这些话比起往移民局跑、往交通局跑遭受无数次冷眼和奚落，更让他难受！

好在，交通局终于改了路。那是因为黄河三峡景区也做了大量工作在里面。靠石村民众在舒了一口气的同时，着实对公路进村的后果深恶痛绝，表现在有些车辆因为多年的惯性，不自觉又拐进了村里，村民在路的交叉口横放的木头、石块儿等，就是他们的态度。他们是真的反感车再进村了啊！

近年来我无数次往黄河跑，对靠石村的过去和现在有了了解，垂钓时和岸边劳作的村民闲聊，他们都说没搬下去"亏大了"。

人嘛，总是向上的，有直路，也有弯路，直路弯路都是通向文明富裕的地方，只是速度和时间问题。不知道，靠石村会通过什么途径，会以怎样的速度，最终到达他们心中理想的目的地。

就像那一片灵动而静止的水，或轰轰烈烈，或潜移默化……

漂荡的小鱼划

1

小浪底是黄河的一个据点。我时常行走在黄河的第三条岸上。

我的出发地是济水源头，从济水到黄河，是行走了一个从远古到今天的沧桑，是水文化平行而东的执着与跌宕起伏中的轰轰烈烈。两条水尽管肤色不同、身世不同、出生地不同，她们的理想、追求与目标完全一致。她们的目的地都是遥远的东方，那里是她们的归宿。她们要赶到一个浩瀚的地方和太阳握手！

我义无反顾地伫立在这条岸上，那是我向往的地方，那里有我熟悉的环境、气味和声音，有我交下的憨厚的渔民朋友。

在桐树岭码头，碧绿的水域漂浮着整齐划一的网箱，风吹浪涌，一律规整地弧形排列，像庄稼地的麦垄，随弯就势，甚是美观。有兴奋着的鱼跃出水面，尽管有密密的网罩着，还是引来了白色、灰色的长腿、长脖子水鸟蹲守。在漂浮的网箱边沿一蹲就是几个小时，机灵的眼光随着游鱼的摆尾，它的巧妙是在有限的网

眼里叼住鱼的头部，很顺利就能钳出来，任凭鱼尾拼命摇摆，脖子一伸，流水一样进去了。没有直接叼住头部，权且钳住脊背呈丁字状，不能直接出来的情况时有发生。不用担心，长长的喙钳会在脖子一伸一提的掌控中调转方向，把交叉的形状立马颠顺，轻易就出了网眼。我在旁边观看，像欣赏魔术大师在表演。心里说，这鱼，你的溜溜光滑，只限于人的手掌，在水鸟面前却成了乖物……

已是下午五点多的光景，女人在靠岸的生活船上洗衣服，看到我，说老刘刚去喂鱼，就用手指了指远处水面上的影子。又说喂完鱼才回来。我说没事，等一下吧。

女人怕我等得久了，就高喊着催促老刘。我也顺便高叫老刘的名字。老刘在水上有回声。低沉的回声证明他知道了，声音是在水面打着漂滚过来的。我就坐在靠岸的码头船上，是港航局接待游人登船的码头船。

黑暗渐渐封锁了水面，透出昏暗的轮廓。老刘喂完了鱼，小船快速向我驶来。他看不清，近前了才"哎呀"一声："是老葛呀！你咋不事先打电话，让你等这长时间。"说着上了船。我俩坐在游客候船的长椅上。

老刘是河北人，是小浪底这碗水把他引过来的。老刘弟兄三个，他排行老二，来的时候和三弟刘三搭的手。当王屋山的农民面对漂上山头的水一时无所适从的时候，都围坐在岸上观看。个个眼里藏着好奇，似乎又用不屑来掩饰一下表情："来斗地主，赢了堆大锅，弄30、50元够喝一顿啤酒。"玩不玩都是闲着，就有人撺掇。水上两艘小机动船像合严了切开的苹果，各自画个半圆的形

状牵了手，就开始在板船上收绳，那是推磨般的旋转，水面的漂浮物悠悠然靠拢，自然而有条理紧缩，紧缩。"不斗了，看这一网能捞多少。"农民的眼光全聚了过来。突然水里射出一道白光，画出弧线，钻进10米开外的碧水。一道，两道，哗啦啦炸了锅。飞出去的是有经验的机灵鬼，大约不到10条吧！后来炸锅是因为网的口小了，兜到一起的鱼儿们都急慌慌起飞，在助跑的线路上互相冲撞和影响，致使都不能起飞，飞起来的是开锅似的沸水，是翻腾的浪花和浪花的笑声。

鱼进舱，足有两千斤的收获。岸上的农民看直了眼，就纷纷上船打工学技术。给农民发工钱的人就是老刘，刘跃存。满河的人都这样喊他老刘，没人知道他跃存的名字。我认识他们弟兄并交了朋友，是看中他们的本分与大无畏的豁达，是他们无私地传授了捕、养鱼技术，更对小浪底库区的经济发展与水上安全做出了贡献。今天小浪底北岸的大小船只、网箱以及专业村、专业户的兴起，与他们在浩瀚水域漂浮类同的网箱和传授的养、捕技艺不无关系。

我和老刘的认识是在一年一度的排水排沙之前，排水排沙定的是6月20日开始，其实渔民早在月初就开始准备了，该出售的全部出手，有赶不上茬的就继续养，但要做好排沙后水位低、缺氧的防备。那天阳光格外暴烈，调水调沙后水位已降到很低，极大威胁到网箱养鱼的需用水位。我是专程到网箱比较集中的桐树岭码头采访的。山体湿漉漉刚被水洗过，石头、枯树上偶有细沙布条甚至破旧虾笼，湿气和鱼腥气弥漫在库区的巨大空间抑或细小的缝隙。原来水位高时视野辽阔，心胸坦荡，现在突然让人有压

黄河的第三条岸

抑感。紧张的墨绿黑黄色河水，受了惊吓的翻卷的紧张鱼群，紧张的养鱼人，紧张的养鱼人的脸，紧张而忙碌的身影，在桐树岭码头紧张而慌乱着。

我背个相机，面对紧张的空气里的实物或远或近尽情咔嚓，其中捕捉到一个镜头最是吸引了我的视线，满手油污的机械手在修理着一台柴油发电机。我知道渔民们在做最坏打算。水位低到一定程度，清水减少，泥沙含量大，再加上黄委会利用科学的调水调沙手段，让库中有限的水位发生巨大的震荡与旋流，最大限度冲刷河道，达到泄流清淤之效果。每到这时，是小浪底库区鱼类的灾难。为了把损失降到最低，增氧机是必备的设备，一旦有意外，就要用最有效的办法抢救。但是，电是维持与抢救的关键性保障，有谁知道在爬坡的重要时刻掉不掉链子呢？就咬了牙买了一台柴油发电机，保持一级战备，以防不测！修柴油机的技术人员顾不得阳光无情的干扰，专心做好战前的动员和准备工作才是本分。

我拍了照片，在一旁默默观看这里的一切。太阳的光线越发激情澎湃，招引着山梁树木、藤蔓上的知了破嗓子似的鸣唱，搅动着空气中翻卷的热浪，反而晒不干年轻人脸上的汗珠，工作衣的袖子便成了临时毛巾。这是第三次发动了，引擎线在轮子上缠好，又熟练地压了压油门，感觉一切没问题了，烟在嘴里狠劲抽了两口，呸！吐了出去。技术员就两只手拉紧引擎线，猛一甩，发动机突突突蹦了几下，最后像放了一声闷屁停下了。

"还是不上油！"旁边十米开外一个50多岁身体敦实的人正在摊晒鱼饲料，时不时搭讪一句。此人将鱼饲料在一块塑料布上暴晒，湿水了，还是发霉了？此人用一口大锅，不时地往饲料上洒水。我过去观察。原来是往鱼料里拌什么药。养鱼，也是需要精心预防疾病的。我打了招呼："正忙着哩老兄？兑的是不是营养品之类？"此人抬头看看我，说："什么营养品，鱼这几天都热感冒了，给它们弄点姜汤喝喝。"说着又看我一眼笑了笑。含蓄的热情与诚实，一下子拉近了我们的距离，让我感觉此人的机智与随和。我抓拍了两张他的工作照片，他微笑着问我干啥的，我如实介绍后，为了让他感觉我可交，我说我是钓鱼的（水边钓鱼的人很多），想投师学养鱼。他一听又笑了，看了看我的照相机。我也笑了，我的笑是因为我善意的谎言被他揭穿！

他有四个孩子，一个儿子，三个女儿。儿子在河南岸孟津县水域养鱼、捕鱼。我说："怎么样，有你做后盾应该可以吧？"他说："不行，年轻人掌握不好，能顾住他们生活就不错了。"

说着，"突突突突"发动机冒出一股浓烟，没有再放出闷屁死掉，正常工作了。我说："行了！"刘老二递个笑脸说："过来歇歇吸根烟！"那人像没听见只管干他的活，一边整理工具，眼睛观察着机器，感觉正常了，倒过来问老刘："就这吧？"老刘说："你掌握。"机器就慢慢熄火了。

"增氧机都好了吧？"刘老二进一步落实。那人说："全都调试了，这不，闸刀已接好，到时真需要，机器一发动，闸刀合上就行了。"旁边地下塑料布盖着个木盒，电缆连接着，这是一级战备，正常的用电不出意外，这一切是派不上用场的。刘老二说希望这些设备闲置下来。

我说太辛苦了。养鱼不仅仅是苦力，还有无尽的心智在里面。

料理与操劳其实对养鱼人来说算不了什么，都在视线与智力的掌控之中。掌控不了的，不是自然与技术层面涵盖的内容，而是黄河的科技与科技掌控下的小浪底一年一度的调水调沙！

他曾想过明年到上游去，说新安县有朋友一直动员他过去，那里水域相比这里更辽阔一些。可是最担心的还是排水排沙这个时间段，因为上游可能露底。这里毕竟接近大坝，水落到最低点也还是没问题，只要看好不缺氧就行了。

"那你咋打算？"

"走走看吧！"

他显然是嘴上说说算了。

2

一年一度的排水排沙，是小浪底工程的特殊任务，也是中国水利史上科技含量最高的清淤手段。排水排沙的有力武器是异重流！起初我不知道异重流是什么玩意，问老刘，老刘说，根据他对历年排水排沙的体验和观察，是水在剧烈运动，水筑起两三米高的浪墙，忽而自上游冲刺而下，忽而自下游逆流而上。像飓风，它能把四五千公斤的网箱从搅浑了的水中抛出，当满网的银白在跳出水面的刹那，鱼儿们显出无以复加的惊悸，啪一声震响，水面上升腾起泥土颜色巨大的碗的轮廓，散发出耀眼的光亮，霎时整网箱的鱼跃进水里，哗啦啦消失了碗的影子。清的水裹挟着黑红的泥沙，在小浪底这口锅里滚沸。

说时迟那时快，网箱又被抛了出来，是黑乎乎一团，空的！

也难怪，再结实的网绳也经不起如此折腾。可惜了以这种形式获取自由的鱼儿们，运气好点的能躲在哪个角落得以苟活，多数都会在泥沙混搅的黄汤里因吸不到氧而窒息。

流鱼，是黄河中下游一个独特景观。在小浪底水域没有形成以前，两岸的民众对每年汛期的捕捞乐此不疲。家家都备有自做的抄网，选取一根树上天然的枝杈，长柄一握，前边两根枝杈趁湿有韧性，弯成一个圆环，用牛皮绳缠绕牢靠，放在通风处让它风干，有了筋骨，硬朗起来就可用。它们全是手工织就的喇叭形网兜，口大尾细，在圆圆的枝环上成串固定了，一个标准的抄网就完成了。家家的房檐下都会横挂一个抄网，然后配上几个大的葫芦，还有的干脆把三四个葫芦固定在一个圆圈上，用时往背上一挎，称为葫芦舟。当然，也有用手扶拖拉机内胎的，在黄泥湖的水面上，只要发现有鱼儿的身影泛白，便会驾着葫芦或轮胎的小舟追赶过去，不一会儿就肩背抄网靠了岸，准有一条大鱼就范。流鱼的时间里，沿线的民众不知道怎样获取的信息，呼啦啦满河沿挤满了人，不论男女老少手里都有小网小桶等工具，甚是壮观。

为什么会流鱼呢？当地有"鲤鱼犯荆花"一说。说是黄河中上游两岸漫山遍野的荆花被狂风暴雨裹进了水中，那种无法抗拒的浓香侵蚀了鱼的感官，严重到不能自已，就翻了白，顺水漂流，这等好事岂有不获之理？于是就成了黄河沿岸的一个景观。其实，完全是汛期的暴雨所致。黄土高坡的泥土成数倍增加黄河水的浓度，硬生生让黄汤里缺氧，有不"翻黄"的吗？

今天的"翻黄"却是人为的科技，黄河干流没有发生洪水，依靠水库上年汛末以来的蓄水，通过调度万家寨、三门峡以及小浪底自身的水，在大坝以上40公里的水域塑造人工异重流，底部淤积的泥土被卷起来，那力量小了能撂起整箱的鱼吗？难怪老刘惊奇地说真稀罕，从没见过安静的水在没有狂风的情况下如此疯狂！

我为渔民在现代科技面前的困惑与无奈一时无语，更为老刘兄弟俩一下损失数十万元的惨痛而揪心。我说，事前没有通知？鱼贱卖了也行啊！老刘说，有通知，往年都没事，谁知今年水咋能这样！

我陷入了深思。

我想我当时的表情一定很严肃。在那个无比严肃的五味杂陈里，我清楚地知道黄河上的"清明上河图"。大坝以上造成的人工异重流，让多少渔民在侥幸的无知里泪流满面。排沙洞以下的黄河两岸，欢呼雀跃着捕捞流鱼，多么激情的动人场景！整车的鲢鱼、鲤鱼抑或鲶鱼，太多了，就用电话处理："喂，大舅，我是如意，黄河流鱼我捞了有千把斤，天热不能放，快来拿鱼，带编织袋。通知我二舅，我大姨，都赶紧来，我没空打电话。就这，快点！"

这个叫如意的年轻人，浑身黄泥巴和黄水一样的肤色，已经改葫芦舟为机动船，效率高着呢！

水里，有机动船，有葫芦舟，有车轮内胎，更有水性好的直接踩着水，一律手握长长的抄网在舞动。岸上人头攒动，公路上各种车辆嘶鸣，在运输着捕获上来的流鱼。我也接到了家住黄河岸边一位朋友的电话，直接说："你不是爱吃剁椒鱼头嘛，快来西霞院水库坡头码头，给你弄几条花鲢。"在船舱的黄泥糊里拎出条花鲢，通一声装进我的编织袋，尾巴露出来有十多厘米长。朋友说："有30多斤重，给你两条。"我说："算了吧，这一条就行了。""不拿就放坏了，再拿两条小的。"说是小的，起码也有四五斤重……这一切的一切，在第三条岸上汇集上演，形成亘古至今的强大惯性与气流，积淀成精彩的大河文化。

我的喜形于色在老刘面前很不礼貌，尽管只是在心里，面部还尽量把眉头拧成一个愤愤的同情！

我在心里的暗喜，当然是对大河的尊敬与崇拜，说穿了更是对国字号重大工程与科技的自信与自傲！它的力量它的威猛它的功效是再多的老刘再多的网箱能够等同的吗？再说了在这样的水域搞养殖，仅仅就是热热身打个小小擦边球而已。有失落，有惋惜，有眼泪，在国家层面调节、掌控这条巨龙变害为利的版图上，灌溉呢？发电呢？饮用呢？防凌、防断流、防悬河呢？哪一项不是关乎国计民生的大事，哪一项的重量再放低身价也比得过任凭你满河漂浮的网箱！那不是一个层面，是完全可以忽略不计的概念，况且大中有细的人性化关怀，让老刘们告诉我：人家通知了！

我无语。

3

"回来喽——"

水面上飘过来声音，是老刘爱人喊叫吃饭。老刘就说："走走走，回家（指他的生活船）吃饭，今天咱哥俩喝两杯！"我说："别客气，今天就不喝了，待会儿还要赶回市里，一喝酒就不能开车了。"

我知道在船上喝酒很浪漫，面对镶嵌在水面上一排排像田垄一样的网箱，欣赏渔舟唱晚的悠扬。鱼在水中甩尾，水珠飞溅到朋友黑红的笑脸上，全然不顾。那次老刘硬拉我到"家"（生活船）里小酌，妻子在"厨房"刺刺啦啦就是几个下酒菜。一个清炒黄河大虾，一个油炸小银鱼，一个干炸鱼块，一个煎白条。老刘拿两个碗倒上酒，说没什么菜，随便吧。就用手捏了吃，我也下手捏，老刘就把我当了真朋友。

他每天喂鱼是铁定的规律：早上6点，中午10点，下午2点，晚上6点，共4次。

他说，养好了，每条鱼一个月长0.35斤，料很关键。一箱两三千条鱼，网箱都是悬在水中间，3米、4米深浅。喂鱼时，家里女人在网箱边钓鱼，不用鱼竿，手拉住渔线顺网箱外侧丢下去，随便一钓就是条大鱼，只是线太勒手。

我说："兄弟刘老三还好吧！"他说："三弟好得很，气魄大，这几年养得多，品种多，弄了百八万，在新安县城买了两套房，河北老家也买了房。"

老刘眼里满是兴奋和自豪。我被感染着，一个身材魁梧、一身英气的健硕男人挺拔而立。

我已了解了"三弟"很多，电话采访他时特地告诉他："我和你二哥刘跃存是好朋友，是他给我的电话让我联系你，你是见义勇为的大英雄，是小浪底真正男人的骄傲！"他说："过奖了，我只是在水上漂的时间多一些，顺手的事。""你说说当时的情况吧？"我有点急迫。

"电话里说这事太长，你还是让我二哥给你说吧，他知道。我手头有事不方便，回济源了见面唠嗑。"我说："好吧，你来了请你喝酒！"

他没有再回济源。有时到新安县也是来去匆匆。他在河北老家又有了新的发展。

其实我是太崇敬他这个刘老三了！

那是 2004 年 6 月 22 日 19 时 54 分，突然一股黑风刮来，黄河的水霎时竖起一道十几米高的墨绿色浪墙，黑风掀翻了距小浪底大坝上游约 10 公里正在返航的"明珠岛 2 号"游轮，上面有 69 名游客啊！岸上和港湾里的渔民在风的夹缝里听到了集体的呼救："救命啊——"有渔民看清楚了，心跳加快，出事了出事了！那是第一感官的判断。

没有半点儿犹豫，港湾里突突突冲出一条小渔船。驾船人是刘老三，船上站个青年，是刘老三的儿子。风狂暴到恣意肆虐的程度，像在投掷无形的炸弹，不仅仅随意掀起浪墙，还时不时开挖或圆或长的水塘，然后啪啪的耳光一样的风抽在脸上，生疼生疼。

游轮斜刺里倒了个个儿，水面上露出一端的侧位，一群人钻出玻璃孔蚂蚁一样爬上去，抱成团站在上面惊呼，水面上有人挣扎，岛礁一样的船侧周围有人吸附着某个部位，谁知道他会不会游泳呢？可怕的是，水面之上并不是"明珠岛 2 号"游轮乘坐人员的全部，只有 31 人出水。此时，厄运仍在蔓延，"明珠岛 2 号"游轮的水上部分继续无情地下沉……

"不要慌乱，让妇女、年老体弱者先上船！"

黄河的第三条岸

这是河南省开封市兴化精细化工厂党组织组织党员活动遭遇的意外事故现场。大家没有去争抢有利位置，没有把自己的生命放在任何别人之上。

这时，没有人考虑这条伟大而简陋的铁皮小渔船是从哪里来的，没有人考虑渔船上那个魁梧壮实的舵手与那个青年是谁。这时的刘老三只管驾驭好小船，按照顺序让大家有序而上，船的吃水与载重量全都装在心里，全都在自己的经验里。上到第15个人的时候，有人说："不敢了吧？先走一趟再来！"就连那个青年一个一个接人上来，也把眼睛里那个大大的问号甩到父亲的脸上。

"再上两个人，快一点，其余人等我再来！"刘老三坚定地说。

上了铁皮小渔船的每一个人都在惊悸中屏住呼吸，生怕自己的呼吸加重小船的吃水。仍有浪涛袭击，刘老三用满脸的凝重与坚毅慷慨应对，不就是离岸800米的距离吗？小船的柴油机突突突冒出沉闷的浓烟，调整了方向，朝北岸行驶。岸上已有农民集聚观望，小船不停地冲撞着浪头，一船人用强大的生命之力凝聚成勇猛的气流，忽而掉转方向，朝汹涌的浪涛撞去。船上的人在心里使着劲儿，刘老三沉着应对，岸上不少人手里攥着汗。小船又一个掉头，坏了！一米多高的急浪扑来，船沿离水面只有10厘米左右的高度。如果刘老三这次压不住浪头，大家都知道意味着什么！然而，刘老三把自己的力气和经验全集中到了眼睛上，重重憋了一口气，用眼睛掌控，船好像一片树叶被忽而抛起又放下，让大家松了一口气！

后来岸上有人神秘地说："刘老三在关键时刻有一种神功！"

大约20时35分，岸上人群的惊呼声透出无奈的失望，刘老三回头看看"明珠岛2号"船体完全沉没,心头一紧! 15人再次落水。

刘老三只有一个念头,赶快返回,15个人还在等着自己呢!

"船来了船来了!是救助船吧?"岸上有人喊。

刘老三已靠岸,命令岸上人帮一把,然后回头望了望,焦急里似乎有了点安慰,正要掉头拐回去的时候,一艘冲锋舟驶了过来。刘老三纳闷:不赶紧救人,来这边干啥!然后就全力向水中央驶去。

"小渔船赶快靠岸,不要到里边添乱!"是传话喇叭的声音,"说你呢,还往前走,里边危险,拐回去!"机动船的噪音让刘老三听不到喊话的内容,只管走。冲锋舟箭一般射过来,阻挡了刘老三的前行。刘老三减了速,方明白冲锋舟的意思。岸上听得清楚,有人高喊说:"是这条船救的人,人家没事!"船上的人根本听不见,只有机器的轰鸣。

"还有15个人等着我呢! 15人!"刘老三着急得只有一个念头。

"你看看大船都过来了,别添乱,快回去!"这时刘老三听清了喇叭声,看看沉船的地方,确有大船在救助,况且越来越多。

刘老三无奈地掉回了头,眼光始终没离开现场……

接近晚上9点,夜色已全部覆盖了水面,只有交叉穿行船只的灯光仍在忙乱,仍在搜寻。终于,赶来的船只救起11名落水者,上岸后已有1人死亡,另有4人失踪。

水面仍有无序的浪花飞溅,发出哗啦哗啦沉闷的响声,在昏暗的夜色里凸显肃穆的鬼魅。岸上已有抢险指挥部,水面仍有强光来回地照射，当然希望能见到生命的奇迹。

那条铁皮小船早已悄悄停靠进港湾。有知情人说："你的小船如果能再去一趟，一定能多救几个人！"刘老三没有反应，眼睛直直地盯着一个别人看不到的方向……

4

北岸的慌乱延续到深夜，王屋山逶迤的沟沟梁梁阻挡着车辆的行走，只有水路乘船而来的人流、抢险物资纷纷抵达。接到通知，骑摩托车急速赶来的当地三里五村好水性的青壮劳力，忽而因山路的崎岖让摩托车发出破喉的怒吼。然而，嘈杂和惊恐难掩无数蜂拥而至的遇难者家属的呼号。

盼望着天亮。遇难者家属又害怕天亮。但是，天大的事情发生也终归拖不住时间的脚步。随着太阳的升起，抢险指挥部的各级领导逐渐增多，党和国家领导人高度重视，国务院迅速组成联合调查组，赶到事发现场指导搜救和打捞工作，河南省委省政府的领导也火速赶到现场，展开紧张的抢救工作。由于小浪底库区水面辽阔，水下地质复杂，特请来天津、上海等地专职的潜水员前来援助。潜水员从没经历过黄河这样特殊的水下环境。事发地水深41米，水下淤泥厚度达27.8米。潜水员的作业不是在水中，而是在水下的泥浆里。沉船在水力运动的作用下，已全部陷入泥层，最低点在泥下深度接近10米，最高点在泥浆下约30厘米处。潜水员在打捞过程中，在以船体为圆心的半径30米的水域内进行认真反复搜寻，并潜入稀泥浆在沉船上层客舱寻找。潜水员进入稀泥浆，潜水员的安全风险可想而知。

截至 7 月 3 日 18 时，打捞人员共潜水 61 人次，打捞出 19 具遇难者遗体。未捞起的失踪人员大多集中在下层船舱，打捞出的可能性基本没有。就当时的技术条件和水域环境，打捞船体也暂时无计可施。经专家会诊，报请上级相关部门批准，停止打捞。

河面平静下来。撕心裂肺的痛哭声消失。

损失损失损失！赔偿赔偿赔偿！安慰安慰安慰！

摊上这事，是不幸中的不幸。

2014 年 8 月 13 日上午，我在黄河北岸的冢崮堆村采访，一位 60 多岁的渔民对我说："那次翻船事故，多亏了河北的刘老三。我们看到他的小船在峰尖上起起伏伏，老揪心。人家救回 17 个人，如果能再去一趟，保准还能救回几个人。哎！"

事后人们见了刘老三就竖大拇指，说你爷们儿出大力了，找市里领导让他们给奖励，一个死人包赔几十万，救十几个活人就不值一分钱？

事情就这么着，钱买的是安慰，是平安。

通常的货币流通，钱物交易，出了钱，换回东西。这件事是出钱买所谓的平衡。钱出了，没了悲哀的撕心裂肺的哭声，没了风一程雨一程的沮丧着的表情与表情里的不冷静，没了不节制不礼貌与近乎粗鲁的言辞，也没了见人就说宽慰话，就自责工作不到家，失误教训我们承担，我们会好好整顿，我们会加强自身管理，提高应急能力等。

细想想，人家刘老三根本没有争名争利，根本没有伸手要报酬。是人们获知了所谓"摆平"了的抚恤费，不自觉产生出的引申与联想，就牢骚一样追加出自己关心或者是"打抱不平"的话语，不仅仅是说给刘老三听，还嫁接成刘老三自己的意愿。这种行为是否得到了心里的抚慰与认可，是积极的、消极的态度甚或什么样的目的与效果，姑且不论。我窥视或理解了他们对刘老三的尊敬与褒奖。事实是，平息事端，眼往前看才是重要的。谁也不可能把心意心情都拿出来称一称，量一量。大河东流，终归激情澎湃。

我敢说，对于刘老三，当时是一种本能、一种责任，哪有时间去考虑要什么报酬，生命比什么都宝贵！于是他就这样做了，一个箭步，伸一把手的事，根本不需要热身，不需要摆什么姿势。当地政府的行为也是很有力度的，立马组织十里八乡好水性的青年火速赶来河边救人，电话声，指挥声，声声告急！各种车辆拥堵，交警迅速过来疏导，人山人海。这一切，是重视程度上的举动和决策，不这样又有什么办法呢？不惜人力财力，必须这样做！是对生命的真诚，是对生命的尊重！

没有了风，就没有了浪，小浪底恢复了宁静……

我看着碧绿的水，脑子木木的，耳边有音乐，有鸟鸣，空气中散发着昂扬之激情，撕拉着涩涩的心情，就在脸上挤出姑且的笑容。

天黑了，我告别老刘。

5

老刘的生意还算可以，用他的话说：马马虎虎。

后来居上是正常的发展规律。库区内桐树岭码头、张岭码头、大峪湾、大奎岭、桃树沟、王拐、冢谷堆、明珠岛、五里沟、黄河三峡、高沟、小沟、毛田等沟沟汊汊的捕、养水域，网箱像天上的星星不计其数，然后发展起来的专业村和个体捕、养户，投入规模远超老刘的多的是，效益好的也大有人在。老刘却接连办了几件人生的大事，打发女儿出嫁，尽管不是冒了尖的土豪式陪嫁，在普通的平民层面上还算得上比较风光的。儿子结婚总不能没有房吧，况且已跟随自己来到小浪底捕捞作业，在孟津县水域待久了，就入乡随俗服了水土，再加上河北老家青梅竹马一块长大的姑娘的情分，就托人在孟津县城中心区购得漂亮的三居室。老刘给我说：年轻人讲究装修，追求一次到位。然后顿了顿告诉我：装修费比买房还贵！

我说，年轻人都这样，是个心情吧。老刘笑笑认可。而今老刘已是有了孙子、孙女的爷爷，我思忖着不简单，就伸出一根手指说："给孩子买房办事到今儿，少说也要上百万了吧?""上了上了，我和他妈没日没夜漂在水上，全耗上了。""这就对了，这就是你的责任和价值。如果不是你老两口的辛劳，儿子的头昂不起来，你俩也没有现在的荣光！"

"哎！干哪算哪吧。这两年水上热闹了，咱们财力有限，尽管也有发展，却比不上当地人的得天独厚。"我说："知足常乐，你已经做得很好了。"我想说水面上的环保，在心里忍了忍没说出口。本来他以为自己的环保习惯稀松平常，如果特意当事情去说，是否有偏激的嫌疑? 其实只是我平时的观察记在心里的事情。大凡到过水边、到过小浪底捕捞养殖垂钓现场的人都知道，水面、岸上的环境卫生令人犯愁。小浪底每年除了冬季难得的寂静外，春、夏、秋三季热烈而热闹，高峰期仅垂钓一项，每天就有成千上万人涌入上下数十里水域的沟壑，吃喝拉撒，何等的壮观！还有无数的垃圾投放，有各色包装袋、塑料兜、残羹剩饭、瓶瓶罐罐等。风吹袋飞，落入水中的随波浪漂走，或聚集在沟尾港湾，密密麻麻。各种飞鸟专门搜寻漂浮物，即表面上的食物。岸畔山梁上杂乱密集的荆棘，挂满了红黄绿白的塑料袋，在风的招摇下尽情舞蹈。有到过西部高原的人说："经幡歌舞吧，却失了整体的形状，或曰万国旗吧！"说实话，这垃圾还真难清理。

老刘的船上就固定着一只塑料筐，一根带钩的长棍。在他活动的水域，他见到水面上的任何漂浮物都要打捞，然后带上岸，送到码头的垃圾存放处。我看在眼里，知道那是一种习惯，无须惊动和言说。本来一水东流，平缓宁静，波澜不惊，你投了石或掬一捧清水以示爱慕，却反而生出涟漪，惊扰了平静，显出生分，得不偿失呢！

尽管如此，一条小船在200余平方公里的水面竟是那样的微不足道！

终于在2016年冬季一个北风呼啸的傍晚，老刘打来电话说："老葛，给你说一下，黄河上已经结束了，渔政给咱的网箱清算10万多也到账，能出售的全都出了手，就剩两箱草鱼苗子，完了带走再养。"我说："这么快！"他说："渔政的钱给得干脆，咱没的说。只是告诉你，今年在孟津过年，你春节到孟津县家里做客。"我说："好吧好吧，一定去……"

这是清洁黄河的一个大举措。老刘当然知道断了黄河的养殖路，也曾经婉拒过同行的对抗串联，别人签不签字、结不结账是别人的事，国家做到仁至义尽，咱有什么好说的！于是，管他东西南北风，立马清理！

我是很早就知道这个信息的。春节前习惯性又来到黄河，网箱零星地歪扭着少了许多，没有了先前的规整和生机。"老刘不在了，跑得比兔子还快。"经常和老刘唠嗑的一个养鱼人和我熟悉，就对我说。我说："你的清理得怎样了？""正清着，空箱越来越多。"我看看水面，镜子般照出第三条岸事物的生动与生动着的事物的行程。

对于黄河小浪底以及西霞院库区的这次近百公里的清洁，是保护黄河水质的重要行动。试想，下游的郑州、开封、济南等城市的生活饮用水是离不开黄河的，黄河水质的优劣关乎着千千万万民众的安全与健康，这是何等重要的关乎民生的大事！和自己一个小小养殖户的经济收入没有任何可比性！老刘的清醒比库区的水还透彻，难怪清理的速度"比兔子跑得还快"呢！

漂亮的三居室，南北通透，装修考究舒适。春节后我专程到孟津县城老刘的家做了一回客。老刘电话中诚恳地让我去看看，我就答应了。能不答应吗？像兔子一样收了网箱就跑，下一步的路子朝哪走，是我想知道的。

三杯酒下肚，老刘说："下一步不慌，想找一个合适的水塘承包下来，找不到，就趁机喘喘气休息一下。"我说："顺其自然，就需要你这样的心态。"老刘又主动和我碰了一杯酒，诚恳而无所谓的样子。老刘的儿子说："想叫二老跟团外出旅游转转，两人死活不肯。"

我清楚，老刘暂时还没心情，他还想再干上十年八载。

就在丁酉年春夏之交的一个傍晚，老刘打电话通知我，在孟津县横水镇承包了一个"五八水库"。我说："好呀，有多大？""二百多亩吧。"老刘告诉我。

好家伙！还真够大的。

桐树花开，一嘟噜一嘟噜的紫白色喇叭状的花，被阳光一照，越发明丽，再加上蜜蜂的陶醉，更加散发出诱人的清香。南岸属丘陵地貌，盛产桐树呢！按照老刘儿子刘光泽发的定位图，父子二人已在水库的路口等着了。

"这水库应该是'大跃进'年代的产物吧？"我猜测着寒暄。

"是。在横水镇签合同时，他们也这样说。"老刘很兴奋，儿子光泽也洋溢出满脸的热情。

墨绿色的水有点儿微微泛黄，相比小浪底的水完全不同，显得平静温顺了很多。我说："这水本来就这么肥？"老刘说："就这样，大凡鱼塘水都这样。"我看到熟悉的网箱已漂在了水库的中央，一艘小鱼划被锚在岸边，那是老刘到水中央喂食往来的交通工具。一艘大一点的平板机动乌篷船静止在水中，那是生活船，区别于南方水乡的木质船，通体金属制造，防雨是玻璃钢架构，用来存放食料和杂物。老刘手里拿着一个装鱼食的编织袋，上了小鱼划，递给我说："垫着坐下。"老刘显然是怕弄脏我的衣裤。

双桨吱扭吱扭吃着水，鱼划款款滑动。在两岸绿树桐花的风景里，一个全新的感觉刺激着我的神经，捕捞着满眼的好奇。老刘告诉我，这条水库接近两公里的长度，几乎每天都要巡查一到两趟，一是查看水情，二是怕有人下网偷捞。垂钓无所谓，一竿收费二三十元即可。当然也并非绝对，库边村庄有难缠的住户不愿

交也就算了。

说话间有哗啦啦的声音，是野鸭受了惊吓，在水面上昂着头躲避我们。"放了什么鱼种？"我进一步了解。

"咱放的是花白鲢，野生的鲫、鲤、鲶鱼不少。垂钓多是鲫鱼。"老刘来的时间不长，却已摸透。越往库尾，水深明显浅了，有干树枝枯芦苇露出水。我说："坝前水有多深？""接近 10 米吧。是水深吸引了我。"老刘比较满意。我想起了运动员，不能老是背后练基本功，不对抗，不实战，不在裁判的哨声里争夺打团队，只能是空理论纸上谈兵。就好像满身武艺的老刘，你养鱼再有经验，再懂得鱼性，没有足够的水域，在旱地里永远无法施展。常言说，到跟自己投合的人面前或在跟自己很适合的环境条件下，就会潇洒自如如鱼得水，我感觉老刘大步流星，自信满满，如得水之鱼！不然，儿子再孝顺，再舍得花钱，他也会认为外出旅游逛东逛西是遭罪，无聊至极！

有了场所，有了场地，就尽情地表演吧！

我终于没有控制住自己，说："这条件和小浪底相差太远。"

老刘看着水略有所思："尽管水质不能和黄河小浪底比，但这是真正的场所。离开黄河，就是保护黄河。对咱个人而言，无所谓！"

话语很平静，像眼前的水一样无波澜。我看一眼老刘，他的确镇定自如，的确无所谓呢！

我的心踏实了起来。

百米深处有人家

山和水的坐标

这是水的世界。

近前了，潮水一波一波地涌动，似乎要削平倒映在水中王屋山翁郁的植被，让整个山随着浪的风向摇动。风有点儿疲倦，稍稍打个盹看一眼山，毛发无损，枝叶的茎蔓仍然呈现出水中的黛蓝，游鱼像山雀啾一声滑过。

水的力量究竟有多大，只有天知道。黄河水冲出三门峡谷，挤进八里胡同，明显憋屈了就用速度抗争，呼啸着奔腾。人们知道，两岸是山的天下。水瘦的时候，也就几十百八十米的宽度。自从那条叫小浪底的大坝封锁了以后，水沉默出力量，一下子将南岸的黛眉山北岸的王屋山推开到 5000 米左右的距离。赶牛、挑担、上窑院读书以及顺河绕弯儿的那些路都去哪儿了？

水下的遥远封锁了记忆的清晰。那是方位的选择。祖祖辈辈以及自己儿时走的都是那些明暗着的沟岔交织的小路。沟头窑畔那

棵雁过红老柿树足够大，足够我们窑院小学全体 50 名师生在树枝上游戏。冬季没有树叶，更没了红红的柿子，我们全都爬到树枝杈上，像房檐下的玉米辫子。老师说我们是祖国的花朵，用老师假期后从城里带回来的相机拍照，摄影作品就叫"古树开花"。这些铭刻在心里的坐标抹不掉啊！

尽管，已知道那棵雁过红老柿树移民时被村里伐掉，锯开后褐黄色略带黑釉亮堂的斑纹，馋得老木匠啪啪啪拍打着板面爱不释手，嘴里不住地说真好真好。那棵树，村里留下一块长 1.5 米，宽 0.8 米，厚 0.08 米的独页案板。老人说，全村人办红白事，吃大锅饭专用。其余大大小小各家都分到一块。对山区农户来说，柿木是上好的木料，可做案板。

已知道，家在百米下的水中，确切地说在泥沙里。以前在沟底水下走，现在已站在山头。绕库区一条通衢大道，大道就修在举头仰望的山体荆棘中。那是如何难攀爬的大山啊，想回来站在离家最近的地方遥望一眼家乡，就要走这条路。车停到路旁，顺弯曲步行道绕山梁下去。水的浩渺首先打湿了双眼，让你的心一颤一颤在紧缩中打开，已无法再往下行，因为水一涌一涌像狗一样总想亲吻你的双脚。

还有很远。下车时不是说到了吗？

是到了。但是在自家的窑院前往这里攀爬，少说也有四五里的山路。在大山，说直线距离四五里，你走吧，加倍！现在在高处遥望家乡，确切说吧，就在前面那一带。

我仔细寻望同行的朋友说的那一带的家、小路、老柿树，都是一片渺茫，都是一波一波的水纹。家在水下，朋友始终盯着他心中的那一带，他是真的看到了，再熟悉不过的家，三孔窑洞，有差不多 10 米高的窑院，靠西是父亲用血汗搅和黄土泥巴建起的三间瓦房。那是必须建的，是自家的门面，是父亲的尊严！正是有了这三间瓦房，父亲驼下的背突然挺直了。院墙是经爷爷手垒砌的，不是方方的那种，算不上规整，但也严实。只是，有点儿低矮了，是多年的雨水冲刷所致。父亲找一些薄板板的山石盖上，起了点儿作用，但终归盖不严，就留下一条一条的水槽在墙上。荒草多情，不知道它们想看一下院里的光景，还是它们不想让墙外人朝里观望，密密匝匝在墙头疯长。

再后来，在一个春季连绵的雨后，父亲用箩筐挑回来很多周身长满尖刺的仙人掌，趁着墙头的墒情栽植了上去。不承想，仙人掌生命力旺盛，繁殖力极强，两年下来满墙尽披绿铠甲。特别在开出洁白色喇叭花的时候，低矮的土院墙真个是一道风景。移民搬迁的时候，竞相拍照的人不计其数。

最西端那口窑洞先是堆放杂物和农具的，后来成了牛圈。我们越来越大，父亲就在窑洞口为我们铺上一张床，就成了我和二哥的住所。晚上最有兴趣的是玩扑克，我和二哥两人玩没意思，每每加上本家小叔的儿子同盛。同盛儿时患病，右小腿骨头弯成弓形，左腿比右腿长约十厘米，走起路来一瘸一拐。他非常聪明，掀起牌合上就不看了，需要用哪张，抽出来便是。母亲心疼煤油，每见我们玩扑克就吵嚷我们："整天打扑克，那瓷耐（脏）东西有啥打头，点灯熬油，不顶吃不顶喝。"母亲一边唠叨，我们一边玩耍，听着就像没听着。母亲入睡前，总要站在院子中间吆喝我们："赶快把灯给我吹灭，睡觉！"听到母亲的喊声，我们"噗"一声把灯吹灭。待母亲回到正窑"哐"一声把门关上，我们悄悄把灯点亮继续打。山村之夜，没有电，更没有娱乐场所，干什么呢……

朋友连门框上的对联也看得清清楚楚，随口念道：春风拂来满院喜气，大河东流浩气长存。横批：顺风顺水。我说，你写的？朋友说，胡写。其实很有气派，又有地域特色，豪迈而不狂傲，有追求、有理想而不执拗偏激，一切顺风顺水。

抬起头的远方，是南岸如黛的山色。那山是属于黄河的，山脚是 20 世纪 90 年代以前的黄河，山腰是大坝合龙后的小浪底。不能想象，曾经的"九磴莲花转"，眼前只剩灰蒙蒙的远山。转回头看看山峰，不错，是这个方向。又回头看水，没错，就在那一带！

朋友反复说就在那一带，我瞪大眼睛再一次寻找，这一次看清楚了，墨绿色水面不仅仅是波浪的摇晃，在阳光的作用下，闪烁出一大片金色的斑斓。看久了，耀眼，光线全成了金色，连同带我回来看家的朋友，全成了金黄的一团。

风是朝着本能的方向行走

风是有方向的。它的本能就是前行，前行的速度取决于风力大小。风不管世间万物，只管走它的路，跋山涉水，呼啸缥缈。风也有无奈的时候，那是撞见了雄伟的山，高峰岩石沟壑改变了风的方向，有的扭个头溜沟底穿行，有的顺势借助惯性拼命旋转，发怒时把砂土碎石呼呼啦啦抛向天空。风，只管履行自己的义务，前行！

当然，如果停止，那还叫风吗？

此时，是初冬的午后，河面上的风携着波浪前行。我和朋友李建设的眼光在波浪里迷离，风搅乱了我们的头发，寒冷一时没有威胁到我们。远处有快艇疾驶，在波浪上一跳一跳。朋友的眼里全是茫然。我哎呀一声后退两步，顺手拉了一把。朋友没防备，趔趄着后退，顺势蹲坐下去。我笑得有点儿紧张，也在惯性里跌坐到倾斜的坡地。还好，我们像躲浪高手，双脚同时抬了起来，浪尖冲上来差一点儿打湿我们的屁股，幸好没让河水的恶作剧得逞。

这是快艇犁出的推浪，亏了你的机灵。朋友说。

我们起身向上走了十多步，见到洁净的凳子一样的长条石，就坐下。面对浩渺之水，我还是感觉到了朋友的家乡情结，尽管早已在城市安了家，有稳定的经济收入，还对这里如此钟情，可见故土在他心目中的地位。"你在这里生活有三十年吧？一定有很深的人生记忆。"我看到朋友深情的样子，欲勾起他的回忆。

"不堪回首啊！"朋友叹了口气说，"我们是新中国成立以后成长起来的，那时候整个国家贫穷啊，童年就像一艘小船，整日浸泡在无边无际的饥饿里。更不要说父辈爷辈了，他们那种艰难更让人一言难尽。"我说："先说你自己的饥饿吧。"

山村不大，大概200口人吧，散居在这条连接王屋山和黄河的沟壑里。不要看眼前的水淹没了山头，那时候这里的庄稼却是靠天收。不解的是，全家人整天没明没夜地干活，也收获整袋整袋的麦子，也辫起一串一串的玉米，还有谷子、小豆、红薯，甚至芝麻和棉花，饭却总是吃不饱，整个童年就是觅食，觅食。难道童年就是用来觅食的？

父母亲是两架永恒的机器,从没有断电的时候。六个孩子,四男二女,我排行老四,上有两个哥一个姐,下还有一弟一妹。哥姐在村子的窑洞学校上了几天学,身上稍有力气,就跟着大人到生产队挣工分了。我也被父母带到农田玩耍,和同样大小的伙伴们在沟坎小道上的牛粪堆下灌屎壳郎。凡一坨牛粪旁伴有一堆虚土,必定有窝,虚土一刨,捏住小鸡鸡往里尿,尿满即停,一会儿便有屎壳郎自动拱出来。后来找到更多的窝窝,我们捏住小鸡鸡努上半天劲终滴不出半点儿尿来。小伙伴轮流来,总是支了半天架子,像眼泪一样不解决问题,只好说不中。灌出来有十多只吧。在大人的帮助下点上火,黑色的外壳烧焦,用手一抠,里面黑黄的一团肉,那种香里有一种怪怪的味。我们没有太去在意,每个人都是黑黑的嘴唇。

那个迷人的晚上,月光银灰的色调笼罩着我们的院落,有树影婆娑。那条听话的黄狗趴在父亲的脚下,支棱着耳朵。一家人围着石桌听父亲讲村里的事,讲祖辈的事。但是那个夜晚父亲高兴,话锋一转,给我们出了一个谜语让大家猜:

天上嗡,掉下来嗵!捡起来看,是一疙瘩炭。

母亲咴咴地笑,看看我,我一脸茫然。母亲提示说:你今天在地里不是还烧吃了?我脱口说出:屎壳郎!全家人哄堂大笑。

大多数的时间还是留在家里,院子里有刨食的鸡,圈里哼咴乱叫的猪,偶尔有硕大的老鼠钻进厨房,都不去在意。心里只有一件事,找吃的。玉米面馍、蒸熟的红薯等食品,不是被母亲挂在高高的窑顶，就是盖在盆底，或藏在缸里。高处够不着，就大大小小摞起凳子。一次头上摔了个包，母亲收工回来心疼得直哭，说不是娘不让你吃，是要到下顿……

身上有了点儿力气，就敢于和哥姐们抢食了，而且每每得手。那是一个炎夏的中午，知了没命地在院外榆树上鸣叫，把人的心情撩拨得火急火燎。我在厨房抢到了第一碗饭。当我端着一大碗滚烫的面片刚出厨房门口，恰好碰到饥肠辘辘的二哥，饭洒了，烫手。情急之下，扑通一声，我把碗和饭扔进厨房门口的泔水缸里了。父亲看到，放下碗，拳脚相加，我结结实实挨了一顿揍。父亲遂命令我用手把面条捞出来吃掉，那种酸馊味终生难忘。除此，父亲罚我马上去给牛割草，箩筐割不满不准回来。母亲说，歇了晌凉快了再去吧。不行！现在就去，快一点！

我哪敢怠慢。正午的阳光有多厉害，玉米全被晒卷了叶。走在村外的土路上，路面的尘沙被晒得激情四射。破烂的布鞋，稍不注意尘沙钻进去，灼烧像针扎一样难受。凡我想到有草的地方，不知道已经有多少人割过了，秃毛净光，还能轮到我？但是，我淌着汗在玉米地穿行，在沟壑崖畔寻草，又从南沙园地头下去，来到黄河边的一块玉米地。玉米已比我高，竟然发现地中间一片旺盛的抓地龙草，哪顾得上潮湿闷热和玉米叶锯齿一样割在手上、臂上、肩上，强忍疼痛，一根一根，一把一把地割……几天后，父亲看到我膀臂上红一道、紫一道的划伤，说："你上学买一个作业本需要六分钱，一个鸡蛋值五分钱。你拿一个鸡蛋去买作业本，若不再加一分钱，供销社的人是不会把作业本给你的。你打烂一个碗，倒掉一碗饭，罚你去割草，是让你有个不能浪费粮食的记性。"

说也怪，那时候肚子饿得快。娘说，刚放下碗，还没放个屁你就肚饥了？只好用地里的野菜充饥。我像猴子一样爬上高高的杨树，将刚展开泛绿的嫩叶捋回家，经母亲煎煮、浸泡、调和，就可以大碗大碗地充饥了。杨树叶长老，槐花和榆钱又可食了。每当我大把大把生吃的时候，母亲见我吃得差不多了，就说等蒸熟了再吃，不然会拉肚子的。拌上玉米面，蒸出来的槐花和榆钱，我能一气吃下两大碗。

秋季相对好一些，山坡沟畔可吃的东西很多，梨、桃、杏、枣以及土里的红薯、花生等，一边急猴一样拉肚子，一边咔嚓咔嚓啃着吃。后来学着烧红薯，把牛往山上一赶，在沟底笼上一堆火，把红薯埋在火下的热灰里。开始掌握不好火候，不是外边烧焦，就是吃两嘴里面生硬不熟，再么是一半熟一半生，吃了仍然拉肚子。后来在二哥的指导下，每每烧得酥软，嘴里噗噗吹着，两手来回倒，掭红薯。尽管烫手，薯香诱人啊！

父亲知道我喜欢放牛，一次在我赶牛临走时郑重地说，你已不是小孩儿了，到地规规矩矩，不能祸害别人家的庄稼！

我的脑门像挨了一个闷棍，只差没有晕倒。牛领着我来到山上，我方意识到，父亲不光知道我烧了别人家的红薯，还清楚我先前偷烧过别人家的嫩玉米。那是带着绿苞在火里焖烧，和红薯一样适时翻转，估计熟了，撕去将要烧焦的苞皮，黄亮的玉米棒，用一根细长的荆条扎住屁股，在灰烬的火红里翻卷抽拉，一会儿听到啪啪的爆响，着了暗红色，烧玉米好了。在干净的石头上砰砰摔打，玉米粒缝里的灰弹出，那种厚重可口的浓香，让一个饥肠辘辘的少年欣喜若狂。

我是动了脑子的,一次两穗,还故意在根部将玉米秆放倒,把长长的叶子撕烂、截断,看上去完全是野猪所为。难道父亲有千里眼?

我诚惶诚恐。实在饥饿难耐,野酸枣、滚地蛋、梨朵朵等野果绝不放过。那时,肚子时常翻江倒海,但是见了野果,全然不顾,仍然吃。

耀眼的红木箱

红木箱是核桃木做的,哇!响当当的上等木料。当然,是指在王屋山一带当地的材质中。

如果算上异地木料,好的材质就多了,诸如水曲柳、白蜡木、杉木、樟木、楠木、松木等。当地常用的如椿木、桐木、杨木、楝木居多,但核桃木尤为珍贵。它的特点是细腻、瓷实,干而不燥,不为虫蚀。再加上在漆树上割下来的生漆,熬制后油漆家具几经磨刷,能照出人影,像镜子一般光亮。

王屋山北邻晋地,有些生活传统就和晋人类同,毕竟晋商曾在过去的经济发展中是有较高地位的。农村院落的规整以及家什家具的置办都是有讲究的。单说通用的木箱,通常是一对带箱架的(王屋山人说箱轿)往卧室摆设,箱里放衣服、布匹、被褥、床单之类,箱架里放四季的鞋袜之类。箱上的锁很讲究,通常是半圆的铜饰,箱子合严了正好是月圆,配上黄亮的铜锁,正是一个富贵的象征。另一种箱子也很讲究,是不带箱架的那种,称为板箱，油漆都是一样的亮。

更讲究的是木料。晋商富甲一方，讲究的人家通常根据箱子的用途选用木料，放置棉质、涤纶、绢丝织品，不宜用樟木、松木（会致织品颜色泛黄），就选用水曲柳、白蜡木、杉木、梧桐木、桦木等；放置毛料衣物，选用樟木、楠木、油松木、核桃木等。王屋山沿黄一带相对随意一些，生活的困顿限制了制作家具的讲究，只好就地取材。偶尔有主户用水曲柳木、核桃木做成家具陪女儿出嫁，便会引起轰动。

择日运家具那天，邀亲朋好友帮忙，绳索、扁担以及小伙子的腰间系满了红绸，通常的是"四大件"，有事事如意的吉祥：一对箱子、一张桌子、一对椅子、一个火盆。当然，也不是绝对，各家有各家的情况，有的配上洗脸盆架，有的配上梳妆台等。沿路堵截观看的人很多，就有背着褡裢的领路人向人群散发喜糖、花生、核桃、大枣等。大家兴高采烈地抢，领路人就摆手，小伙子们抬起就走。后来有了变化，改箱子为大立柜，还有陪送缝纫机、电视机、沙发等。当然，这是后来的事，今天送女儿存款、送轿车的也很普遍。

朋友李建设的爷辈弟兄三个，爷爷李德亮，二爷德芳，三爷德堂，各有自己的窑院自己的家。朋友的爷爷李德亮六个孩子，他父亲李跟上排行老四，上有一个姐两个哥，姐姐李喜莲，大哥李领头，二哥李虎生，父亲的妹妹柳叶，小弟毛蛋。幸运的是，朋友的父亲李跟上80岁高龄了，还精神矍铄，十分健谈。虽然满口的假牙有点活动，说话的声音还是蛮清晰的，老人娓娓道来，让我新增无限感动。

喜莲的出嫁，其影响不亚于初春的一声炸雷在黄河北岸这个沟壑纵横的山沟里回响。李跟上打心里清楚，姐姐是受了苦的，喜莲是苦莲。

　　记忆里，喜莲就像一枚陀螺不停地在家里旋转。那时候母亲多病，家里的活儿全靠喜莲干，没有停歇的时候，母亲的吵嚷、骂声无时不在。不懂事的弟弟们为吃饱肚子没少让喜莲挨骂。一次夏季的麦收时节，重体力活儿让全家人在烈日下流足了汗水，饥肠辘辘地等待喜莲在窑洞的厨房擀面做饭。窑洞空气不流通，像个蒸笼。喜莲一连擀了两剂面，在保证父亲、哥哥吃了还要继续干活的前提下，以为两剂面就行了。谁知不懂事的弟弟狼吞虎咽就吃完了第二碗，霸道地拿着空碗在锅旁等。姐姐喜莲还没端碗呀，实在没力气再擀面了，一怒之下，拿起擀面杖抢向了院子，高嚷着"我不吃了"，悻悻而去。

　　跟上看到喜莲的脊背，衬衫全被汗水湿透，紧贴在身上……

　　山沟里的阳光直接、硬朗，像极了沟底、崖际摆放的顽石。你不去在意它，它就是默不作声的存在，能接受风雨雷电肆意的亲近与冷落。

　　在自然的法则里，有优劣，有厚薄，有强弱与贫富，形成多姿多彩的生存画面。

　　喜莲跳出这个穷窝了吗？人们议论的不是这个。只要不进城，只要不出这个山沟，在这偌大的山区，在这闭塞的黄河岸畔，就注定了你面朝黄土背朝天的人生。人们议论的，是那口鲜艳夺目的嫁妆箱子，并且是人们不可思议的核桃木箱子。

　　不相信，怎么回事，什么背景？

相信了，是现实，就这么回事。

大家从好奇、猜测到明了，点头称赞中含着一种真诚与沉重！

拐沟头那棵皂角树下，几位老奶奶和大娘大婶议论着说：家有巧手，地有快腿，喜莲有出息啊……

从应允了男方家送来的好儿（吉日）那天起，如何给闺女陪嫁，成了父母的心病。父亲思量再三还是答应了洛阳商人。明知道暗渡黄河的危险，况且还不是个小数目，梁檩整整10根。父亲想，人家商人已经在日本兵的枪口下神不知鬼不觉把木料从王屋深山运了下来，就差过黄河了。当然，渡河的难度更大，山头有日军在碉堡里监视，船只全被控制。好在正值下半月，夜晚没有月亮，正好挡住监视的眼光！父亲直接提出筹码，为女儿要一对上等的红漆木箱。商人摇了摇头说，眼下店铺里只有一口核桃木板箱，是作为样品留存的。你看行的话，外加10元现金，在南岸上水接货。父亲把眉头凝成了山包一样的疙瘩，看着商人的脸说，就那口板箱，20元现金，南岸接货！商人迟疑了一下，握住了父亲的手：好，祝一切顺利！

那夜有风，呼呼、嗖嗖地吼叫。估计子时，父亲开门看看天，有稀松的星星，大地被漆黑的夜色涂抹得严严实实。父亲说，只剩两根了，回来就张罗闺女的事。母亲摸索着递过去葫芦，对大儿子领头说："跟你爹照护。""中！"父亲一下将葫芦背上肩，然后夺门而出。只听门口扑通一声，母亲双手合十跪下，虔诚地把头低向了大地。

在南岸与商人击掌完事，父亲如释重负，毅然向北岸游去……

那天男方家来取嫁妆，山沟的宁静被一行十多个男人噗嗒嗒的脚步声打乱，扁担上一律绑上彩绸，有男方家前天夜里送过来的脸盆架、梳妆台，加上自家陪送的红木箱子和一对新编的箩头，虽算不上特别豪华，但也算得上四大件。嫁妆在两人抬着的扁担下晃悠，还真吸引了不少街坊邻居好奇的眼光，特别是那口耀眼的红木箱子。有些人不知道内情，不相信那口板箱是核桃木的，说顶多是桐木的就很不错了。就有大嫂、大婶诸位邻居立马拦路，说走山路不容易，放下歇歇，好让大家欣赏欣赏这等贵重的嫁妆，沾沾这新婚的喜气。是呀，放下来让大家欣赏欣赏。话毕就有领路人笑脸相迎，高喊着：嗨嗨！太阳在天上照着，喜事靠大家帮着。说着用手啪啪拍着箱子继续说，这可是货真价实的核桃木箱子，咱们能到一起来，都是喜庆人。来来来，大家吃喜糖。说着大把大把给各位分发喜糖，抬箱的人见机即刻抬起便走。

按照王屋山当地的风俗，取嫁妆通常是在吉日的前一天或前两天。嫁妆取走了，山沟一下寂静下来，静得有点儿压抑，压抑到牛在沟底走似乎就不认识路了。拐沟的陈更大爷重重地喊：回来！往哪儿走！手里的鞭就扬了扬。还是忍不住朝高处望一眼，那是喜莲家的窑院。只有家里那条黄狗没精打采地在崖头向下张望，它认识沟里的所有人和牛，也不需要破着喉狂叫。

晨光有点儿慵懒，弱弱地亲吻山里的薄土、顽石、枯草和坚硬的、有点儿亮光的山路。露水打湿野草，软软的叶片，或在山石上潮白一层铜钱厚的霜。毕竟是冬季，阳光和寒冷拼命撕咬、博弈，人们把两只手互相穿插在粗布袄的袖筒里，说话和走路都不松开。此时，崖畔早已袅袅地升起了青烟，是在窑院里笼的火，山里人取暖都这样。

啪！啪！啪！三声脆响：来了！亲戚中有人慌慌着说。

炉膛里很快加了柴，就要煮饺子了。要在平时，闹嚷嚷的嘈杂，黄狗是会尽责狂叫几声的，今天仿佛知道了家里的喜事，安生着在一旁观望。

"到门口就有喜气迎面，天冷心热，满院祥光。"只见一行人中一位长者在左手臂上搭着一条鲜红色的缎子被面，笑脸高声说话。本家的婶子心里清楚，是领亲人在说话，手臂上这红色被面可不是随便可以搭的，那是一个标志，是历代传下的规矩，可以辟邪，万事顺遂。本家婶子马上接话说："听领亲多会说话，你们来得够早，我们还没准备好呢。大家都进屋坐着，先喝杯茶，这就上饺子。"

"亲家各位辛苦，饺子就免了，等闺女准备好了，趁着祥光好上路！"领亲说着，让新女婿坐到正位，然后纷纷按次序坐下。就有人开始往酒杯里斟酒，说，山路难走，来来来，共同喝杯喜酒。说着端起一杯劝让大家。喝到三星高照事事如意的时候，饺子在一个托盘上被端了过来。大家心里清楚，这饺子是不能随便吃的，要等端盘子的人放好了再吃。这端盘子的是喜莲本家大嫂，把盘子往桌上一放，对新女婿说，嫂子照顾你，你自己挑一碗，免得你疑心。新女婿看看大家的脸，领亲说：端吧，你嫂子实心。新女婿犹豫一下，随便挑了一碗。喜莲的嫂子一边为每一个人放下一碗，一边说：看你怎样感谢嫂子。说完，新女婿将口袋里准备好的红包掏出来放到了托盘上。喜莲嫂子说：都趁热吃，我催一下喜莲。

按照山里的风俗，这顿饺子是有很多讲究的，特别是新女婿那一碗是要特殊"照顾"的，不是饺子里包一兜盐，就是放上辣椒、干草之类，让你吃出大家的一片笑声。有时候一行人为了保护新女婿，故意把碗弄乱，让端盘人分不清，结果，大家都吃得小心翼翼。

领亲人突然站起来对亲家说，这酒也喝了，饺子也吃了，闺女准备好了咱就上路。然后又高喊：放炮人注意，出门三声炮。话毕，隔壁窑洞传出响亮的哭声。大家习以为常，有人说：娘儿俩感情深，这是大喜，难舍难分。大家便耐心等她们哭一阵子。那哭声还真有点儿悲怆呢，完全不是象征性走过场。喜莲娘的哭声多是豪放的呜咽，听不清嘴里说出的任何一个字。竟是真哭！弄得男方领亲找不到接话表态的机会。正常情况下，老娘哭的内容大多是倾诉因自家贫困，出嫁的女儿在家未过上好日子，又没有置办丰厚的嫁妆送给她，并再三嘱托闺女今后要多回娘家，到了婆家也要孝敬公婆、善待丈夫。表面虽哭得凄凄切切，但仔细一看也是雷声大雨点小。所以细听哭意，分明句句是在诉说她对女儿出嫁后能否过得上幸福生活的担忧，诉说对女婿仍不十分放心，所以聪明的男方领亲在接到新娘的母亲借擦泪之际投过来的目光后，多会向她拍着胸脯保证今后他们会善待新娘。若有人欺负她，他一定会为新娘做主；女婿也会跪着向岳母保证将永生永世爱护妻子。几番劝说后，新娘的母亲一般都会止住哭声，忙着张罗女儿出门事宜。

喜莲娘哭得太痛。娶亲的人都有点儿愣怔，有人说，太动情。领亲把手臂上的缎子被面抖了几下，高声说，母女的感情深过黄河，咱们是喜事，不能耽误了时辰。说话间，那边喜莲起初是呜呜的抽噎声，明显身子一震一震地颤抖，不是悲恸的豪放，偶尔嘴里听到妈呀妈呀的叫声，却是死去活来的情景。大家都在这无奈中等待。有人说放炮，炮一响就不哭了。年轻后生就啪一声放了一个，本家大娘一听急了，说：你们放炮了就走吧，我们再准备准备。领亲人一听感觉不对，大声嚷道：慌什么慌！我不说话，不准放炮！

娘俩哭声未断，本家大娘和亲戚们都有点儿急，对喜莲娘说："不能再哭了，你不想叫闺女走了不是？"喜莲娘立马止住，抹一把眼泪说："不能跟娘一辈子，收拾好，走吧！"

忽然窑屋里传出紧张的呼叫："喜莲！喜莲！喜莲！你是咋了？可不能这样！""咋了咋了？"外面人焦急地问，都想往屋里挤。"掐人中！掐人中！"喜莲没了哭声，身体却硬着。

那是咋了，这娘俩！领亲在心里重重地说。

喜莲娘看一眼闺女，二话没说就和喜莲抱在一起，急急地说："都怪娘，你叫吧！你叫吧！"

突然呜哇一声喜莲哭出声来，然后放声号啕："爹——呀——爹——呀——我的亲爹呀——你是为了我呀——"

满院的人面面相觑，突然如梦初醒，一时全都沉浸在无语中。

原来喜莲的父亲在那个漆黑的夜晚，游回到河的中央突然感觉胳膊腿不听使唤，后来完全失去了控制。那晚气温急剧下降，整个人完全冻僵了……

喜莲母亲心里有数，一连三天顺黄河往下游跑了十几里，没见到任何蛛丝马迹。回来二话没说，就回了媒人：小家事大，家贫礼不亏。该行的礼，行！该走的路，走！于是，对外说男人随洛阳商人出了远门，正往家赶。和喜莲说好高高兴兴走，不能叫爹。

……

那天，整道十里拐沟的人们更多的是叹息，脚步在荒石路上沉重起来。突然有黑色、灰色鸟雀凌空飞起，也没有了平日的啾啾声。偶尔有狗任性地吠叫，也缺少了一种锐气。

喜莲哭得站不起身来。领亲人用手抹了一把自己的眼睛，舒了口气说："大路朝天，吉星高照，晚辈自有晚辈福。福旺（新郎名字）！""唉——""把喜莲背回家，男子汉顶天立地！""中！背回家！"

爆竹随即在空中炸响，腾起一股青灰色的烟气，有火药的味道在十里拐沟弥散。

鸡血石见证星月的轨迹

黄河北岸的王屋山，不仅仅是日月可鉴的道教名山，还是联合国教科文组织批准的世界地质公园。地质这个专业学科，想一下子弄个明白，还真是不容易。细想想，世相万千，由自然主宰，哪个生命不是流星一闪匆匆而过？自然界那把神秘的钥匙，谁能拿住真谛！

且不说谜一样神奇的石头，就拿生命力旺盛的树木来说，就充满了斑斓的风采。我是无数次进到王屋山的，无数次攀涉在王屋山的沟壑溪涧中，那本厚厚的自然植物的百科全书，我是走马观花般读到九牛一毛，就常常被名木古树吸引，那种敬畏拼命挤压胸腔，让人惊心动魄。我感叹地说，这里是北方植物博览馆。

你只要用信心、耐心、体力、毅力购买大自然的门票，内容琳琅满目，丰富丰厚。

王屋山一带属于暖温带落叶阔叶林区，有华北落叶松林、华山松林、锐齿槲栎林、辽东栎林、黄檀子林、红桦林、领春木林、白树林、黄荆灌丛、黄栌灌丛等植被群落。奇峰幽谷是树木的家园。能叫上名的树木如红豆杉、白榆、红皮榆、青檀、银杏、七叶树、侧柏、桧柏、龙柏、檀子栎、栓皮栎、槲栎、鹅耳枥、国槐、皂荚、黄连木、白皮松、核桃、山茱萸、六道木以及柿树、楝树、桑树、椿树等。在苍茫的森林读树，读得结结巴巴不成句。进到林的深处，自然的定律让人有倒吸凉气的慨叹。树的形态和雄伟已经折服了你，牛腰粗，笔挺，怎么就带着根儿躺下了？当你拿着随手的野藤拐杖随便敲打，声音已沉闷。用脚踏上去，嗵！整个腿钻进去了。无法明白已朽了多少日月。

大概因为这些植物根须的盘结与把持，让每条沟底的砂石洁净如新。清冽的山泉水毫不吝啬地清洗着绿叶和飘来的白云。但是，黄河以北的沟壑溪涧，再晶莹的清流，都会在一路叮咚的泉声里投入黄河。那张泥黄的大嘴，吞噬了无数条溪流，立马涂上特有的浑黄，再也无法明辨。

捡奇石是大坝动工兴建以后的事了。无数个日子的冲刷打磨，原本棱角分明的石块全成了大大小小的鹅蛋，山里人见惯不怪。河道上好不容易开出一块荒地，汛期过后，生长出厚厚的一层卵石，那才真是祸害呀！

岂料，移民时突然金贵了。有人在卵石上发现活灵活现的图

案，日月星辰、树木、动物比比皆是。曾有一块十多公斤重的椭圆形卵石，城里人用 2000 元现金在农民家抱走。一时山沟有了轰动，家家都有奇石，甚至整车整车地向外运。后来有人传说，在香港一个艺术品博览会上，一块椭圆形奇石标价 200 万元。仔细辨认，竟是在十里拐沟辗转出去的那块，起初出手是 2000 元。不就是一个仙女吗？取名"嫦娥奔月"，仔细看还真是的，月晖皎洁，嫦娥腾飞的姿态如此轻捷动人，绫罗羽翼飘逸，栩栩如生！真有人掏那么多钱吗？

很多人不约而同想起另一块奇石，只是无法撼动它。凡生活在这道沟梁或附近的山民乡亲，都会知道这里生长的这块奇石有 10 米开外的方圆吧。当初是在高高的山梁上，那地方正好是一块开阔的塬，灌木丛生，石块镶嵌其间。不知哪辈人在此植一棵皂角树，树围一个人搂不住，树冠已罩住石头大半。这块石头这棵树便成了人们集聚的场所。奇石是自然的一个台，突出地面 1 米左右的高度，周围已被无数男男女女的屁股坐得表面平整光亮，是夏日乘凉睡觉的绝佳地方。不承想，老辈人说有一年秋季，几家人聚在上面乘凉，特意把小孩子保护在中间，结果深夜被狼盗走一个。人们醒来乱作一团，还是没追上……自此，没有人在此过夜乘凉。

关键是，石面上生长出与众不同的颜色，红红的略带深沉。长辈人都说是鸡血石。那红色生长得那么招展而殷实，不是轻描淡写的写意。更奇特的是，那红色描摹出中国地图的轮廓。我突然明白，它分明就是一只大公鸡的图案呀！这便奇了，大自然是出于什么意愿生生刻画出中国版图，就摆放在这荒芜之地。

李跟上老人介绍完，看着我的脸说，搬出去放到市区中心广场，那才真正叫作景致呢！又有人补充说，放到哪个大院，把好门售票，保管有人买。

倒也是，怎样运出去呢？大家哧哧笑，没人说话。当然，这些想象都是后来的事了。

那些年月鸡血石旁经常传出悲戚的哭声，是成年妇女扯长声的号啕。先是因了柳叶，小小年纪就到黄河边拔草，山头碉堡里的日军闲得无聊，就把柳叶当成了靶心……后来又闻哭声，是因为那次渡河事故，能说是那口核桃木板箱惹的祸吗？对李跟上的父亲李德亮来说，并不能算过分的冒险，那是他的一次意外。事后有山里的"先儿"说，家门不幸啊！不仅仅是李德亮的生命，大儿子李领头本来是在岸上照应的，听到父亲远远的呼救音顺水向东，能无动于衷吗？他幼年体弱多病，关键时刻，他也确实抓到父亲了，只是水太急，严重削弱了他的体力。当河水无情地再次灌进鼻孔时，寒冷迫使他的心颤抖几下，整个人就被黄水完全控制了……

一个女人有多坚强，本来就急急巴巴地全靠男人支撑，不料担子全挤压过来，能吃得消吗？

能！跟上的母亲咬着牙坚持。实在力不从心，看到4岁的小儿子毛蛋整天萎靡不振，消瘦得可怜，有好心人和母亲商量好，让山西一个常年在河上渡船的人带走了，说是有一个富户人家没有儿子，保管孩子到那儿享福，就像跌进了蜜罐子。家里得到了人家送给的两斗谷子。孩子走时望着母亲说：我长大了就回来，到鸡血石旁给您犁地。母亲强压住眼泪，向小儿子点了点头。

不能想象家里没有男人撑门面的艰难。二儿子虎生没有大人期望的那样虎虎生威，3岁时那场死里逃生的大病，没有带走虎生的生命，却伤了一只眼睛。母亲几乎用尽了全部的精力和办法，仍然没有哪家姑娘愿意嫁给虎生。万般无奈之下，母亲心里滴着血，答应虎生倒插门，插门到王屋深山和山西交界的一个人家。那家姑娘一手好针线活，就是一条腿因小儿麻痹留下了后遗症，农活儿没法干。这样两个人结合，也算是天作之合。

一个闹嚷嚷的八口之家，就这样剩下母子二人。跟上老人叹了口气说，自己7岁那年，时常听后沟的老发奎说要把他给人的话，吓得他又是哭又是躲。母亲心疼了，用巴掌使劲地打老发奎："你吓孩子干啥?"倒过来安慰儿子说："你已成妈的命根了，能舍得把你给人?"跟上有了点儿踏实，但还是提防，突然听到沟里的小伙伴恶作剧高喊：老发奎来了! 跟上吓得直打哆嗦，二话不说，拔腿就跑。眼看天色已晚，母亲高声喊叫自己的名字，跟上躲在鸡血石旁不敢答应。

母亲为了她那个命根子，不知吃了多少苦，流了多少泪，肚里装满了憋屈。她是咬紧牙关支撑这个家往前走的，她是拼了命为李家守住这棵苗的。母亲起初对冷言冷语不屑一顾，后来有点上心，就心烦。有人说她是个败家妇，丧门星。还有说看她弱弱的身躯，淫邪重。春上，她时常提着篮子在黄水边挖茵陈、挖蒲公英苗。有时见她面对东去的黄水，静坐在偌大的鹅卵石上一动不动，像是在等待自己的亲人。她心中的波澜不像外表那么平静。路人和街坊邻居，很多人没话说，叹一口气，摇摇头离开。

山沟的阳光很直接，荆棘和圪针占据着沟里的大多空间，有限的小路被人和牛踩踏出明亮，不能有太多的迂回，山鼠、地出溜（地龙）以及蝈蝈、野蜂很活跃，鸟雀的鸣叫成了山沟的主旋律。除此，不确定在每天的什么时日，有时夜晚，有时凌晨，还有正午，就会从鸡血石旁传出山村妇女高亢激越的号啕声，呜咽中恍惚听见：

我——苦命的——人——啊——

你给我——撇下这一大家——

啊——啊——

我苦命的——儿啊——

你——叫他冲走——算了——

啊——啊——

我可怜的小儿啊——

娘狠心——是为了叫你——活命啊——

你说长大了——回来给娘犁地——

……

有知情的奶奶、大娘、大婶纷纷循声而来。"那是咋又来这儿哭？上次不是说好不再哭？为了孩儿，咱还要往前走啊……"

说着，解劝着，大家围坐在鸡血石旁，陪伴她。

后来，在朋友再三的描述下，我也是充分调动了想象，那石头上面一定雕满了生活的场景，记下了祖祖辈辈喜与悲的细节。可是，只怕永远看不到它的芳容了，它消失在百米深的水底，排水排沙河底曾暴露过，明眼人估计说，已有至少 20 米厚的淤泥掩埋着。

静静的河水翻卷的浪

所谓的八里胡同，像极了黄河狭窄细长的喉咙。在青、藏、陕、甘、宁、晋九九八十一转后，黄河冲出三门峡谷，就激流汹涌地来到这八里胡同。所谓胡同，南北两山夹持，北是王屋山，南是黛眉山，是滔滔黄水切割成的峡谷胡同，形成奔泻畅通的八里通道，便是八里胡同了。

胡同的宽窄不尽相同，早些时候冬季不过 50 米开外的宽度，汛期就宽窄不一了，有七八十米的，偶尔上到二百米的也有历史记载。王屋山一路蜿蜒落差下来，从 1959 米的海拔高度落到水底，有一个漫长的斜度，汛期的水攀爬着山梁的岩石与荒草，把瘦瘦的八里胡同撑饱、增肥。每每这时，便是山民的灾难。有桌椅家具木料等被水带走的，有墙倒屋塌造成重创的，更有牛圈、羊圈、猪圈里的家畜没了踪影的。谁知道呢？祖辈们生存的地方，是天和自然方能掌控得了的。

而今天，便是人为掌控了。那堵堆石大坝身高 154 米，水的抬高淹没了王屋山区 44 个村庄，38000 口山民迁出了黄河北岸的沟沟坎坎。国家有关移民的安置扶持等一系列政策，使移民搬迁后的生活与生存条件得到了改善。然而，已 80 岁高龄的李跟上老人却迟迟不愿离开那片浩瀚的水域。他家的院落和祖上留下的窑洞，早已浸泡到百米深的水下。搬迁后的新村和新的住宅楼已赫然林立，不论从交通、环境、生活、生产的便利等方面，都比闭塞山沟的条件好上十倍百倍，然而李跟上老人却说新村住不惯，没有这沟沟梁梁住着亲切。儿孙们万般无奈，只好随着老人的性了。老人就在高出自家窑洞近300米处邻居家废弃的窑洞里住了，好在身体硬朗，还不时用跟随自己20多年已磨损大半仍然明亮的镢头来锄草，来挖坑，来栽树，来点种。老人说，这都是好地啊！人走了，地撂荒可惜。

其实李跟上老人只是象征性地干点活，随意点种一些玉米、大豆、红薯抑或花生之类。他栽种的一些果树倒是蛮精神的，尽管自己吃不了几个，在树下走走，围着树看看，但心里有无尽的美好。每到秋季果蔬丰收，就能看到老人摘回又红又大的瓜果，摆一大堆在一个石桌上。面对湖水碧波，点一炷香，在一溜青烟袅袅升腾的过程中，双腿跪下，把自己的头虔诚地埋向大地，三个响头过后，向着湖水高叫：爹！娘！大哥！小妹！今年又丰收了，咱们不缺粮食了……

老人一个人在故土留守，他说是多陪陪娘。尽管爹、大哥包括小妹都还在水里，但是娘有能力保住李家的苗，却抵抗不了山沟里的一些风俗与偏见。受尽了苦，流尽了汗，遭受了无尽的欺凌与白眼，娘活得没有自尊啊！李跟上每每心里流着血。

眼看娘的病情在加重，人已瘦得只剩皮肤和骨头。医生说：回去吧，给老人准备好寿木，在家里踏实啊！

准备寿木与办一切事，对李跟上来说都不在话下。他是想让老娘名正言顺地进到自己家的祖坟。这还有疑问吗？这样一位对李家做出如此大贡献的女人，寿终正寝后能不进自家的祖坟？这个顺理成章的事在李跟上的两个叔叔包括不出五服的本家长辈面前被拒绝了。

那是跟上娘眼看就要撒手人寰的弥留之际，有邻居提醒跟上说，准备后事吧，跟上，你娘一辈子不容易，要好好送你娘上路。有人说，提前找个人看看茔地。跟上心里全都清楚。

跟上娘闭了眼。跟上号啕大哭，极度悲伤。老娘走得还算安详，身旁的女儿、儿媳等亲人在悲戚的慌乱中一边喊叫娘，一边在地下象征性地画线铺路出窑门口，丢下一些白纸剪制的冥钱，让老娘一路顺畅。然后诚恳地叫着娘说，娘，您张开嘴，噙上五谷银钱，保佑子孙万代兴旺，荣华富贵。说着有人动手帮助亡者张开嘴，就将准备好的五谷杂粮丢进嘴一些，再拿出一枚新硬币塞进口中。就说，娘，好了，您抿着嘴。有两只手在下巴以上顺便一掬，嘴就合上了。同时就有"娘啊——"，亲人们奔放地恸哭。

有本家长者高声嚷着说：都先不要哭，人走了能哭活？考虑一下咱这事咋办。眼光移向跟上继续说："先压纸？给亡人净身？还是先通知本家？怎样给亲戚报丧？"话音未落，一人急匆匆进院："跟上，你出来一下。"跟上一看是看茔地的先生，便起身出去。院子里那人和跟上低低耳语，跟上突然暴怒："他们凭什么不让进祖坟？看样子，我这叔们是要和我来事啦！"

"咋啦跟上？"长者惊问，屋里人都诧异地看着跟上。

"我叫人家先去看看茔地，我那俩叔阻拦说我娘不能进祖坟。凭什么？"

"叔们是老糊涂了吧？"已近暮年的喜莲愤愤地说。

长者突然眉头拧了几拧，眼睛盯着一个别人看不到的地方，半天醒过神慢吞吞说："去吧跟上，和你姐一块儿去给你叔们磕头……"

"遇事了，不能隔过长辈啊！去吧，那是你亲叔，磕头请他来，会给你主事的。"有人诚恳着说。

"去！走吧姐，去给两个叔磕头！"跟上果断说。

跟上进到二叔李德芳的窑院，正好二叔在，两个人二话没说，扑通就跪下了。李德芳说：你俩起来吧，我已知道你娘不在了，正好给你们说一下，你爹已没有了踪影，给你娘找个新茔地埋了算了。话没说完李跟上就接上了："那是我亲娘，祖坟咋不能进？""我已经和你小叔商量过了，就是不能进！"态度很坚决。

李跟上根本不服那个气，说："你们也不是不知道我爹的情况，真不行我给我爹再做一副货，把我爹在世时的衣物什么的装进去，随着一块儿合葬。"

"不要再给你爹抹黑了，你爹有灵，也是不会同意的。"有人进来接着话高声说，正是跟上的三叔李德堂。喜莲二话没说就下跪了，德堂说喜莲起来。

跟上有点儿急，直接说："二叔、三叔你们把话说清楚，凭什么不让我娘进坟？"

"我娘为李家受了一辈子苦，没想到你们这样对待！啊——我可怜的娘啊——"喜莲忍不住大哭。

"说不出个所以然，我立马就去打墓，谁敢拦我，别说我翻脸不认人！"跟上较着劲。

"小跟上你有能耐了你！谁敢去祖坟动一铁锨土，我和你三叔就和谁拼了这条老命，要保证咱李家祖坟清清白白！"李德芳毫不动摇。

"你说这是啥意思？谁不清白！"跟上追问。

德堂说："你不要问我们，去问你娘！"

跟上的两个婶子说："要想好好说，咱们进屋把话说清楚，免得外人听了笑话。"

"不进屋！两个叔是在欺负人，我娘咋得罪你们了？说不清，今天没完！"跟上说话没有余地。

"你非叫说不中？"德芳忍无可忍。

"说！"

"后沟老发奎家啥情况你知不知道？非叫把话说出来，这与你无关。为了李家子孙后代的清白，这事没得商量。"德芳只说出皮毛。

"换成任何人都没事。"德堂说。

"进祖坟就不要再想了。""想也没用！"两个婶婶坚定地附和着。

"你们说那算屁！我就知道你们没安好心，这是欺负人，祖坟非进不可！"跟上不能接受，说着扭头便走。喜莲哭着对长辈们说："你们不能这样。我娘为李家受了一辈子苦，把我们拉扯大不容易，现在不叫进祖坟，你们于心何忍！"喜莲一边哭一边悻悻走了。

当天晚上，山梁地凹处的李家祖坟干起了仗，那是李德芳、李德堂的六个儿子奉命看护祖坟，和前来打墓的跟上的两个儿子两个外甥动了手。险些流血，打墓未果。

第二天一大早，阳光斜斜地照射着山梁的一侧，显示出山梁明显的阴阳。跟上家的窑院朝南，被院墙外沟边上的树木荆棘藤蔓遮挡着，有黑色的乌鸦在空中盘旋，窑院传出凄凄惨惨的哭声。这时，沟底黑压压上来一群人，前边有本家的长老和德芳、德堂，后边是德芳、德堂的妇人以及两家儿女子孙，有一二十个人，径直进到了跟上的窑院。跟上跪坐在窑屋内母亲尸体旁地下铺着的干草上，还没来得及反应，只听领头人本家长老高声说："德芳、德堂弟兄二人率领全家子孙后代，来给德亮媳妇、德芳德堂的嫂子吊孝啦——"话毕，全部在窑洞口跪下，头埋向了地下。德芳重重地磕了一个响头后，抬起头说："嫂子，你为李家辛苦了一辈子，为我哥传了后，李家后代感谢你。"

"不要说那好听话，我娘不稀罕！"跟上不客气地说。

"跟上不要乱说，你二叔说的没错。"本家长辈打断跟上的话高喊，"礼毕！大家都起来。"眼光搜寻到跟上媳妇桂荣，"桂荣给大家破孝，该戴啥孝戴啥孝。"

"桂荣，不破！不让进坟，戴啥孝？"跟上坚决制止。

"不让戴算了，免得污染！"人群中有后生失了控。

"都不要乱说！"德芳立刻盯住人群严厉制止。

长辈说："大家在这儿戴孝。跟上，走，跟你两个叔，咱们到隔壁窑屋说话。"德芳、德堂跟着长辈出去。有人说："跟上去看看咋说。"跟上一侧身也出去。

长辈见跟上进来，说："跟上，你也不是不知道，咱们家祖祖辈辈可是清门净户，后沟老发奎家谁人不知？不过，你娘那些年的日子不容易可以理解。你这俩叔都商量好了，给你娘另扎茔地，你和后生们百年后还必须进祖坟。鸡血石旁那块阳坡地，又不是太远，你看可以，抓紧叫后生们去打墓，赶上头七下葬。"

"说那没道理，我娘必须得进祖坟。"跟上仍然坚持。跟上是他娘用自尊甚至生命呵护成人的，感情的坎儿过不去啊！

…………

三周年忌日，鸡血石旁那个土堆已长满了荒草。跟上、虎生以及喜莲，带领各自的孩子们到此磕头，跟上哭得最为痛切，趴在坟头长时间不愿起来，在后生们的解劝声中缓缓停止，最后擤了把鼻涕，说："三年了，咱们都脱孝吧。"

孝布裹在头上，勒在腿上。关系的远近不同，孝布的大小甚至样式各不相同，这在黄河岸边的山沟里传承了无数个年代，从没有人违拗和改变。这恐怕也是孝道的一种表现吧！

就好像一个个隆起的新坟，不自觉就长出了荒草；坟头上插着的竹幡和驱邪棍，新鲜的黄纸白纸在风吹日晒中变了颜色，又变为光秃秃的存在或没有了踪影，一切竟是那么的自然和悄无声息。

我无意间点到了老人的泪点，问跟上老人："移民不是也包括迁移坟茔吗？老娘怎么没移走？"一句话引出了老人一颗豆大的泪珠，极度悲痛让脸上的皱纹更加深邃与密布。老人抓一把眼泪说："我是让爹和娘在水里合葬啊！"

我感到心突然沉沉的，朝着跟上老人眼光的方向望去，碧波像瓦槽一样一棱一棱荡漾，有阳光播撒，金黄金黄，闪着耀眼的光。

流逝着水下的永恒

1

有理街道，无理河道。这是不知道哪个年代流传下来的自我解脱的话语。

在小浪底北岸王屋山的梁前沟背，散居着无数个所谓的村庄。有些近前了，可以看到土墙黛瓦。瓦，一律是传统手工泥坯烧制而成的，在房上细细密密锁扣，接受阳光风雨、冰雹飞雪的考验。扬尘的日子久了，积聚在瓦槽缝隙间的尘土在雨水的滋润里就有了生命，一颗颗灰色的塔尖一样的瓦星星赫然在目。院落，远处根本就看不到。就连窑洞旁建起的土房，全掩在山梁沟壑以及翁郁的树木中，远看只有山的苍茫和植被的苍翠。

在这样的环境里，根本不可能有宽敞而规整的街道。有理的街道只能是窑院门前和接近家的山道抑或通往梯田的小路，就是说人们经常出入活动的地方吧。河道的无理，是指相对随便的地方，特别是针对男人而言，夏日赤裸洗澡是天经地义的。

当时方圆数百平方公里内只有一两所小学，东岭村还算离学校近的，翻沟越岭也就个把钟头的山路。所谓学校，是原来一孔硕大的窑洞，优势是洞前那片平地，像生产队的一个打麦场，正好能做一个操场。后来逐步重视教育，窑院扩大，建起了一栋红砖楼房，把一至六年级的所有班级全装进去了。很大的玻璃窗户，和原来的窑洞比，简直是天上地下的差别了。陈海潮当时读五年级，到了暑期，教育局照例向各学校发出加强安全管理的通知。学校知道，上级也就是尽尽责任罢了。因为在黄河沿线，哪一年能少了青少年在河里出事？尽管学校习惯了，但是都不愿意偏偏就发生在本校。校长于是就照本宣科，让各年级班主任加强管理。最后说："哪个班出问题，班主任首先负责！"

恰在这时，上课了陈海潮还没到。老师心里清楚，天这么热，他还能干啥去！况且还有同班的三名同学。本来是见惯不怪，这次李思奎老师动了心思，吩咐同学们做作业，带着班长出了校门。

陈海潮和三名同学正在黄河的一个潭窝里扑腾得痛快，突然一个伙伴喊："老师来了！"大家回头一看，班主任老师带着班长已到岸边，顿时乱了方寸，纷纷向岸边游去。只听老师对班长说："把他们的衣服全部拿走。"班长叫小雷，手脚麻利，呼呼啦啦全拿了，连一只鞋也不剩。老师撂下一句："走，叫他们洗吧！"径直往学校走去。几个人趴在水中，看着老师和班长的身影。班长跟在老师身后走，故意回头看一眼，给他们递一个得意而坏坏的笑。

四个人上了岸，赤裸裸的像四条泥鳅，你看看我，我看看你，刚才的高兴劲早已溜到了九霄云外，没辙了。海潮突然看到岸上玉米地边肥大的蓖麻叶，指着说："咱们每人摘一片蓖麻叶，遮住去学校怎么样？"

"那会中？遮住前边遮不住后边。"有人说。

"我们总不能不去学吧！让家人知道，挨打吧！"海潮这样一说，小伙伴们又互相看了看，没吭声。

只见海潮噔噔噔跑到玉米地边，摘下两片蓖麻叶，一前一后捂着屁股，向学校走去。三个伙伴也纷纷效仿跟了上去。幸亏在路上没有碰到行人。到了校门口，海潮突然闪到门的一侧，扶住砖垛猫着腰向里窥视，三个人也机警地躲在一侧墙根处。还好，已是上课时间，不然可就惨了。海潮回头低声说："谁先进去？"三个人几乎全是靠墙蹲坐在地下，都还把一只手背在身后，互相用胆怯的眼神看一下，不说话。海潮正要说咱们一个一个进去时，班长奇迹般出现在门口，并且把大家的衣服全拿了出来，往地下一丢说："快穿上，李老师在屋等你们呢！"

原来李老师早已提防他们呢，能让他们就这样进学校吗？

今天的陈海潮已是近六十的人了，回忆起那次洗澡的事，感觉很有趣。说进到李老师办公室，挨了很严厉的批评，关键是最后给李老师写的保证，每每心有余悸："如果再犯，告家长。"告家长，算是当时最严重的事了，这意味着将受可怕的皮肉之苦。

2

这条永不知疲倦的黄色河流，没日没夜地奔腾咆哮。对祖祖辈辈厮守在岸边的人来说，很是稀松平常。面对黄河，经历无数的未知，还有什么能够撼动那颗与大河一样向前向上的初心？

海潮是这条沟里的娃娃头，长辈人说海潮像个小土匪。殊不知，海潮小小年纪曾救过两条人命。

那是一个山果成熟的季节，秋老虎已到奄奄一息的时刻。海潮和几个伙伴在黄河里尽情地扑腾、戏耍，筋疲力尽的时候就上岸，在沙滩上仰面躺卧，或者把暖暖的沙土全拢到各自的肚皮上，享受那种温热的舒服。这时，耳边又有小鸟般叽叽喳喳的吵闹声，比海潮小两岁的三顺背个葫芦也来游泳了，身后还有几个更小的娃娃。只见三顺走到水边，没有和海潮几人打招呼，对身后的小伙伴们说，你们都在岸上，我先游。说着脱下衣服，系上葫芦，游了进去。正在他得意时，突然，葫芦绳断了，只见他一会儿浮出水面，一会儿又没入水中，两手无节奏地拍打，嘴里发出"嗷、嗷"的号叫。海潮一骨碌爬起来，急忙跳入水中，用劲游到三顺跟前，拽住一条胳膊，把他从水中拉了出来。

上了岸，三顺瞪着白眼吐水，海潮说：叫你能，能呗！

随从的娃娃在岸上害怕了，纷纷扭头往回跑。

转眼海潮已上了高中，那是20世纪的70年代。学校位于大峪乡政府所在地的一条峡谷里。大峪河的水源来自王屋山，常年叮叮咚咚一路欢歌注入黄河，沿途积下不少长藤结瓜般的水潭。夏季，这些水潭便是孩童们消暑洗澡捉鱼逮虾的好地方。每天吃过中午饭，同学们便三五成群到水潭边洗澡。凡沿黄居住的同学都会戏水游泳，并且在入水前，都知道先在浅水处用手往身上撩水，有的干脆用手接了自己的尿，在肚脐眼处搓搓，让身体尽量适应水的温度，以防不测。那些来自深山里的旱鸭子同学，不知道这些，一到潭边，脱下衣服，便跳入水中。

其实，这个水潭不大，最深处约两米，大部分约一人深。所以，会不会游泳在这里都没关系，不会游的在潭边手触底扑腾一阵了事，会游的在深水处游一会儿过过瘾。

那是午饭后预备铃敲响之前的时间，海潮伙同会游泳的同学先到了潭边，游了一会儿便感觉凉飕飕的，遂上岸坐在石头上晒太阳。这时，一群深山里的同学来了，只见他们脱掉衣服，"扑扑通通"像下饺子似的相继跳入水中。他们游戏了一会儿，都知道不能太占用时间，就纷纷上岸晒太阳。阳光正好，有人惊觉说，李涛呢？大家急忙站起身，往潭里一看，只见一个脊梁漂在水面，李涛撅着屁股头在水里一动不动。同学们都傻眼了。海潮不知哪根神经起了作用，不由分说跳进水中把他拉了上来。同学们七手八脚把李涛抬到岸边一块大石头上，李涛头朝下吐了一大摊水才清醒过来……

此事自然惊动了学校，人命关天的事，让校长好生为难——关于海潮，是批评，还是表扬？全校师生大会上，校长针对海潮说：陈海潮同学见义勇为的行为值得大家学习。在同学面临生命危险的关键时刻，陈海潮能奋不顾身下水抢救，赢得了时间，挽回了李涛同学的生命，精神可嘉！但是，陈海潮也和李涛同学一样犯下了不可饶恕的错误，不顾学校三令五申的纪律，到河里洗澡，应该受到批评，大家应该引以为戒。但是，假如那天陈海潮同学没有违反学校纪律，和其他同学一样坐在教室里，李涛同学怎么办？那么多洗澡的同学，为什么没有第二个陈海潮扑下水救人，都在岸上惊慌！因此，陈海潮同学的违反纪律，换回了李涛同学的生命，还有什么比生命更重要呢？

3

黄河最萧条冷落的时候是在冬季。

河面萧瑟，寒风袭人，风从水面反弹上来，像皮鞭一样抽在脸上，冰冷，生疼，让你不由得心揪作一团，周身出现颤抖。喜鹊在石上站立，被风掀翻了黑色尾巴的羽毛，顺势翻个跟头一扑棱飞走了。

漫长的冬夜，人们只好围坐在窑洞里烤火。那个生铁铸造的火盆有些年头了，母亲说是奶奶留下的，一个冬季能烧掉十来个枯树疙瘩。只要盆里有火，满窑洞有青烟熏着，就有足够的热量温暖一家人。

从学校出来的青年人青春勃发，哪能终日围坐炉火度日？山沟的夜晚只有夜莺的鸣叫，往公社跑一趟来回要走50公里的沟壑山路，再好的电影、戏剧抑或说书、马戏等，都是事后听别人说说而已。最近的闹市要算新安县的西沃公社，直线距离也就4公里的样子，只是黄河阻隔。为了方便交通，只好凭借两岸船只的摆渡，就形成了南岸的西沃渡口、北岸的长泉渡口。船只互通往来，倒也方便。反而比去自己的县城还要方便。

船只是两岸交流的重要工具，艄公更是大家尊敬的人，十里八村的人们没有不认识常年摆渡在河上的陈发茂老艄公的。说好了办完事几点钟返回，发茂老人一定会候着，吱扭扭的桨竿吃水，吱呀呀就走开了。年轻人上船总是不太安分，就抢着划桨，艄公总能准确掌握航向，不偏不斜停靠到指定地点。

偏远闭塞的山村想看一场电影实在困难，就巴望着村里的富裕人家能够办一场红白喜事，好请一场电影让人们大饱眼福。一次村里得到可靠消息，南岸西沃公社元宵节晚上放映电影，并且是南斯拉夫的《桥》。当时人们能看到的仅是有限的国产片，如《奇袭》《英雄儿女》《地道战》《地雷战》等，这个外国片被传得神乎其神。陈海潮和一帮年轻娃急得快要发疯了，夜晚不摆渡是长泉渡口的铁律，每天掌灯前就锚了船，并且锁死了船桨。

能不看吗？陈海潮们心不甘，就密谋策划了一个冒险行动。

天黑透，只有风不知疲倦地在水面巡逻。8个人各自扛一把自家的铁锹来到渡口，悄没声解开缆绳，把船往上游拉，有四五十米的距离吧，按照事先的分工，陈海潮掌舵兼总指挥，其余7人，左边4个，右边3个，用自己的铁锹划水。其实海潮根本没有掌过舵，只是坐船多了看到一点。渡船根本不是他们想象的那么听话，不自觉就在水中打了个转。大家很用劲，船就是不往对岸走，只是快速向下游漂。几经周折，陈海潮摸到了点方法，把舵竿调正，喘着粗气说：用点儿劲，划！伙伴们有点紧张，谁也不敢说话。按照指挥的口令：左边使劲！使劲！使劲！不行，右边过来一个人，加到左边，增强力量，使劲！使劲！使劲！终于到了南岸。岂料船没有停靠到码头，而是下行到50米开外的地方，已触到了陡峭的崖壁，大家顿时慌了手脚。只见总指挥关键时刻沉稳不乱，命令大伙："沉住气，不要慌！岸边一侧的人放下铁锹，用手抓牢岩石和荆棘，一边推，一边拉，不能让船体碰石头；另一边人用劲划水，二炮还回来这边划水，用劲！用劲！用劲！"

船靠到了码头，大家大汗淋漓，一个个几乎瘫软在船上。为了看电影，陈海潮在一块石头上锚好船，说，快走。当大伙儿气喘吁吁跑到放映地，银幕上正好出现一个字"完"！有人不自觉哎呀一声，更有骂娘的：我操！

　　在散场的人流嘈杂中，陈海潮顾不了那么多，急慌慌闪向路旁，边走边撒着尿，尿一抖一抖成为曲线……

大河的遥想

我遥想远古以前的远古，风呢？雨呢？雷电冰雹植物山川河流呢？宇宙是不是一个懵懂荒蛮的混沌呢？

据说，我们居住的地球同宇宙间的任何物质一样，是处在不断运动和变化之中的。有运动就会有挤压，就会有扭曲，就会有拉拽，从而产生地面的隆起、沉降或位移。水和各类生物在阳光的辐射下发生变化，破坏着地面的隆起部分，并将破坏后的产物搬运到低洼处，从而形成大大小小、深深浅浅的咸的淡的湖。

由于地壳的抬升与降陷，湖泊中间的分水岭被打通，使各个封闭的湖有了迅速加大的出口，各自独立的湖水与运动着的河流串联起来，形成浩荡之势。我想象着这可能是古黄河当时的胎动。不过，这时的古黄河仅仅是一条内陆河，自巴颜喀拉山起步，一路跌撞迂回，经青海、甘肃、四川、宁夏、内蒙古、山西、陕西到河南的三门古湖。因为东面横亘的中条山还牢固地封锁着她东去的路途。

可想，曾经的三门湖是何等的浩瀚与雄浑。湖面旖旎，千岛峥嵘，鲤鱼翻飞，天鹅戏水。今天的三门峡称为天鹅之城，仍有栖息越冬的白天鹅和那被混凝土大坝拦截后澄清的水，留下远古悠悠的遗韵。

但是，三门湖保持不了永久的青春与美丽，古黄河最终水位升高，迈过了三门地垒把持的高度，涌入华北平原。这时，浩浩荡荡、一泻千里等词语是不是产生于此，不去考证。

黄水裹挟着万千风尘与泥沙，一头扎进大海的怀抱，与太阳亲切握手。从此，一个伟大的生命轰然诞生！

一时间，浩荡之水迷蒙了我的双眼。这般勇猛，这般雄浑，这般肃杀而无可顾忌！你是谁？你要怎样？你是大地的魂魄、大地的主宰？

眼看汹涌向前，忽而漩出深深的黑洞，甚至牛眼一样笑傲苍穹。脑子的灵动每每这时就木讷、呆板……

我后来逐步探寻黄河的源头，到青海湖，到扎陵湖，到鄂陵湖。在湖畔静坐、在岸上观鱼、在湖里掬水洗尘的时候，突然发笑了。

我是为原来我自己的痴痴遥想感到好笑！

浪花的掌声

　　黄河，以她独特的肤色和秉性冲出最后一道峡谷——小浪底，便像脱缰的野马狂飙中原。看地图，黄河仅是一条弯曲的细线；而面对小浪底，黄河便成了浩瀚的辽阔与震撼！

　　总面积278平方公里的高峡平湖辽阔在王屋群山。对于祖祖辈辈生活在王屋山区的民众来说，曾经守着黄河没水吃。这里有一句民谣，对于过路的人，"宁给一个馍，不给一碗水"。这里的人民对一盆水的利用，形成了一道独特的"程序"：先淘米，再洗菜，随便擦把脸，最后再饮牛。而今面对淹上山头的碧波，山民竟一时无所适从。有山民清晨推开家门，第一次看到小浪底的水，激动得一蹦多高："娘噫——水都上天了！"视水如命的诸多山民为了国家水利工程的建设而移民他处。

　　眼前的小浪底，已是黄河干流上一座集减淤、防洪、防凌、供水、灌溉、发电等于一体的大型综合性水利工程，是治理开发黄河的重要枢纽。当移民们抽空回来看望自己曾经的家园时，满眼澄碧，昔日的窑洞、童趣随记忆潜入数十米水底。那里有太多的梦幻，老皂角树见证着青春的羞涩，月光在窥视……突然，一袭酸楚涌来，水雾中就迷离了双眼。是黄河赋予了王屋山民众特有的正直与豪放，当人们早已知道小浪底是黄河的事情，是国家的事情，她的价值与功效远远大于个人情感的时候，山民们抬起了头，把眼光盯向了远方。此时，浩瀚的湖面上有只硕大的长喙鸟在盘旋，突然箭一样刺进水中，红尾鲤在喙的钳制中做着徒劳的挣扎。

这是一片滚烫的热土啊！大河奔流，波涛中有雄壮的号子声，这里是古老的黄河古渡。二十世纪初，这里有一个叫"杜八联"的河防堡垒，是我地下党在豫西北有名的抗日联防组织，是由当地沿黄一带的八个行政村的村民组成。全民皆兵，不分男女长幼，手握枪，肩荷锄，利用土枪、土炮、圪针墙、葫芦舟等武器装备，配合我军主力部队，在黄河沿线先后对敌作战150多次，粉碎了日寇无数次的"扫荡"和"清乡"。他们特别在捍卫黄河古渡方面更是可歌可泣，曾演绎过一曲雄壮的黄河交响曲。

那是1947年的8月，解放战争转入战略反攻阶段。党中央决定派陈（赓）谢（富治）大军在山西平陆至河南济源之间强渡黄河，挺进豫西，建立鄂豫陕根据地，与挺进到大别山的刘（伯承）邓（小平）大军和陈（毅）粟（裕）大军相配合，向敌人开展大规模的进攻。8月23日至26日，"杜八联"和济源沿黄村庄的人民用鲜血和生命支援大军横渡黄河，谱写了一曲军民合作的历史赞歌。

在战前准备阶段，隐蔽造船成了民间大规模的行动。人民的力量是无穷的，有人支援了建房的梁、檩，有人献出了为老人备下的棺木，就连为女儿做嫁妆的木料也毫不吝啬……那年8月22日

夜，先头部队很快就抢占了对岸的据点。河清、长泉、蓼坞、留庄等渡口准备好的船只即刻下水，军民夜以继日地摆渡，演绎出军民强渡黄河的壮丽诗篇！

如今的古渡已淹没在小浪底近百米深的水底。大坝的上游，双桨平静中突然泛起涟漪，有歌声从悠然的小鱼划上飞出："哎嗨——人说黄河从天降哎，天上倒下了倾盆水哟。本是撂荒疙瘩坡哎，鱼是俺的心肝肝哟……"喂鱼的时间到了，网箱内霎时鱼头攒动，哗哗地击水、泛白，形成小浪底独特的风景。大坝的下游，是射程近百米的气势如虹的"双龙飞瀑"。那是小浪底一年一度汛期前的排水排沙，上方喷薄而出的多条水龙，是小浪底改造了的清澈黄河水。下方洞口射出的污浊黄龙，是黄河水中的泥沙。科技的力量在这里演绎人文奇观，引来世界各地无数的黑皮肤、蓝眼睛、黄头发的人流，震撼着来来往往摩肩接踵的每一个人！

小浪底突然变得多姿多彩，旗帜下一排排握紧的拳头，那是一个基层党组织的新党员在宣誓。有绿、黄、红色导游旗指引，红、白、黄色遮阳帽以队列的形式响应，导游的小喇叭声全淹没在飞瀑巨涛中。唯有五星红旗下、共青团旗下以及红领巾方队歌唱祖国嘹亮的歌声，随着浪涛拍岸，掀起欢腾的热潮。

一个老农看到我的镜头对准着缥缈的绿岛，深情而沉稳地说："那是西滩村留下的一坨影子。"我说："万里黄河唯一的岛屿村庄，消失在大坝下游西霞院水库，遗憾吗?""那是国家工程，西滩村移民后条件更好了，只是没有了原来的西瓜……今天看到这么多游人，即使原来西滩村的800亩西瓜还在，也会供不应求。"老人的无比自豪很显然没有遮蔽那美丽的遗憾。

汹涌的奔流，翻卷的浪花，闪烁着太阳的光芒，照亮我幽幽的记忆。耳畔是"双龙飞瀑"的巨响，那是母亲河浪花的掌声……

品读和默诵

当我再一次走上小浪底大坝，凝望着黄河巨龙般奔腾的身躯时，胸中澎湃的是粗犷、雄浑、豪迈和神往，耳边响起伟人那句气壮山河而又充满深情的话语："要把黄河的事情办好！"

是的，我曾无数次来到黄河，黄河的雄浑和博大使我的语言显得那么苍白无力。听着黄河的涛声，仿佛听到祖先炎黄部落传来的远古乐曲，仿佛听到五千年来中华民族在黄河岸边写下的厚重历史和一个个可歌可泣的故事。故事里记录着巴颜喀拉的雪，记录着黄土高原，记录着拉船纤夫高亢雄浑的号子声，更记录着花园口惨烈的哀鸣……

真的治服不了吗？

在改革开放 40 年后的今天，1667 米长的大坝北端闸中央机关建筑上哗啦啦飘扬的五星红旗，飞扬着小浪底大气魄、多功能的豪言：防洪、防凌、减淤、供水、灌溉、发电、除害兴利、综合利用……

伟人的嘱托，激励着每一个华夏儿女，激励着无数个治黄史上的当代大禹。

小浪底水利枢纽工程于 2001 年全面竣工正常运用，是治黄史上一个伟大的丰碑！尽管黄河已经有刘家峡、青铜峡、龙羊峡、万家寨、三门峡等水利工程，但小浪底的规模与意义非同寻常。因为它独特的地理位置，处在控制黄河下游水沙的关键部位，是黄河干流在三门峡以下唯一能够取得较大库容的重大控制性工程，在治理黄河中具有重要的战略地位。自 1954 年黄委会拟就《黄河综合利用规划技术经济报告》开始，1955 年 7 月中华人民共和国第一届全国人民代表大会第二次会议一致通过了《关于根治黄河水害和开发黄河水利的综合规划的决议》，再到 1984 年《黄河小浪底水利枢纽可行性研究报告》，治黄人在黄河上经过了 30 年的风雨考察与科学论证得出了这一结论。

为了尊重科学，中国国际工程咨询公司拿出了评估意见，国家计委于 1987 年 2 月给国务院上报的意见书中指出："在国家财力可能的情况下，可以进行小浪底水库的建设。"

1991 年，小浪底水利枢纽工程正式被列入国家计划，确定"八五"期间开工建设。

1991 年 9 月开始前期工程建设。1994 年 9 月 12 日，国务院总理李鹏庄严宣布："黄河小浪底水利枢纽工程开工！"1997 年 10 月 28 日，咆哮的黄河截流成功；2000 年 1 月首台机组并网发电；2001 年底主体工程全部完工。

这是一项举世瞩目的跨世纪工程，吸引来了全世界 50 多个国家和地区的技术支持，成就了这一震惊世人的杰作。该工程的拦河大坝为壤土斜心墙堆石坝，坝顶高程 281 米，最大坝高 160 米，正常高水位 275 米，库容 126.5 亿立方米，长期有效库容 51 亿立方米；泄洪排沙和引水发电的建筑都是隐形的，隧洞像蜂窝一样固定于北岸的山体内，最大洞径 14.5 米，每条洞都超过 1000 米长，包括导流洞、各种泄洪洞、排沙洞以及灌溉洞等。水库防洪最大泄量 17000 立方米每秒，正常死水位泄量略大于 8000 立方米每秒；水电站在地下厂房内，总装机容量 180 万千瓦，由 6 台单机容量 30 万千瓦的水轮发电机组组成，年平均发电量保持在 50 亿千瓦·时左右。

如此雄伟的工程，让我每每震撼到迷失了自己。记不清多少次独自行走，在坝头，在岸畔，在水上，甚至北上水利部，垂询黄委会，踏访小浪底建管局以及移民村等，无不为小浪底巨大磁场的吸引力所折服。在 14 万移民的大潮中，真正体现了舍小家、保建设的家国情怀。我找到最先移民的小浪底村，村支书贾良深情地说："小浪底村是整个小浪底工程移民的典型村，大坝永远尘封了历史的村庄，只留下我们对先辈的追忆。有的老人逢年过节，在大坝南岸的山头燃一炷香，面对碧水深深地叩头……"完了补上一句："我们无怨无悔！"

在沸腾的小浪底建设工地，聚集着上万名中国水利水电劳务大军与来自 50 多个国家和地区的外国工程技术人员，加上无数台巨无霸和灵巧的机械设备，这是一个何等的壮观场面！我联系了小浪底建管局宣传部部长柯明星，又授意接触了黄河水利水电总公司宣传部部长刘红宝。从他们介绍、赠送的大量资料中，获悉一个个感人的故事，无数个建设者的动人事迹无时不在激励着我。

首先让我领教了菲迪克条款的神圣。菲迪克条款每项都是严肃的，业主与施工单位哪个违规，将会付出高昂的代价。施工中我们吃过不少外商提出索赔的苦头，尽管我们也合理运用菲迪克条款进行反索赔，终不得其要领。

比如我们国家的水电建设工人与劳务人员按照惯性，在投资几百个亿的大工程面前，是不会去在乎几角钱、几分钱的电焊条、螺丝钉甚或一截绳头的，正是因为超用了这些微不足道的小小资料，竟被外国承包商依据条款向我们索赔数百万元人民币。

比如我国一家公司在外国承包商手里进行二标劳务承包的谈判中，约定泄洪洞的施工允许平均超控 40 厘米。签订合同时，我方公司忽略了"平均"二字。验收中，凡开挖超出 40 厘米的地方，所浇筑的混凝土数额以及施工设备、投入人工、消耗工时、管理费用等，列出了详细的反索赔明细，累计高达 150 万元人民币。

比如我国劳动法规定每周 5 天工作制，外商也要以加班为名提出索赔 1.5 亿元人民币

……

此情此景，一位在建管局任合同部主任的女工程师李淑敏，近 50 岁的年纪，看到外商源源不断递上来的上千份索赔函，心如刀绞，就下定决心研究这个菲迪克条款！难以想象一个学习俄语的大学生，从学英语开始，以常人无法想象的毅力攻克了这一神秘壁垒。李淑敏说："确属我方原因造成的索赔，我们没的说；而有些方向不明的索赔，坚决不予理会！"

施工中，外商追求利益最大化无可厚非，但是不少的"节外生枝"，都被李淑敏有理有据地驳回，为国家避免了数十亿元人民币的损失。有外国承包商无奈地说："这个女人不好对付！"

工程监理姜仁东有超强的责任心，从不放过哪怕一丝一毫的质量误差。那是 1996 年一个炎热的早晨，姜仁东来到 2 号明流洞检查夜班的作业情况，发现洞脸右上角无数根参差的钢筋中，有 9 根张拉锚杆安装成了普通的砂浆锚杆。这关系到洞脸及进洞施工的安全，必须进行整改。但是，姜仁东知道，9 根张拉锚杆的更换，最快用时也要在 4 个小时以上，加上人工等各种费用，少说也要数十万元人民币，外商会接受吗？姜仁东准备好了一场舌战。

　　岂料经过召唤外商负责人 Andran 先生现场核对后，Andran 先生说："姜先生，实在抱歉，这是我的失误，给您带来了麻烦，我们马上更换。"随即召集相关人员到场，经过简短的商议布置，调来了人员、设备、材料，更换作业马上开始。

　　这让姜仁东感到了责任的重大，又让姜仁东感到责任的神圣。

　　1996 年的年初，火热的工地上到处是繁忙的景象，二标却遇到了阻力。在北岸巨大的山体内开挖、布洞甚至立体浇筑的复杂场面，108 条纵横交错的洞口分布在这里。由于地质复杂，造成设计指标与实际情况出现差异，致使施工受阻。这家德国承包商不仅提出严厉的索赔，并表示延迟工期。我方急在心里，多次谈判都不能撼动承包商推迟工期的决定。难道能在这样的国际工程面前开个玩笑？中国不答应！必须反承包！中国水利水电第十四工程局的常务副局长陆承吉率先提出挑战，水利部又调来善于攻坚的中国水利水电第一工程局、第三工程局、第四工程局，组成中国工程联营体，谈判至 2 月 8 日，双方在协议上签了字。

　　陆承吉知道，要想用 20 个月干完国外承包商原计划 33 个月的工程量，不革新工艺技术不行。陆承吉要施展自己的绝技——钻

爆！德国工程技术人员直摇头，不予支持。陆承吉没有退路，把啃过无数硬骨头的绝技发挥到极致，终于以准确无误的爆响，震得外商目瞪口呆，不住地伸出大拇指。中国工程联营体高质量地保证了工期，确保大坝成功截流！

刚满 7 岁的兰兰，在学校听到老师说："小浪底的学生，爸妈都吃住在工地，施工紧张顾不上辅导他们，学习成绩自然不太理想。"这句话刺伤着兰兰的心，放了学还老大不高兴。当妈妈了解了情况后，忙安慰兰兰说："兰兰学习很好，老师说别人呢！"兰兰委屈得大哭起来，嘶哑着嗓子说："我也是小浪底人！"那哭声刺痛着我的神经。

在无数次的感动里，更忘不了给外商当劳务工的河南农民王凤兴，毅然揭发外商在施工中偷工减料的行为……

哦，黄河！哦，小浪底！你长了国人的志气，你让世人刮目相看！

在黄河边，我无数次品读和默诵着黄河，从没有像今天这样沉稳而激动！

清清黄河水

　　举世瞩目的黄河小浪底水利枢纽工程，随着配套工程西霞院水库的下闸蓄水，河床式电站首台机组并网发电。

　　闻讯，生长在王屋山下、黄河岸边的我，情不自禁奔向黄河，来到一夜成名的距小浪底 16 公里下游的这个叫作西霞院水库的地方。当我站在万里黄河边面对 30 平方公里浩瀚的水域时，胸中顿生万丈豪气，好像母亲河巨大的气势扑面而来，一时让人加快呼吸而透不过气来。我知道，那是母亲河经千曲百折终于以排山之势冲向平原的豪迈。像母亲激动着留在儿子面颊上清晰的唇印。一个充满野性、豪壮而强悍的形象突然就变得娴静、温顺而清秀了。在这里，要修改一个千古名句：跳进黄河洗得清！

　　我曾无数次来到黄河边，试图用精辟的言辞来赞美黄河，但她的雄浑和博大使我的语言显得那么苍白无力。每当我站在黄河岸边，都为她的气势所折服。黄河卷着浪花，不停地翻滚跳跃，相互撕咬拍打，汹涌浩荡向东流。听着黄河的涛声，仿佛听到祖先炎黄部落传来的远古乐曲的悠扬；仿佛听到诗仙李白《将进酒》里"黄河之水天上来，奔流到海不复回"的感慨；仿佛听到《黄河大合唱》里拿起刀枪、奋起抗日的激昂；仿佛听到五千年来中华民族在黄河岸边写下的厚重历史和一个个可歌可泣的故事……

然而，古老的黄河给我更多的是痛苦的记忆。"三年两决口，百年一改道"，道出了中华民族的辛酸和血泪。让我想到了黄河上游疯狂的砍伐；想到了羊皮筏子被洪水抛向浪尖又跌进深谷；想到了古蒲州河滩上大铁牛弓腰负重；又看到花园口美丽的名字背后的残酷，残酷到花园口大口一张便吞噬近 90 万民众的生命。

此时此景，我面对的是澄碧晶莹的西霞湖，一时的浩瀚辽阔竟让我无所适从。我知道，自己每每看一眼黄河，领略一下汹涌激荡的气势，顿觉浑身蒸腾起一股激情和力量，就把脚步迈得像波涛一样澎湃有力，因为有了胆识，身后是永远的黄河！而今天气势豪迈的黄河呢？被小浪底和西霞院神秘的大手降服，昔日的景象全装进我的脑海在眼前奔流，奔流出曾经的河清口渡口、留庄渡口和坡头古渡；奔流出黄河儿女的葫芦舟情结；奔流出留庄英雄民兵营"河防堡垒"的黄河传奇；奔流出"杜八联"民兵护送陈谢大军横渡黄河的英武；奔流出西滩岛上焚烧敌机的熊熊大火和西滩岛田园牧歌的悠悠古风……

哦！黄河，我的母亲河！黄河孕育了中华民族千百年的文明和中国人民不朽的精神。由于现代防洪体系的完善，扭转了黄河决口改道的历史；黄土高原水土流失的治理，有效地减少了入黄泥沙；水电资源的高效能利用，促进了社会经济迅猛发展。更可喜的是，小浪底连续六年的调水调沙，缓解了下游河道日渐萎缩的险境。

我在黄河！我无数次品读和默诵黄河，从没有像今天这样沉稳而激动，大概是因为黄河水变清的缘故吧！

渔歌

　　渔民，似乎离我们这个地方很遥远，因为王屋山的人民祖祖辈辈与干旱打交道，水是王屋山人民的命根子，水是王屋山人民永久的期盼。然而，1997年的一天，汹涌澎湃的黄河水被小浪底巍峨的壤土斜心墙堆石大坝拦腰斩断，黄汤变清澈，桀骜不驯的咆哮变温顺，碧波银镜从此挂上了山头。

　　山岭梯田得到了滋润，古树藤蔓的根须尽情地向枯枝、叶片输送水分。光秃的山头披绿了。然而，当农民们扛着锄头从田垄里走出来，眼前却出现了迷茫。他们长时间将锄把当作一条腿，双手紧握锄把一端，把脸和下巴支在自己的手背上，眼睛长时间盯着碧绿的水面，怎么也读不懂今天这水是怎么了？山的高处时常有人久久地坐着，在好奇地欣赏着水面上远方来的船只，有人把银色的大网撒入水中，手里那根绳，一把把拉圆，便有蹦跳的鳞光闪耀。船舱里丰收了，那船就泊进湾里，有人点火做饭，有人继续在船上摆弄着网。当空中升起一缕烟，生活的画面更加真实而美丽。正当他们看得眼花缭乱、目瞪口呆的时候，水上的人便上岸和他们说话。如此这般以后，他们激动了，很快便有三五

黄河的第三条岸

一伙上了船。他们有的是力气，那粗壮的网绳被他们拉得紧绷绷的，肥胖的鲤鱼跳跃着进了舱。船主露出的牙齿和鱼鳞一样白，笑着递给了打工的农民一二十元钱。

这水，还真有好处哩！

到船上打工挣钱的农民逐渐多了起来，农户家中有了经济收入，娃们的衣着变了，饭桌上的菜肴丰盛了，大家的心里都在乐。然而乐着乐着就不满足了，一天二十元的收入，有些人提出要和船主平分秋色，还有的干脆要买船和渔具，这种黄河岸边的躁动，是千百年来所没有的现象。

农民们很快便购来了属于自己的机动船，购来了各种渔具。有实力的单独购买，实力差的几家联合。他们迫不及待地下水了。原来给别人打工，带着一种好奇，带着一身轻松，脸上写着笑意。今天不同，在屋里吃女人擀的捞面条时，心里就一直沉沉的，一边大口吞咽，一边在心里盘算着船上还有什么不周的地方。当确认一切准备停当后，碗一推，二话没说，一迈腿跨了出去。

我曾随那些男人们下过水，当时他们给别人打工，还故意在我的相机前卖弄结实的肌肉。我问今天怎么样？他们会主动掀开船舱炫耀，讲撞上了一个"实网"，足有三千斤，大的一条有二三十斤。老板说，今儿上岸后，让伙计们好好撮一顿。我看着他们乐，心里很感动。

近日，我又在水上见到了他们。他们已拥有了自己的渔船，他们大面积发展了网箱养鱼，已成了老板。船上十几个人有条理地干着活，有人在绞绳，有人在收网，有掌握方向的，还有的干着别的。我问今天收获可以吧？"不行！"小伙子淡淡地说。可等到

合网了，两艘船开到了一块儿，缆绳也绞尽了。大面积集中到一点，网里的水开始沸腾，一时像炸开了锅。鱼儿互相拍打着尾部，有的突然跃起一两米高，露出肥胖的身体，重重摔到甲板上，在甲板上鼓着肚子翻身……我看了整个过程，心里一阵激动。虽然看不到渔船上赤着背的汉子们精神有多么兴奋，但是他们的脸上写满了认真，写满了成熟、自信。

倏地，一首悠扬的渔歌响起：

> 哎嗨——
> 人说黄河从天降哎，
> 天上倒下了倾盆水哎。
> 本是撂荒疙瘩坡哎，
> 鱼是俺的心肝肝哟。
> ……

歌声是从黄河三峡的大峪湾里传来的，那是小渔划上的渔姑开始向网箱投食了，一时间大峪湾水面上波光四起，鳞白闪烁……

第二章

烈日下的

浪花

漩涡

1

大脚奶是迎着风来的。

大脚奶从没把风放在眼里。她来到河岸，确切地说是来到西沃渡口卖馒头。镇街上的长舌妇风言风语在大脚奶背后奚落讥讽，大脚奶从不顾忌，只管垒好房屋，砌好柴炉，挑水、和面、蒸馒头。她心里想着，走船辛苦，把馒头蒸好，船工爱吃才是硬道理，哪管那么多咬舌根的事。

当然，无风不起浪。作为女人，生儿育女才是本分。谁知，大脚奶少女时嫁给了比自己矮一头的瘸腿黄良，也让镇街上议论了一些时日。黄良不光自己生长得像一颗瘸腿倭瓜，并且爹娘残疾致使哥憨弟傻。大脚奶从小死了双亲，在黄河边疯长成人，因长得人高马大脚大手大一身力气，就跟了镇街上有名的炮拳继承人卢老爷习武，三招两式下来，再加上大脚奶嘴大嗓音粗重，小伙子也惧怕她三分。

这就好，大脚奶在嫁给瘸腿黄良之前，镇街上就有不少风流韵事的传言。要知道，黄河上行船是不允许女人上船的，大脚奶偏上船，况且是久走水路的山西客邀请的。镇街上的妇女才不管那么多，只知道山西船主是个彪形大汉，是个"老骚胡"，在西沃渡歇脚时大闺女小媳妇都窥视躲避。原因是这人娶过两房女人，都是没过几天就散伙，况且女人走后只说不能过……邀请大脚奶上船，镇街上传言说：葫芦对马瓢，是个好茬口！

船行山东来回就要十多天，大脚奶在船上是男装，回到西沃渡下船才是女装。有好事的女人问大脚奶，怎么不跟船回山西？大脚奶粗声丢一句：贼人都在下游，跑上游弄啥！

的确，有过这样的经历，能没有在背后咬舌根戳脊梁骨的吗？就反反复复地耽误了时光，就成全了黄良。

有人说是上天安排大脚奶来领黄良这个家的，人模狗样的黄良，别人嚼过的馍也能充饥！

婚后第二天，黄良一瘸一拐在镇街上晃动，步子明显急匆。就有人顺水说："填饱肚子心不慌。""别乱说了，我家媳妇可是黄花大闺女呢！"黄良一脸自豪。

他也是吃了不小的惊呢！当黄良一再催促上床以后，大脚奶从容地在陪伴自己的木箱里拿出一块白布。黄良不去管那么多，事后突然看到布上那片鲜红，把眼睛愣得潮潮的，抱紧了大脚奶再不松手……

大脚奶自进了黄家，就没打算缠脚做小脚女人，一鼓作气生下三个孩子，全都残疾不全，全都在月间夭折。大脚奶就对黄良说："看来你一肚坏水尿，生不出好人来。也免得我们后半生受拖累。我要去渡口卖蒸馍了！"

有人说大脚奶是去渡口借种生子的，有人说瘸腿黄良根本不能满足大脚奶，她是去渡口卖馒头"充饥"……

大脚奶偶尔碰到喜形于色的女人，在自己面前谈论戛然而止。大脚奶毫不理会，像风一样呼啸而过。没多日，大脚奶的馒头迎来很多回头客，都说馒头味道、色泽、大小与众不同，这里几家馒头店都无法比。就连镇街上的熟人也时常光顾。

2

那天艳阳高照，大脚奶一大早便和面上笼，很快馒头出笼，白白胖胖。一帮人七嘴八舌进到店里，大脚奶忙迎了过来。有人下手捏了捏馒头说："你这馒头明显比别家的大，为什么价格一样？是挣钱哩，还是捣乱的？"大脚奶仔细一看，都是黄河沿岸的混混，明白了几分，心中好笑。就说："你们几个好有意思，大凡买家都只嫌馍小，恨不得不掏钱吃个肚儿圆。你们倒好，竟嫌我的馍大，价格贱了。说吧，想咋地！"

一个性急的见大脚女人直戳痛处，耳根痒痒得难受，就骂咧咧地说："好你个不三不四大脚女，不是小脚莫作女人，不是小手做不得女人活儿。你男不男女不女的，蒸的馒头只配喂鱼！"说着一掌下去，刚出锅的一大筐热腾腾的白馒头飞向空中，在三丈开外落地，像满地奔跑的小白兔，蹦滚着进了黄河。

大脚奶连看一眼进水的馒头都没有，只听口中说："小龟孙王八蛋吃了豹子胆了，竟敢来找奶奶的碴儿。"说着随手抄起擀面杖，不由分说就下去了，那人哎呀一声号叫，头顶很快鼓起个蒸馍一样的大包。"好你个大脚女人，敢动手打人，把锅给她砸了！"大脚奶一看喊话的人，突然觉得有点儿面熟，对了，是和码头上同行里卖馒头的一个小妖精眉来眼去整天搅在一起的家伙，心头更是来气。头上起大包那小子手还没挨住锅，只听咔嚓一声响，又杀猪一样号叫，原来手腕儿又挨了重重一下。几个人恼羞成怒，一起扑了过来，大脚奶一擀面杖下去，一人倒地，飞起一脚，刚才高喊的家伙手捂裆处跌到两丈开外，两手捂裆蜷作一团号叫。剩余两个人气势汹汹，正要打过来，大脚奶举起擀面杖断喝一声，一个闪身，躲过一个拳头，擀面杖向后一捣，来人腰窝便挨一杖，大脚奶然后下蹲一个扫堂腿，最后一个人应声倒地。这时猛听哐当一声，腰窝挨擀面杖的家伙随手捡起一块石头朝锅里砸去，说了声"叫你卖个球"，锅里的水溅了起来。待大脚奶扭身过去，那人拔腿就跑。地下几个人见势不妙，纷纷爬起来，一瘸一拐地狼狈逃窜。

大脚奶的蒸馍房狼藉一片。已有码头上船工、隔壁卖山货的伙计在一旁看着，就有人说，大脚奶，你好厉害，我们大男人都怕他们三分呢！只见大脚奶扔下擀面杖，拍拍衣服，看也不看砸烂了的锅，抬脚就往码头下游镇街走。

风，迎面呜呜地叫着。在黄河，听不到呜呜声，就是风和日丽的艳阳天！然而，西沃渡一年里不会有几个晴美天。风直接从黄土高原而下，在泥土一样的黄水面上打着滑，吹起一棱一棱的波浪。东海的风也不示弱，挤进黑黑黄黄的河口，逆流而上，与黄土高原的风相撞，噼噼啪啪，各不相让，缠到一起，把黄水团出深深的漩涡……

大脚奶不去管被风撕乱的头发，走到一个拐角处的坡下，正是和自己一样卖蒸馍的摊点，不由分说，掂起灶上的锅就走，丢下话说："对不起，先用了！"

店主是同乡曹三的媳妇仙桃。曹三体弱多病，生活靠媳妇仙桃卖蒸馍维持。仙桃见状满脸狐疑，正要上前理论，突然被从里间闪出的人拦了，正是刚才裆处受伤那个人，叫小罗，姓田，人们叫他"田螺"（田罗）。田螺慌忙示意让她先拿走，不要再找苦吃。

大脚奶提着锅扬长而去。

3

回到店里，黄良已哗啦啦捡拾了烂掉的锅片，最大的在下边，往门后一堆，怯怯地守在屋里。大脚奶像没发生任何事一样重新整火、上锅、上水，然后洗手擦一把脸，在发酵盆里撕出一块面，啪一声甩到案板上，两手像扒拉着棉花一样揉面，那么轻盈娴熟，只听得案板发出咯吱咯吱的响声。几番过后，大脚奶手里的面，迅速伸长像胳膊一样，横在案板上。刀剁了头，啪啪啪啪那么干练。不用数，一剂面22个。剩余前后两个面头，手一抓，啪一声返回发酵盆里，顺手用湿毛巾盖了。

此时锅里大气已升，正好上锅。只见底层铁箅上铺了笼布，一盘端来12个，趸着圈是7个、4个，中间点缀1个。然后上二层铁箅，再铺笼布，趸圈是6个、3个、1个。这些程序一气呵成，自然而从容。

馒上笼，起大火；铁笼出汗，变小火。大约10分钟，出锅！

大脚奶刚拿来馍筐，就有上岸的老客户经过："大脚奶今天没馍了？""没有凉馍了，正好让你吃热的！"说着掀开笼盖，小麦面的清香诱着路人的感官，不仅仅是惹眼，一个普普通通的馒头，怎会让人这般垂涎呢？

"大脚奶生意好啊！"又是老顾客，山西来的，船刚靠上岸，招呼就打过来了。

"好啊，快上来歇歇，刚出锅。"大脚奶感觉紧张了，锅里续了水，一扭身掀开盖着的发酵面盆。手在案板上忙，还一边招呼着客人。山西客人落座后趁热随便吃，大脚奶看也不看，嘴里还慷慨地说："坛子里腌菜有的是，自己夹，开水自己倒，我一时松不开手。""你忙你，别管我们。"

顿了顿，大脚奶突然说："梁兄（指山西的舵手老梁），下次过来给我带一口这样大的尺八锅。""怎么了？不好好的？""不够用，增加一个。"

"大脚奶奶生意好，扩大生产规模吗？"一个青年船工理解着。

"就毛毛这小子机灵，回头奶奶给你找个黄花闺女，到河南来生活。"

"说好了奶奶，辫子要长一点的。"

"你小子想得美！家里攒多少钱了？"有人耻笑着他……

说着大脚奶又合了笼，加上柴，洗了手，过来给客人倒茶。送客人出门时，再次审慎地对老梁说："大兄弟记好了，我等着用呢！"

"放心，这船到花园口卸了货就回，误不了！"

说也奇怪，同样用那么多面粉，大小、色泽、味道明显不一样，奥妙在哪，这正是人们不理解的地方。

就像人们整天生活在黄河边不理解黄河一样。在码头上，这个细致而豪放的地方，有时一阵清凉的风，有时一股狂风飞沙走石，有时又像一个漩涡在水上游走。如果人进到漩涡，就好像一片树叶，眨眼消失。在河上做事，见到水面漂浮一段原木、一口棺材、一头牲畜，甚至一具尸体，是常有的事。黄河水滚滚东流，两岸山石早已见惯不怪，而又有谁见到过黄河的第三条岸呢？人与黄河水的恩怨以及人与人的恩怨又算黄河上的什么事情呢？

4

那天仙桃吃了个哑巴亏，气在嗓子眼里憋得难受，非要找大脚奶理论，就是生意不干，也不能这样窝囊！田螺拉着仙桃死活不让去，说："她既然这样拿走你的锅，说明她心里有明镜。再说了，她从小跟卢爷习武，把脚练得比男人都大，炮拳没怎样，炮脚可是够厉害的，我们几个大男人还不是对手，你去了不明摆着吃亏？"田螺说着，手不自觉向裆处轻揉，突然又收了。

仙桃看一眼面前的男人，手一甩，说："咋着，我咽不下这口气！"

"没事，黄河的浪，咱往后看！"田螺顿了顿又说，"这几天先用小锅将就一下，随后慢慢想办法。""就凭你？说说我听！"仙桃乜斜一眼田螺，田螺显出窘态，露出涩涩的笑。

突然门外两只麻雀在树上叽叽喳喳地叫，互相缠绕在一起。离了树枝，翅膀秃噜着下落，眼看着霎时分开，叽一声各自飞掉……

仙桃眼光炯炯，不知道在空旷里看到了什么，忽地往椅子上一坐，抬手轻柔地一勾，田螺立马近前低声说："您吩咐！"

仙桃轻喘一口气，柔柔地说："我说曹三啊！"身板孱弱的男人从里屋出来，一副无所谓的样子。田螺一看吩咐曹三，立马扭了身去。

"咋说？"曹三端着主人的身架浅浅地说。

"上个月曹九在县城回来说碱面很好买，去问问话真不真。"仙桃的话语清纯而有力道。

"咱家——"话未说完就被一个眼神打住，曹三急慌着出去。

"这女鬼真够狠，还疼吗？"仙桃说。田螺急促地收了腰，说："风大了，我想放火！""胡说！不要命了？"仙桃说完压低声，对着田螺的耳朵说着别人听不到的话……

一连三天，仙桃房子后那棵柿子树上总招来乌鸦，发出呜哇呜哇的声音，一听就让人心着急。仙桃看看柿子的火红，不去理会，盯着翻卷的黄河水，是在数明明灭灭的漩涡吗？

"嗷嚎嚎——嗷嚎嚎——"

"大侄儿好嗓门，十里外就听着你那声了，就知道你风正气顺，面捎回来了吧？"

"大将军八面威风，二将军开路先锋。"有人紧接了附和，"舵后生风！"大侄儿书归正传说："放心吧，少不了！"

大脚奶的生意确实做出了名堂，黄河下行的船只大都要在西沃渡口停靠，这里是黄河上重要的集散码头，河北岸是王屋山下长泉渡口，是上行船的停靠点。时常两岸灯火辉映，人声鼎沸，各种生意自然就兴隆了。这不，大脚奶又要卸面了。她卸的是当地的船，船上是山东的面。当地的船送货到山东，捎带回来的。

可喜的是，大脚奶这次卸了10袋面粉，其他门店三袋两袋的，最多也不过五袋就算好生意了。仙桃这次一袋面也没敢再卸，她上次的三袋还没用完。

夜，秋高气爽，本来满天星斗，河面突然哗哗作响，有波浪掀起，一阵狂风过后，星光黯淡了下来。大脚奶的黑油灯也被门缝挤进的风吹灭两次，索性用勾担在屋里顶上，室内风方才平稳了些。

这风，是来收树叶的。大脚奶说着就早早躺下无话。

更深人静，河道仍有风发出。听到呼噜噜的水响，大脚奶就会推测出漩涡有多深多急。突然，大脚奶的眼睛睁大了，看了看窗户门缝仍是黑黑的。窗外沉闷的风声水声以及细碎之声，怎么突然就睡不着了呢？不对！大脚奶呼一声坐起来，另一端蜷曲着的跛腿黄良不耐烦地问："怎么不睡？"大脚奶压低声说："睡你的，别出声。"足足坐有十分钟，然后悄然起床，在看不到五指的黑暗里巡视。大脚奶蹑手蹑脚，在当屋站了一会儿，又悄悄进到隔壁仓库房，黑暗中观察足足一刻钟，大脚奶长出了一口气。深秋的夜晚似乎有点儿寒冷，大脚奶轻轻坐到火炉前，拿一根木棍在灶膛里挑了挑，青灰下的红火明亮起来，锅里温着水，很快就在木炭火的加温下有了吱吱的响声。大脚奶知道水温起来了，突然仓库房一丝亮光划过，大脚奶猛地掀了锅盖，大半锅开水被她一弯腰端了起来，进到仓房，已看到碗口大小一个亮洞。大脚奶毫不犹豫，哗啦一声把一锅开水灌了进去，只听娘呀爹呀号叫……

大脚奶厉声对洞里说："先烧你个疤癞头，这是轻的。再犯到奶奶手里，小心你的狗命！"说话处，哭叫声以及乱糟糟的脚步声很快消失。

大脚奶扭身点上油灯，看看码着的面袋完好无损，就找一块木板盖了洞，又随手搬一口大缸压上，自语说："能耐了，敢和奶奶较劲！"

5

转眼月余，大脚奶用上了山西老梁从阳城带来的尺八大锅。此时太阳落山正上生意，远行的船早早落帆靠岸，船工或岸上歇脚，或在舱内打铺，差不多都要买大脚奶奶的热馒头吃。有熟悉的客人习惯性地和大脚奶唠嗑，却被大脚奶破天荒地谢绝："关门了，今天有事，回见！"

大脚奶麻利地收拾完，提起仙桃那口锅抬腿就走。

仙桃没有防备，以为是客人买馍，一激灵，脸色煞白。眼看着几个男人老鼠般溜掉，大脚奶放下锅说："还你锅！"

仙桃一时无言以对，表情木木地看一眼大脚奶。大脚奶毫不客气地在案旁坐下，直视仙桃的脸。仙桃惊慌着说："你，你要干啥？"大脚奶盯着仙桃怯怯的眼睛，根本不去理睬她，高声说：

"躲在里屋的也听好了，任何使坏都无济于事！想算计奶奶，你们还要再长长能耐！"大脚奶顿了顿又说："我知道你仙桃想做好生意，但是歪门邪道不中，要有自己的真本事。我今天来给你送锅，是不想和你一般见识。都在码头上吃饭，想断别人的路，自己结果没路走，划算吗？"

"大脚奶说得太好了！我早就说了……"突然仙桃男人曹三从里屋闪出来，急匆匆附和大脚奶的话。仙桃一个横眼打断曹三，说："还不快给奶奶倒茶！"

"免了！"大脚奶手一挥说，"想蒸好馒头，听我一句话。""奶奶真是大人大量，晚辈就是没有这个本事，我背地问了瘸腿爷了，面粉、发酵，甚至生面切头大小，全和奶奶的一样，为什么出笼大小不一样，味道没有奶奶的馍香呢？"

"今天发酵面蒸完了没有？"大脚奶问。

"生意不好，还有一锅没蒸。"仙桃回话。

"上案板！"大脚奶说着站起来面对曹三，"曹三，锅里上水，架上火。"

"中！"曹三来了劲。

大脚奶袖子一挽，用碗在水缸里舀了水，哗哗哗洗完手，抓起案板上放着的发酵面闻了闻，没吭声。这时仙桃有了眼色，端起那碗水就要倒掉，大脚奶说："别倒，先放着。"然后"啪"一声把面往案板上一甩，手拍上去啪啪响。大脚奶对仙桃说："听好这声音。"撒一把面醭，又像揉棉花一样在案板上翻揉，那娴熟，那手力，直压得案板吱嘎吱嘎响。这时里屋隐约传出声响，大脚奶看也不看说："滚出来吧，三里五村的，以后可没了下次！"几个人也想亲眼看看大脚奶的能耐，就连被开水烫伤包着头脸的小孬也在门口乜斜。

大脚奶把发酵面揉到极致，撒过第五道面醭，手一拍梆梆响，又对仙桃说："再听声音。"仙桃似有所悟，说："声音和原来不一样。"这时大脚奶停下来说："要揉到面出汗，你看看。"仙桃几乎趴到面上，完全明白了。"曹三，锅怎样了？""好了，奶奶。"曹三急急回话。"仙桃铺笼布！"说着大脚奶标尺一样的刀切下，一排22个已码好。在热气袅袅的蒸笼里摆了，啪啪啪把笼盖拍严实说："大火！曹三。""好！"曹三今天格外兴奋。熊熊的炉膛通红通红。河柴在水里泡透了，在岸上风干了，在大火里格外兴奋，不时发出噼噼啪啪的声响。

大脚奶又在那碗水里洗了洗手，正要端起来倒掉，仙桃麻利地接过说："奶奶坐下歇歇，我给您沏茶。"

大脚奶看一眼门外，门外的一切几乎被黑夜全部笼罩。河柳细细的黄叶被秋风梳理着。这一切，大脚奶从来不去关注。她熟悉的是，耳边叽叽喳喳鸣叫的河雀，尽管也在河柳上蹦跳，并且扑腾下不少叶子，只知道太阳熄了，河雀宿窝，又是一天……

仙桃几次命令田螺去南沃铺割两斤卤肉，以此酬谢奶奶。田螺几欲动身都被大脚奶拦下，说："我要看看这笼馍的，不然早走了。好了，出笼！"说着起身哗一声掀开蒸笼，热气一下隐了大脚奶。大脚奶看一眼，放心说："仙桃，拿筐拾馍。"

仙桃把馍筐塞进田螺手里，自己在笼里一个个往筐里拾。几个人围着惊喜地看，筐里的馒头像极了肥胖的鸽子，蹦跳得可爱！

有人说："奇怪了，大脚奶亲手蒸的就是不一样，个儿大！暄腾!"

仙桃揭着馍,招呼曹三别光顾看,快给奶奶添茶!

曹三一看,奶奶走了!早已没了影儿。

6

仙桃看着满筐热腾腾的馒头,愧疚和敬佩同时在热气中升腾,说:"大脚奶心里有秤,我们的轻重她都清楚。更知道我揉面的力量不够!来吧,都尝尝,算我仙桃酬谢你们的辛苦。"

刚出锅的馒头,在几个大男人手里冒着热气,那香甜,全写在大口咀嚼的专注里。

"小孬,你咋不吃?"仙桃突然瞅见独个儿待在一旁的受伤了的小孬,招呼说。

大家这才意识到没落着的小孬,就有人顺手递过去一个,说:"味道就是不一样。"小孬冷不防突然一个巴掌,一下打飞了那个热气腾腾的馒头,嘴里吼出:"吃个屌!"大家全都愣了。那馒头砰一声在墙上弹回来,在地上跳一下停住了。"呜——呜,你们吃吧!你们都是好人,老爷这脸、这头发弄成这!呜——呜,留下疤痢,连媳妇都说不成了。""小孬,你充当谁的老爷哩!"有人很不满意。

"兄弟别说了,嫂子知道你难受。"仙桃看着小孬说。

显然,小孬心里憋屈,事情弄到这步田地,都言归于好感恩戴德了,自己却落个光头疤痢脸,能不伤心?当然火气也是冲着仙桃来的,为了狗屁生意,全不顾弟兄们的情义!

"我给你说清楚，嫂子可不是不讲情分。弟兄们都在，我说话算数，你的媳妇包在我身上，真不行我往山西跑一趟，保证给你带个黄花大闺女回来。"仙桃诚恳地说。

"我又没钱！"小孬突然说。

"说那没出息话！"仙桃嚷了一句，随手在筐里拿一个馒头塞往小孬手里说，"这你可粘住嫂子了，别没出息，活人还能让尿憋死！吃吧！"

"吃吧，吃吧，早知道有这等好事，那晚我就钻洞了，山西姑娘可轮不到你了。"说这话是裆处受伤的田螺。

小孬看田螺在捣蛋，说："大脚奶一脚把你踹成个太监才好哩！"大家一听全笑了，小孬顺势一个大口，手里的馒头啃下去一个大豁儿……

门外有风，门环不停地敲打门板。有细细的水滴落下。大家知道，风在打架，漩涡被抛向空中，飘洒褐黄色的泥浆，软软的殷实、细密。

西滩岛

万里黄河以气吞山河之势冲出最后一道峡谷小浪底，像脱缰的野马席卷千里大平原。由于黄河裹挟了大量黄土高原的泥沙，在距离小浪底十公里的宽阔河面上形成一个岛屿，就成了今天的西滩岛。

最初的荒岛有水草、芦苇、黄河柳、黄荆等近水植物交错生长，有水鸟、野鸭、兔子、水蛇等动物择地而居。很快便有农人涉水登岛，用锄头刨开肥沃的良田。当大豆、高粱长出丰收的景象，便有更多的农人划着小舟，一边捕鱼，一边播种。周围是东去的黄水，岛上春华秋实，有民房建起，很快形成村落——西滩村。

西滩村是万里黄河第一村。黄河形成的岛屿不足为奇，而岛上形成村落的要数济源西滩村。尽管该村只有几十户人家，但这里比起陶渊明笔下的世外桃源还要美上十分。

我最初上岛是在20世纪80年代的一个春季，乘坐三次小划船涉过三条河汊登的岛。岛上花香袭人，秀色可餐。见一头毛驴蒙了双眼，在自觉地拉磨提水，那已是西滩岛上很先进的汲水办法了。清冽的地下水通过水渠流向菜园。村中一所小学，房顶上飘

着一面红旗，有歌声在空中回荡。大片的油菜花成了粉黄的海洋，大大小小、色彩斑斓的万千只蝴蝶，和着蜜蜂的嗡嗡声，让人有无尽的遐想和陶醉。错落有层次的红白相间的景致，白的梨花，红的桃花和杏花，成片成林，撩人情趣。我在想，到了秋季，这里将会是何等的硕果累累，何等的金色飘香的景象呢？

西滩岛土质奇特，全是从百里以外被河水运输来的。特殊的土壤就滋养出不同品味的果实来，据说西滩岛的花生、水果独具风味，在市场上价格不菲，还十分抢手。那种清冽的甘甜和悠长的醇香，让你回味无穷。我曾在粗壮的梨树和杏树前默立，看花团锦簇，赏蝶舞蜂飞。我想象着秋的殷实。

西滩人豪爽秉直，家家相连，互不设防，家什农具随处置放。黄河的秉性赋予了这里太多的刚性，凡事干中求，物质汗中收。他们的所需所求全凭自己的辛勤劳作，不劳而获的小偷小摸在西滩岛绝迹，岛外的不良风气也根本进不来。水的天然屏障把这里净化得风清气正。

每年的汛期是这里收获鱼的季节。这里称为"流鱼"，是一种自然现象，有"鲤鱼犯荆花"之说，每年的汛期到来，沿黄河两岸的荆棘满山。荆花有一种特殊的醇香，落到水中便让鱼儿们神魂颠倒，如醉云里雾里，被迫泛出水面。这时居住在河中心的西滩人，早已准备好了小船、葫芦舟和各种网具。偌大的黄河鲤就成了这里丰收的景象。"流鱼"是一年一度，真实原因则是黄水的作用。上游有暴雨袭来，必定携大量泥沙，水的浓度到一定程度，鱼岂有不"翻河"的道理？"可惜"的是，这一黄河上的盛景今天没有了，被小浪底完全控制了。

黄河的第三条岸

后来又到西滩岛来过很多次，那种原始的自然状态逐渐被文明掉，已和身边的景致完全相同。唯能吸引人的是满河滩的奇石。黄河奇石是这里的一大景观，石头的纹络形成各种各样的图案，有自然的山水，有象形的动植物，更有日月星辰和动画人物。每次来都有不同程度的收获，必定拣到自己心爱的宝物。有时和同伴争夺一块奇石，追打、撕拽着嬉闹，那种愉悦是心情的真正释放。

　　现在，这一切的一切全成了美丽的回忆。原有的绿树、瓦房、田畴、大河，以及田地里劳作的农人，全部无影无踪，一夜间便成了烟波浩渺的绿水蓝天。西滩人为了国家的重大工程——小浪底配套工程西霞院反调节水库蓄水发电，在指定的时间整体搬迁。故土情深，难舍难分。尽管西滩人一步三回头地张望，还是毅然离开了那片滚烫的热土。

　　如今的西滩岛已经封在了绿水中，水面上漂起的仅剩200亩的绿洲，那是西霞院水库对西滩岛的恩赐，水上旅游便成为今天的重要内容。

大浪和小浪

小浪底，一个怪怪的名字。

当我知道这是黄河南岸孟津县一个村庄的名字时，自然要到这个村去看看。因为我在想，怎么样的一个村庄，突然就随黄河的水利工程名扬四海？

那是一个明丽的秋日，我在洛阳作协原主席张文欣的引荐下，和孟津县的朋友一道，来到了这个突然名声大噪的村庄。由于是新建的移民村庄，街道和居民住房都很规整，绿化也到位。街中心屹立一尊高大魁梧的汉白玉毛主席挥手雕塑，体现了他们对伟人毛泽东的景仰之情。村内文化体育活动中心、学校、幼儿园等，分别坐落在村内宽阔的东西大街两侧重要位置。校园中心那根高高的旗杆上，五星红旗随风飘荡，勃勃生机弥漫着整个村庄。

我观瞻了毛主席塑像后，看到塑像的基座上镶嵌着几块石碑，分别雕刻着毛主席手书"要把黄河的事情办好"以及塑像的时间、村庄迁移过程等。为了率先配合黄河水利工程，小浪底是整个工程的首批移民村。该村1101名村民，8个居民组，295户人家。由于山高土地贫瘠，小浪底村祖祖辈辈和贫穷打交道。突然一夜之间随水利工程的上马名扬四海，享受国家大量的移民优惠政策和发展集体经济扶持资金，搞村内公共建设、农田水利基本建设等，一时间轰轰烈烈热气腾腾。省、市、县领导经常到此视察。1994年9月12日，国务院总理李鹏亲自来到村里视察，那尊毛主席塑像就是一年后的9月，为纪念李鹏总理的到来竖立起来的。

我见到了时任村党支部书记贾良，他正在黄河北岸接手一项小浪底建管局绿化、维护方面的土建工程。我说，是你自己的公司？他说，是村里的。如果是个体的，早发了大财。村里的也行啊，集体经济共同富裕！贾良笑了笑，也是！我说，咱们聊一聊村里移民前后的事，毕竟你们是全国知名度很高的村嘛。贾良说，我们是徒有虚名，水利工程把我们的村名带响了。不过，今天很抱歉，我马上到建管局签这份合同，完了才能陪你好好聊聊。我说，签合同是大事，祝你顺利。

我随县文联的朋友和镇里的文化专干来到大坝的南端，他们指着脚下说，小浪底村原来就散布在大坝之下。名字叫响后，乡政府也由原来的马屯乡改名为小浪底镇了。这时，面对上游浩瀚的碧水蓝天，让你感叹国家力量的无比强大。谁说跳进黄河洗不清？分明是国之强盛和科技力量洗清了黄河水。遥望滔滔东去的黄河，在阳光的照射下变成了鎏金的长河，金色的光线在波浪上打滚、舞蹈、跳跃，演绎出斑斓的长河霞光图，甚是壮观，呈现无限生机，让人激情澎湃！

这时，当地的文化贤达李老先生，好像知道我的一些兴趣，就讲述了和小浪底名字有关的一个传说故事。

那是在上古时期，这里曾是一片汪洋。北有王屋山，南有黛眉山，东有横档山，水是生生出不去的。遇到汛期，河水就会不同程度地暴涨而残害百姓。横档山东面住着一户人家，家里有两个儿子分别叫大浪和小浪。弟兄二人从小练就一身好水性，在水的不定时暴涨中救过无数生命。当地百姓视二人为生命的守护神，谁家有好吃的必定送一些过来。大浪和小浪也很感激乡邻百姓，但是，这水年年不定时暴涨，威胁何时是个头呢？正在无奈之下，大禹奉命前来疏导，反复查看地形以后，决定挖断横档山，为东去的黄水开辟一条通道。

被洪水威逼多年而无奈的人们纷纷参与，自觉拿出能够利用的一切工具，木器、石铲、骨器甚至耒耜、凿等，春夏秋冬，大山似乎只撼动了皮毛，离根治水患实在是杯水车薪。怎么办？这时人群中突然出现一位红衣少女，此姑娘貌如天仙，只是默默地帮着大浪和小浪干活。天黑了人们收工，红衣少女突然就无影无踪了。大浪和小浪得到一封密信，让二人辅佐大禹根治水患。三天后，二人按旨意悄悄赶到王屋山王母洞，接受王母授意破横档山之策。弟兄二人毫不含糊照做了，就接到一个类似小凳子一样的器具，很轻便，需要顺横档山放进水的底部。由于轻便，器具要漂出水面，就必须有人在水下正襟危坐压住它。此人腰间系一根长长的红线，另一头系到站在山头上的人的脖子。

农历二月初二正午，跟随大禹开山的人们纷纷回去用餐，只见山头孤零零站着一个人一动不动，那是大浪。大浪怕小浪在山头受惊吓，就让他在水下压住"凳子"。说时迟那时快，一声霹雳炸响，地动山摇，大浪仰面朝天。

横档山开了！横档山开了！

黄河水奔腾不息，直至大海。人们欢呼雀跃。

随后，大家纷纷寻找大浪和小浪的下落。由于小浪坐的是断山炮，尸体沉底。大浪在接通闪电的瞬间，被巨大的声浪掀进水中，只见一条全身通红的超大鲤鱼一个打挺，推动着波浪向北岸游去。原来，大浪在挣扎时一条腿蹬进了红鳞鲤鱼的鳃内，正好被鲤鱼拖进了北岸的一条山沟内。

再后来，人们为了纪念大浪和小浪，把南岸形成的村落定名为小浪，因为牺牲在河底没了踪影，就叫成小浪底了。大浪呢？人们只知道那条红鳞大鱼救了他，感动之余，就有人直接把此山沟叫成了大鱼沟。因山深谷幽，又演变成大峪沟了。

现在大峪沟仍在，因大浪而名的大峪镇随移民离开了大峪沟，落户到大坝北端济源市境内的半山腰上。

这就是隔河相望的大峪镇和小浪底镇，这就是当年的大浪和小浪。

小浪底北岸

春上，我再次来到黄河，仍是小浪底北岸栉比的山梁。

那山梁好长，从遥远的王屋山蜿蜒下来，直插黄河。山梁与山梁的间距不像拢头发的梳子那般规整，有的狭窄，有的远。有4个乡镇10万民众在这土地上耕种。这里满眼的苍茫，村庄是很难一眼就看得见的，全隐在1000余平方公里的山坳沟壑里。

道道山梁像极了巨龙探水。浩瀚的水域淹没了很多散落的村庄与梯田，让从前光秃秃的山梁变得林木蓊郁。水改变了生态，改变了这里祖祖辈辈人的生活方式。

"老远看到车，就知道你来了。"老人在路旁迎接。我赶忙打招呼："老刘大伯可好，大娘也在吧？""在！忙着给你烤红薯。"大娘总记着我爱吃红薯。去年冬季，我进到老人居住的土窑洞，看到刚出炉的热红薯，忍不住一气吃了两个，不住地说着好吃好吃。大伯大娘只是笑。我已是大伯大娘这个窑院的常客了。在小浪底体验生活，看到很多山梁、岛屿都成了风景区，都成了休闲山庄、游乐场所。唯独这个交通不便的偏僻角落没有开发，就因为

老刘大伯死守着这个衔着水的山梁。他说这是一疙瘩好土，养人！就格外引起了我的兴趣，我们成了很要好的朋友。

去年秋季，我无意间发现了老人深埋心底的一个秘密。那是山头最为美艳壮丽的时刻，各种果树红黄盈枝，有李、山楂、石榴、柿子，还有玉米、大豆、花生、红薯等。果实飘香引来了无数的蜂、蝶、喜鹊以及其他飞鸟。老人说："鸟们吃不了几个果，它们也是盼了一年了。"我想亲眼看到老人收获的场景，留几张照片，就和老人约定采摘的时间。谁知，老人还有一个极其隆重的程序。那夜，我随身带着帐篷睡在隔壁一孔破旧的窑洞里，环境的静谧，让我写作时忘了时间，早晨就贪睡了一会儿。出门伸一下腰身，突然发现老人面对一炷香，正襟下跪在窑院前边不远的一块台地上。香烟在面前长方的石槽里缭绕，缭绕起一缕清香。老人深深叩下头，前额贴着黄土。我悄悄走了过去，生怕惊扰老人。三次叩头完毕，老人叫了声："爹——娘——兄弟小毛——，今年又丰收了！"

老人的一番话在水面上打漂，有波浪涌来，声音一漾一漾送去远方："……咱们家满山的秋作物和瓜果，你们都回来看看，随便吃，随便摘，再不用为没吃没穿发愁了。咱牛洼村移民到平原后，全部住楼房，孙儿孙女都在城里工作，也买了房，买了车。爹，娘，早些年咱们做梦都不敢想，自从小浪底大坝建成，咱们这沿河的村庄都搬迁了，都过上好日子了。我要让你们亲眼看着，牛洼到山梁那80亩地是咱们家承包的。我身体很好，孩子们整天嚷着让我去城里住，说冬天有暖气，夏天有空调，但哪有咱这老窑得劲！我一天不见水，心里就不踏实。我就在这儿住，让你们年年不愁吃，不愁穿……"

老人很动情，嘴角抽了抽，就滚下了老泪。我忍不住叫了声老刘大伯，老人没防备，身体震了一下，说："今天孩子们都要来卸果，你就多拍几张照片！"我赶忙拉大伯起来，说："您老这把年纪了，不能伤感，身体要紧。""没事，10年前我73岁，孩子们谁也不让我承包，今年83还没觉着老。""这地方是世外桃源，人长寿！"我接话茬刚说完，大娘已站在身后了："春节，孩子们非让到城里过年，过不到破五就嚷着要来。这地方不知道有啥好！"大娘其实也是很踏实的，又说："饭好了……"

老刘大伯抬眼看看日头，急急说："走，回，吃饭！"

没多大工夫，山腰上来了两辆车。老刘大伯的两个儿子都已儿孙满堂，重孙子重孙女像小鸟一样扑进老爷爷老奶奶怀里，四世同堂，幸福无边。

儿、孙、孙女们纷纷拿出准备好的各种编织袋，有的摘山楂，有的摘石榴，还有的背着锄头直接到地里刨红薯、刨花生去了。我捕捉到了丰收的喜悦，捕捉到了重孙、重孙女欢快的脚步与小鸟一样嘹亮的叫声，着实为这样的场景感动。这时，突然不见了老刘大伯。仔细看，那块高地上放了一把椅子，老刘大伯正在椅子上坐着。看到儿孙们大兜小袋地往车上装，心里的踏实和满足全荡漾在他脸上，笑容里写满深沉的自豪。

车开走了，窑洞里丢下了各种老年人的营养食品。大娘一边收拾，一边埋怨："不让买，非要买，放坏了也没人吃。"当然，他们知道那是孩子们的心意。

太阳斜到了西山头，老刘大伯又坐到那把椅子上，面向黄河水愣神。我感觉是个机会，就在老刘大伯身边一块石头上坐了下来，小心问："爹娘都已过世多年，大伯怎么如此伤感呢?"

老人的内心像被触动了一下，看我一眼，急忙把眼光投向水面，银白里有阳光，水很亮，波浪像地垄一样一棱一棱涌动着光。

那是近80年前的事了。老刘大伯慢慢把浑浊的眼神从水里收回来，给我讲了他的家与黄河水的恩恩怨怨。当时老刘大伯7岁，上有一个姐，下有一个弟。姐16岁就有人张罗提亲。弟尚小，刚满4岁。

1937年的初冬季节，印象最深的就是没完没了的饥饿，整天赤脚丫子没鞋穿。那日掌了灯，河水与河岸上的小路全部被夜色包围。姐姐陪嫁的那床缎子被面与"太平洋"印花大单，是爹拼死拼活在山上割荆条、编笒筐、编荆席，与黄河南岸一个生意人兑换所得。爹的手磨出血泡，裹着厚厚的布条。20张荆席完成了，就剩10个笒筐就全部编完了。按时间交货，没有任何问题。

那天生意人突然出现在窑院门口，说河南一个夯筑工程提前开工，所编的笒筐要赶在开工之前交付，比原定时间提前了半个月。生意人到另一孔窑洞查看了码着的现货，问数量齐不齐。老刘大伯说："不差啥，就是时间不能保证。"说着晃了晃受伤的手，"不能干啊!"

生意人二话没说，在随身背着的褡裢里取出被面和单子，说："赶赶吧，都不容易。原来定的时间是人家改的，咱们都得围着人家转啊!"生意人说着把东西递给了老刘大伯，又说："也不说最后交换了，先把东西交给你，也算是对你的补偿。你放心，这是货真价实的好料，在洛阳也不是谁都可以弄到手的。"

"要说弄够整数也不是多大的事，关键是手磨得吓人，吃饭连筷子都拿不住。编制活儿就是个手劲儿，我和孩子们都搭不上手……"大娘在一旁插话，从大伯手中接了被面和单子，左看右看，索性手一扬抖开了单子，色泽鲜艳，花开富贵。

"放心吧，嫂子，这可是上等的六尺大单，被面也是足尺的绸缎。"生意人拿出了很大的诚意说。

"既然你这般真诚，我也不能说别的。现在主要是缺乏荆条，偌大的山，近处平缓处已找不到了。不过你放心，受再大的苦，我也认了，说铁就是钉！"父亲说出了掏心窝的话。

第二天一大早，父亲吃了饭就出门，除了拿上那根溜光的桑木扁担，再就是那张磨得雪亮锋利的疙瘩头镰。这镰能当斧子用，胳膊粗的山柴也能轻易放倒。割个小拇指粗细的荆条，简直不在话下。

可是，已是掌灯时分了，还没见人回来。

后坑少说也有七八里远，关键是山路太难走……

第二天拂晓，窑洞里仍然一片漆黑，有微微的光亮挤进门缝。娘毫不犹豫地披衣起床，不能再等山雀的打鸣。这山沟里，这黄河边，早起的信号就是天麻麻亮时的鸟叫。老娘踏着晨曦中微亮的山道，朝着后坑的方向走。不时有早起的山鼠掠过，有受惊吓的山鸡振翅鸣叫。娘顾不了那么多，满脑子的焦虑和埋怨："你能割多少，后坑满山架岭的荆条能割完？"走着想着，不自觉就高声喊了起来："你在哪儿？天明了也不回来……"

声音在山梁上起伏。娘突然感到后背有点发凉，一股寒气袭来，心抖了一下，扭身朝家的方向返。此时东边的山头已挂上太阳，娘的脚步在霞光里跳跃。

娘没有直接回家，而是去了伯父家，急匆匆说明情况后，几乎全家出动，加上本家的远近兄弟，七八个小伙子快速朝后坑奔去。所谓后坑，是黄河北岸的一座山头，山头往下看，2000 米的深处是滔滔黄河水。这里山势陡峭，荆棘丛生，让人望而生畏。当地人都知道，一旦在后坑出事，十有八九是丧了命。

父亲连个踪影也没找到。

好在，那根光滑的桑木扁担架在峭壁的一棵崖柏上。后生们发现后想把它打捞上来，用长长的一根绳放下去，环扣明明已经套住了扁担的一端，向上一提，滑溜一下直接掉落，没影了。年长的人就嚷："人都没了，要那扁担干啥？不要再冒险！"

整整找了一天，能到的地方都到了，能够目击的地方全找了，没发现任何新的线索。

老人又说："你们年轻人都要长点记性，以后就是穷死、饿死，也不要再到这后坑来。"停了停又说，"最起码死了得有个尸首。"

……

没过几日，在"啪——啪——"的爆竹声里，姐姐含着泪被一个男人接走了。

出嫁那天，姐姐前脚走，母亲回到窑洞便号啕恸哭，声音像洪水决了堤，势不可当。我和弟弟一时无所适从，也跟着母亲抹眼泪。

后来，娘为了保全我们的性命，在陌生人手里接过 3 个馒头，就让弟弟跟人家走了。

我当时躲在娘的身后，紧盯着弟弟小毛的眼神，有点儿害怕。小毛临走给娘说的一句话，永远在我耳边响起："娘，等我长大了，我一定回来给你种地。"小毛当年4岁呀，他不会忘记自己说的话，他一定会回来的。

我成了娘心中唯一的希望。一连几年，我跟在娘的屁股后山里山外讨饭，为了能够让我活下去，娘吃了多少苦、受过多少辱……

老刘大伯已泣不成声了。我实在不忍心老人如此动情，立马有了负罪之感，忙安慰老人："好了大伯，咱不说了，这些年的变化，老娘会高兴的。"

"这我知道。尽管老娘现在仍在水里，有我在这里陪着。我的坚守，除了每年能够让爹娘看到丰收，还要死死守住这个地方，等着我的弟弟回来。我坚信弟弟小毛一定会回来，他当年的眼神告诉我的。"

"这样很好！"我突然说，"你早几年没有把老娘的坟迁走是对的。你想想，老娘老爹能在水下团聚，对咱们活着的人来说，岂不是莫大的安慰？"

老刘大伯突然抬起了头，使劲地看着我的脸："爹娘团聚了？"眼里闪出惊喜的光芒。

我用劲地点了点头。我清楚地看到，老刘大伯的嘴角抽搐了两下，刚刚被眼泪潮湿的脸，在阳光下显得格外生动。

我走进了那片芦苇

青青的翠绿，微微的嫩黄，沙沙，沙沙……似乎芦苇生来就不会安静。

当阳光收紧了清风，脆脆的苇莺亮开了嗓子，刺破了宁静，清亮出一节一节鸣唱的节奏。青蛙的舌头一伸，苇叶隐蔽处的青虫瞬间成为青蛙美食。

这是黄河水中央的湿地。也难怪，万里黄河自巴颜喀拉山起源，千回百转汹涌翻滚，总是在山的阻碍里冲撞，生生地就直不起腰来。好不容易来到了小浪底，又被巨龙一般的大坝锁住，索性迈向山头的绿树，无奈，终跨不过大坝的肩膀，就沉闷地在库区积蓄力量。一旦钻出发电洞，或等到一年一度的排水排沙，便像脱缰的野马冲向平原。一时没有了大山的束缚，就没了方向和纪律。有顺南流的，有顺北流的，南北各犁出深深的沟槽，中间的泥沙就越发抬高，便有蒲草、苇丛长起。

我心仪芦苇，也敬服芦苇。芦苇有灵性，芦苇很青春，芦苇很钟情。芦苇的灵性表现在对风的敏感，对月的痴迷。芦苇对风有诉不完的衷肠，对月有如影随形的朦胧与迷离。芦苇的青春表现在绿色的朝气，尖尖的苇芽一露头，眨眼间就挺立起来，爆出滴答绿水的骨节和绿叶，一跳一跳地疯长，然后张开手臂，公开着自己的爱，牵手、拥抱、接吻，直至胡须飘逸，白发苍苍。至此，芦苇终其一生诠释了白头偕老的生命含义。

我喜爱芦苇，是因为芦苇给了我无限激情，把我的青年时光装扮得多姿多彩。憧憬未来的初中时期，我已把笛子吹得悦耳动听了。那时美妙的乐曲成了我的至爱，上学、放学的路上抑或课间的空闲，空气中都会飘荡着笛子极具穿透力的声音。我不知道吹笛子对将来有什么用途，那种乐感的张扬让我总是自我炫耀。其实，我是在极力传递一种声音，那声音是送给一名朦胧中的同学的，因为那是男女之间不能随便说话的年代，更不能有眉来眼去卿卿我我的小资情调。

笛声悠扬，笛声低回，笛声激越，笛声深沉，全写在空气的传播里，心领神会。最要命的是笛膜，新买的作业本总会撕掉一个角，甚至直直扯下一绺。激昂时舌尖把笛膜舔了又舔，企图用潮湿的震动充实音律，但是总感觉欠那么一点火候。岂知纸膜何时能赛过苇膜？

买不起啊！一颗鸡蛋2分钱，一包笛膜需要5颗鸡蛋，家里是绝对不允许的。于是，我就在星期天步行5公里，到运河边的一片芦苇荡里，在苇莺不知疲倦"呱唧呱唧"的叫声里，我折断一根芦苇，小心撕下空心里的薄膜，用纸包好，仿佛收藏了我的一个美好的愿望。

笛声嘹亮了许多，像心情的翅膀尽情飞扬！

我又一次来到了芦苇荡。青蛙和苇莺照常扯着嗓子欢迎。当我走到近处，青蛙哗啦啦全跳到水里，一时鸦雀无声。只有远处的苇莺没看到我的身影，仍在鸣唱。此时虽是炎夏，烈日的凶猛却全被芦苇的青绿吸收，每根芦苇从秆到叶都是鲜绿的，绿得发亮，绿得每片叶子都要滴出汁液来。风吹处，芦苇随风舞动，簇拥起阵阵绿色涟漪。我敢说，这样的绿浪能和大海的绿波媲美！

走在岸边，立刻被那"沙沙沙"的声音笼罩，搅动着你心里最敏感、最痒痒的那根神经，让你不由得激动起来。突然会惊起一只野鸭，拍打着翅膀，惊叫几声，飞向远方。偶尔也会让人看到远处水面上一只水鸟，身后跟着三四只小水鸟浮在水面上。母鸟时而潜入水下去捕捉小鱼小虾，小鸟在水面上四处张望，一旦看见妈妈浮出水面，就会疯狂地游过来，因为谁先游到，谁就能得到鲜美的佳肴。看见有人过来，它们便一起潜入水下，过段时间，又会一同出现在离你更远的水面上，好似玩魔法一般。

我目瞪口呆，芦苇荡如此神奇而迷人！

恍惚间，我想折一根粗一点的苇秆，剥出的苇膜会更大一些。突然哗啦啦伴随着惊叫，一只苇莺振翅飞离——是我惊吓了它。原来，我无意间闯入了它的领地，面前像灯笼一样挂着一个鸟巢。太漂亮了！太精致了！太完美了！堪称大自然的杰作，精美绝伦！我不知道是不是苇莺的功劳，还是其他什么我叫不出名字的鸟。我敬佩鸟类超人的智慧与精到的手艺，它找到一根挑大梁的足够长足够结实的蔓草，捆绑到苇秆上它们认为高低合适的位置，然后找来粗细、长短适中的不同品类的叶茎，或盘绕，或穿插，全在那根蔓草上做文章。然后，一个绝妙的"草篮"做成了！那形状，突然让我想起邻居家的巧手富贵大伯。我们队里几乎家家都用富贵大伯编制的荆篮，大大小小，很是美观敦实。然而，眼前吊着的精美的鸟巢，用的是篮子精品中的微雕工艺，比富贵大伯的手艺高超千倍！

我不敢造次，惊扰了那只逃离的鸟，已心存愧意。不承想，数十步以外一个场景更让我震惊！这次我认出了是苇莺，比麻雀大一些的体形，脖子和尾巴部位的着色重于麻雀的土红，很是机警，很是精神。是两只，我不知道它们在做什么。只见一只苇莺用两条腿抱紧了交叉着的两根芦苇，嘴里"呱呱呱呱"说着话。另一只两只爪抓在第三根芦苇上，噌噌噌跃向顶部，一用力，正好压弯到同伴的怀里，同伴顺势抱紧了三根芦苇，形成三角形的交叉。这时我分明听到抱着芦苇的苇莺急迫地说："快、快、快、快！"只见那只翻飞着的苇莺身手敏捷，巧嘴叼一根事先准备好了的蔓草，在芦苇的交叉部飞快缠绕。奇了！两只苇莺嘴里分别叼着那根蔓草的两端，扑棱棱翻飞，打起了结！

它们松手了，三角形稳定了。我突然断定那只抱着芦苇的苇莺是男的，它力大无比，干着重活。我一时不知它们的目的和用意。纳闷间，又怕打扰了它们，就悄悄弓腰躲开。这时我明白了，不远处有三根同样交叉着的芦苇，交叉处稳稳架着一个鸟巢，鸟巢里稳当当卧着两只苇莺。爱情的力量！太伟大了，简直是创举！

我屏住呼吸，蹑手蹑脚，把腰弓成虾米的形状，远远离开。我在想，我今天是真正见到世面了，是真正开了眼界了，要不要回去给同学们炫耀呢？

我在芦苇荡的边沿匆匆折了两根芦苇，满意而归。

笛声的激越不时划破校园的宁静，把青春的朝气吹奏成高亢飞扬的旋律。我按捺不住，答应了星期天带同学到芦苇荡见识见识，却被校长点名召见。校长说："葛占军，你知道芦苇的价值吗？农民凭芦苇打苇箔，织帘子，编席，搞集体经济。你去偷生产队的芦苇，是真的吗？"

全校师生大会上，我因此被点名批评了一次。

明月做证，那名同学曾为我的遭遇黯然神伤……

芦苇、笛子、苇膜、苇莺、鸟巢，在我的心里已有深深的印记，以致我今天又走进了熟悉的地方。尽管是在黄河，是在更阔大的湿地的绿色里，那种爱的冲动与对大自然的敬畏，是深爱如初的！

人格之河

一座山，貌似王者的屋。

屋顶有祥云，就在远古一个名曰太乙的池子里幻化，把山体和平川贯通，在龙潭、在北海池呈现喷薄之势，独运长波，一路向东！

作为一条河流，最大的理想、最向往的地方莫过于奔向大海！

作为一条叫作济水的河流，不仅仅是单纯地投奔大海，还有她卓尔不群的傲骨、清明与坚韧！她的意志、品质和保持自我的独有精神，使她与长江、黄河、淮河并列为"四渎"！

唐太宗李世民和我们大家伙儿一样不解地问："何也？"

大臣许敬宗回话："济潜流屡绝，状虽微细，独而尊也。"

表里皆净，秀色澄澈。

清，可谓济水的品质。

然而，跳进黄河能洗清吗？济水犹如有教养的大家闺秀，岂肯与黄水同流合污？济水便一头潜入地下，与黄水立体交叉而过，在黄河南岸喷涌而出，便美丽成丰盈的荥泽，彰显成泉城的趵突泉与珍珠泉，神秘珍贵成东阿的古阿井。《本草纲目》载此井说

"其井乃济水所注"。

终于，济水以自己的形式清流独波，惠泽千秋，投入大海，被唐玄宗激情地封为"清源王"！

白居易临水感叹："自今称一字，高洁与谁求？唯独是清济，万古同悠悠。"

尊贵的河流，高贵的品质，惠泽的情操，坚韧的精神，播撒出悠远的文化种子，播撒出向善、向上、向前的文明基因，扎根在王屋山下、济水沿线、神州大地，历史的、今天的每个人的心里！

黄河汉子

滔滔黄河，千百年来裹挟着西部高原的风尘，经过九曲十八弯的磨砺，一路狂奔冲向平原的最后一道峡谷小浪底。这里山体如削，峰秀谷幽。小浪底大坝，锁住了黄水的肆虐与暴戾，形成了200平方公里的碧水蓝天。山水交融的自然景观使这里出落为黄河三峡的亮丽景观。

黄河三峡位于小浪底北岸的济源市境内，是由黄河主河道的八里峡以及孤山峡、龙凤峡组成。三条峡谷是王屋山自然天成的杰作。从王屋山一路下来的孤山峡和龙凤峡，像两条巨蟒一头插进八里峡。汛期山洪暴发，大量泥沙冲进黄河。干旱时，两条峡谷的谷底铺满白花花的卵石，开阔处，就有人捡起卵石，垒一道石墙，逼走了水，在沃土上撒下谷子和黄豆，便有了收成。经过无数代山民辛劳，有土壤的山梁全部开垦造田，有土壤的地方植树造林。尽管土薄望天收，有粗茶淡饭填饱肚子就已美满幸福。

人穷志不短，淳朴、上进、不自满、不放弃是王屋山人性格的写照。尽管祖祖辈辈在石缝里刨食，但是在大是大非面前毫不含糊。黄河三峡的孤山峡口是历史上著名的清河渡口。解放战争时期，大军南下，留下了深深的印痕和永久的记忆。那是一曲红色经典老歌啊！

如今的清河渡口已淹没在百米深的水底。在小浪底大坝截流前夕，故土情深，让不少父老乡亲一步三回头地张望，还是毅然地舍小家、顾大家，离开了祖祖辈辈生活的地方。然而留下来的黄河三峡人民，仍在这里播种、收获。在一个东方刚刚放亮的早晨，在一个晚霞即将隐退的傍晚，山头上时常默立着一位汉子。此汉子敦实而刚毅，长时间目视前方，直愣愣地盯着别人永远无法看到的一个地方。他是在留恋故土？他是在思念亲人？在人们一时迷茫不得而知的时候，一个消息突然在当地传开了：田孝建要在黄河三峡开发旅游！

这是一个充满挑战的决定！对于一个土生土长的山里汉子来说，不是天方夜谭，也足以让很多人摇头。

田孝建年轻时看到家里穷没钱讨老婆，就没日没夜地干活，就着月光翻地，趁着晨曦锄耙……秋收季节，他家的房前屋后包括院墙、树杈挂满了金灿灿的玉米，甚至门框、窗户也挂满了红红的辣椒。进到院子，让你没处落脚，红薯、土豆以及谷物、豆类等，把山区五颜六色的秋全收获了。他用力气和汗水换来了尊严，换来了无数赞许和羡慕。大山赋予山里人的气度是奋斗、奋争、从不自满。他坚信山里山外的阳光会同样灿烂。当别人还心有余悸不敢贸然行动之时，田孝建的黄河三峡玻纤厂已挂牌投产了。谁说放羊娃不懂机械？谁说掌犁把的不会工业生产、不会市场营销？他土洋结合，聘请技术顾问，从市场的学前班开始补课。他的企业从小打小闹到规模经营。他让当地1000余名男女青年稳定

就业，每年为国家上缴千余万元的税金。

黄河汉子丢不掉农民的本分与敬业。他个人出差时一碗烩面就了事，相反他每年的善举包括社会捐款都在近千万元。是小浪底水库的碧波触动了他的灵感，是山头逐年变绿给了他足够的信心。家乡人民不再像从前那样只顾温饱，口袋里也不是从前那样的干瘪，都在讲究生活质量，都在向往精神愉悦。他认定了黄河三峡独特的自然景观、丰厚的地域文化和生动的红色文化资源，一定会为黄河三峡增添无尽的内涵和光彩！

经过12个年头的风风雨雨，上亿元的资金在方圆20平方公里的山山水水间落地生根，打造出小浪底水利风景区内黄河三峡这颗耀眼的明珠。如今的黄河三峡，既有南国山水的柔媚，又有北方山水的雄健。三条峡谷各具特色：孤山峡鬼斧神工，山峦竞秀；龙凤峡九曲十折，婉约清幽；八里峡峭壁如削，刚烈壮美。远望孤山峰上那栋耸入云天的大河楼，飞檐翘翅，典雅秀丽，蔚为壮观。

今天的黄河三峡，周围十里八乡的群众把这里当成了自家的后花园，当成了健身场所和修身养性的好去处。乡亲们无论在垂钓，还是在游玩，只要大老远看见田孝建，就会伸出大拇指夸奖一番。田孝建这个土生土长的黄河汉子，用心血和汗水磨砺着黄河三峡的未来。他说："如果家乡的山水确实给世人带来心情的愉悦，就已满足！"

清晨，水汽和山岚交汇升腾，把朝霞的金光装点得五颜六色，在黄河三峡的上空熠熠生辉。

小鱼钓大世界

是因为小浪底那泓水，滋养着无数生灵，也滋养着满山的树木与临水的水草，千姿百态，郁郁葱葱。

因为水，有的植物枯萎风干了，有的在水中仍彰显着生命，比如苍耳，能在水中浸泡一冬一春，叶子腐烂，枝干朽了筋骨，但还支棱着立在水中，看上去很悲哀，但是它扬扬自得，圆满地完成了自己的"人生"，像一个标杆性存在。它用从容的传宗接代风光安慰了自己，它说死而无憾。那个浑身长刺不得冒犯的"宝贝疙瘩"，夏季密集着破土，在肥沃的淤泥沙土中疯长，秋季就是肥嘟嘟的果实。

除了苍耳，爬爬草也有自己的策略。它不是高高挺立的炫耀，而是匍匐着尽显风光。一根草能扯拉两三米长，一棵根部能生出数十根草，像钓鱼人头顶的遮阳伞。可惜爬爬草喜好拥挤，通常有无数棵互相叠加，密不透风，像厚茸茸的绿毯覆盖着泥土。

爬爬草与苍耳各有千秋，一个从容，一个机灵。爬爬草不管水涨水落，能在水底呼吸，更能在阳光下舞蹈。苍耳不这样子，顺应着小浪底水位的规律，六月中旬排水排沙露出两岸泥沙，在强光的作用下，苍耳嫩苗拱出，从容生长、结果；入冬水位上升，浪涛便成了天然的播种机，待来年六月份迎接轰轰烈烈的新生。

桑树就不同，相比苍耳和爬爬草，更加从容与坚挺。管你水位升和降，或潜泳，或升空，丝毫不影响发芽、长叶、结果。它有顽强的延续生命的韧力。榆树、杨树、椿树以及荆棘、圪针等，貌似高大强悍，在桑树面前就显得缺乏韧性。当然，植物有植物的自然规律。

开春，绿水泛波，气温升到接近20摄氏度，成群结队的钓鱼人便分布在库区的沟沟汊汊。说实话，近年来库区水位已飙升到了设计高度，然而库容却在逐年减少，因为河底已抬高了。尽管每年启用了小浪底的排沙功能，仅有排沙口的区域被掏空，上溯至三门峡段全部积满了泥沙，只有中间被水冲出一道犁沟。因为蓄水的最大化，鱼钩不是钓住植物的"耳朵"，便是钩住植物的"鼻子"，甚至头发一样密集的野草几乎让你丢不下钩子。难怪钓鱼人对水中淹没的植物极度反感呢！

到了四月下旬，黄河下游用水量加大，库区水位下降就很快，一天下降三五十厘米很正常。鱼钩挂树的烦恼越来越少。从此，延续到六月中下旬排水排沙，是小浪底垂钓的最佳时间。开始排水，钓鱼人就收竿休息了，这时捕虾盛行，河虾异常活跃。所谓"涨水鱼，落水虾"，总结得很有道理。水涨的时候，你抛下钩就有鱼等着，不提竿，鱼就和你"拉锯"。落水虾就没有鱼的智慧了。水位下降时，狡猾的鱼迅速躲到草下、坑凹、石缝里避难，你不触碰，它就会纹丝不动。河虾就缺乏如此沉稳，显出惊慌失措，上蹿下跳，高呼着救命啊，狼狈逃窜，反而正中了船上投下的网。

排完水，稳定下来通常到了七月中旬以后，这时库区的闸门就紧闭了，水位徐徐上升。直到十月国庆佳节，这段时间是小浪底垂钓的鼎盛期。上下200余平方公里的沟畔，随处可见花花绿绿的遮阳伞，到处是蘑菇般撑起的垂钓帐篷。夜间的水面更是星光般闪烁，浮漂上有荧光绿色夜光棒，有花花绿绿电子漂，还有折射水面的紫光灯，加上每个人额头上那盏头灯，把整个水面映衬得斑驳陆离，格外迷人。

十月份以后，水位升到高处，重新淹没了新长起来的青草、苍耳、桑树以及风干了的荆棘藤蔓。气温降低，鱼儿们潜入深处越冬，等待着开春的美好时光。

这时，不必担心鱼的减少，尽管有无数个鱼钩，无数张抬网、拦网、拖网。自然规律的神奇让人惊讶，给人安慰，鱼儿们用疯狂的繁殖能力保持着生态的平衡。

黄河水，永恒的水。

试水

我怎么对小小的鱼钩产生兴趣了呢？源于黄河，源于小浪底。我采访黄河的事情，是因为母亲河悠久的历史文化，是因为母亲河博大的胸怀。同时也因为小浪底，原来干旱的王屋山一夜间形成上百平方公里的浩瀚水域，水升到百米高处，淹没了千百年岸畔农民的生存轨迹，淹没了历史进程中的深深印记。老屋不见了，窑洞坍塌了，碾盘呢？老皂角树呢？生产队那个招引麻雀的打麦场呢？……我需要采访、收集、挖掘，不仅接触了已移民了的农民，水上的渔民，还交往了本地的、外地的几位钓友。钓友的执着、兴趣与洒脱的生活方式，深深地触动了我，以至于让我这个性情中人对垂钓产生了偏爱，那种乐趣自在其中。

我交了两个与鱼有关的朋友，一个姓刘，河北省廊坊人士，在水上以养鱼、捕鱼为生。因在其他行文中对老刘多有记述，此文不再赘述。另一个朋友姓王，济源本土人，年龄长于我，我喊他王兄。王兄脑子灵活，钓技娴熟，技术趋于职业与业余高手之间。我评价他某些方面不低于职业选手，比如装备、渔具、生活用具以及交通工具等，都是专业配备。出行一次，在水边住上三天五天，甚至一个星期，是很正常的。弱于职业选手的是时间，他在村里承包了几十亩土地，种植了不少绿化树种，忙起来时常十天八天到不了河边。

小浪底随便一个钓场，常常一排数人垂钓，经常看到不少垂钓者索性放下竿，蹲到王兄身旁，边递烟边问长问短：用的几号钩啊，窝料兑的酒米还是麝香米，饵料兑了小药？有人甚至动手抠下黄豆粒大小的饵料，指肚间团了团，用鼻子仔细闻闻，然后解释说：槐香味很浓，兑的槐花蜂蜜？王兄笑了笑说：你比大板鲫还灵敏。

我领教过王兄"嗖嗖嗖"几乎同时提竿，一下子钓上5条鲫鱼。他经常使用3根竿入水，座椅两条腿各固定一个支架，左边一根4.5米的竿，右边一根5.4米的竿。这还不够，必须在座椅右侧地下再增加一个地插，架上一根6.3米的竿。这样3根竿几乎同时中鱼极为罕见，并且是两个"双飞"。那简直是垂钓表演，首先是4.5米的竿黑漂，迅速起竿，飞出两尾鲫鱼。几乎同时5.4米的竿

黄河的第三条岸

传讯，抄网被左手控住，丢下空竿便听"日——！"一声，弓一样的竿头显出重量，临出水便说"又是双飞！"只见杂耍般左手后甩，抄网停在水唇，左脚踩住，左手顺势接了竿的同时，右手又一声"日——！"地扬竿，那是右边6.3米的竿一个大大的顿口，鱼钩随即飞出水面，约莫3两重的鲫鱼被右手抓了线。这可是功夫，在左手仍在遛鱼的当口提竿、飞鱼、抓线，不是普通钓手可以完成的。怎么办，先是把鱼丢进鱼护，让它在钩上蹦跶，然后放下竿，左手的竿交给右手，鱼可以出水面了，腾出的左手拾起脚下的抄网，就见抄网里蹦跶着4条鲫鱼。这时，老王兄舒了一口气，有条理地摘下鱼，说："没撞见过今天这样好的鱼口，遍地开花！"

我随后单独讨教，知道了老王兄说的鱼口好、遍地开花的含义。鱼种不同，生活习性各异。鲢鱼、鳊鱼、红眼、白条等爱在水中不同的深度活动，鲫鱼、鲶鱼是底层鱼。但是通常的活动也是有深度的，与气温有关。比如，老王兄的3根竿吧，深浅是不一样的，如果4.5米的钓鱼频繁，5.4米的和6.3米的很少钓鱼。有时6.3米的钓鱼，5.4米的和4.5米的就不大钓鱼，甚至几个小时不会有动静。难怪说今天是罕见的鱼口，真正的遍地开花呢！

那日，有朋友送给我一根他淘汰了的4.5米的龙王鱼竿，老王兄拿在手中抖了几抖，说："不错，有腰力，软硬适中。"我学着抖了抖，竿梢舞蹈般跳动，这就是腰力？老王兄拿出自己的漂盒，啪一声打开，说："给你配一套线组。考虑到你刚上手，难免跌跌撞撞，就稍微粗壮一点吧。"在很多线团里找到标签"4"，确定4号主线。这是老王兄事先准备好作为备用的，上面太空豆、漂座、铅皮柱、八字环一应俱全。最后又在盒里挑选出2号浮漂，配2号子线3号鱼钩。并且说鱼钩高低相距一寸为宜，然后折叠穿进八字环拴牢即可。线组完成，手指一撑一环，用一个环扣系牢竿梢，插上浮漂。"可以试水了。"王老兄说着又把漂座捋到接近1米的高度，嗖一声甩竿进水，说，"下一步调试浮漂。"调试浮漂就好像称重量，卷在铅皮柱上的铅皮，重了减，轻了加，是增减轻重的唯一用具。重量体现在浮漂上，先通常调4钓2，就是空钩调到4目（指浮漂露出水面4目），挂上饵料后就剩2目。调试完成，我看到水面上探出醒目的4目浮漂，我说："可以上饵了吧！"不慌，还有最后一道程序——找底。老王兄这时把竿递给我说："找底，也在浮漂上显示。如果低于4目，没找到。浮漂只有高于4目，方才着底。"

我先以找底上手，学着老王兄的甩竿动作，右手一扬，嘿！竿梢晃了几晃，鱼钩没有飞向我指定的目标，好像又勾了回来，只有3米多一点的距离。老王兄说："甩竿犹如射箭，左手捏紧铅皮，把竿梢拉成一张弓，利用弹力甩出去。"我试了试，确实省力并且弹性十足。浮漂慢悠悠定格在4目不动了，没有高于4目，不到底。这时老王兄又拿出一块铅皮，说："提上来，快速找底。"把铅皮加上后，让我再找。箭一样射了出去，浮漂直接没了影。提起竿在晃悠悠中抓住铅柱，把浮漂往上走了接近20厘米的高度，再试，高高挺立，浮漂白肚裸露了，终于找到了底。老王兄说："现在的高度你记着，白肚离4目的距离有10厘米，水底是铅柱着地，子线长度18厘米，浮漂需要往下挪28厘米。"大概吧，不可能准确无误。最后老王兄让我把加上的铅皮取下来，说："再试试，这下差不多了。"

"日——"，进水，浮漂先是躺着，立马起身，然后悠悠然下沉，在接近5目的位置定格。"好，先把浮漂往下走1目，可以挂饵料开钓了。"我按照老王兄的指导，甩竿后浮漂定格2目半位置。老王兄说，行了，高一目低一半目都在正常范围。因为底部啥情况不清楚，左右来回试试，你才能确定底部的平整度。

这，仅仅是试了水，仅仅是学了调试浮漂。线组上的每一个小物件，都有它不可替代的作用。线组配备的主线、子线、铅柱、太空豆、漂座等，都有讲究，绝对不是随意的。这一点儿，我是实践了很长一段时间以后，遇到各种各样的阻力和意外，反复琢磨才明白的。

挑战

有人总结了，说小浪底是天下最有成就感的钓场。

我只是赞同，因为我根本不知道小浪底以外的具有可比性的任何一个自然的钓场。当然，人为的大小塘、库不在此列。

我的赞同，首先是小浪底的挑战性。先说地理，方圆二百平方公里的面积，分布在王屋山沟沟坎坎、梁背、凹槽的密集丛林间。当然，这仅仅是整个小浪底库区北岸部分，南岸洛阳的孟津县、新安县部分以及三门峡部分还未提及。仅北岸的济源市钓场，应该占据整个小浪底库区的半数以上面积吧！这个结论看似霸道一些，也是有其道理的。我举个例子说，黄河自三门峡东去，冲开王屋山和黛眉山的连接，两山都按坐北朝南的走向，黄河正好在黛眉山的背部，在王屋山的脚下。黛眉山背部，很少有牙豁沟壑。雨水只有在黛眉山的南面梳理出道道山梁沟谷，伸延向南，就与黄河扯不上关系了。北岸就不同，王屋山主峰天坛峰距此40公里，其间有无数条山梁沟壑。小浪底改变了这里的环境，移民后留下的院墙、窑洞坍塌，全成了水下的世界。低处被水淹没。山梁像条条巨蟒把触角伸进水中，就好像一把巨大的桃木梳子，演绎成小浪底北部山体的形状。梳子尾部从三门峡开始，梳子梁是黄河主河道，靠着壁立的黛眉山，梳子头部是小浪底大坝，水全部聚在栉比的沟壑间。因此，小浪底水域的大部分都在北岸，都在济源。难怪吸引无数的焦作、新乡、郑州等地的钓客来此，更有洛阳、山西的钓友也纷纷前来。

著名的钓场远近不同，以济源市区为出发点，近处在30公里的二坝，远处在70公里的邵原毛田。这中间有多少钓场，只能以我开车到过的地方做个简略统计：二坝坡头村、留庄、马住、河清口、大坝以上桐树岭码头、老杜钓场、老聂钓场、张岭码头台阶东西钓场、孟国平休闲山庄、张岭村、国泰山庄、国泰山庄后沟、老教育基地、教育基地庙后、三公里、丽水山庄、乱石桥、乱石村、大奎岭、杨树沟、大石渠东沟、大山寨、前张岭、王拐村、王拐村南、凹平、冢谷堆、明珠岛、石板沟、坡池后沟、逢石河、三峡景区、五里沟、长泉码头、五里沟小树林、官洗沟、高沟、毛田后沟、毛田。其实，可能还有我没到过的地方，小浪底钓场远不止这些。

小浪底真是个神奇的地方。

小浪底还是个变化无常的钓场。它的环境、气候、人文均在其次，估计不透的是鱼情。这让在小浪底浸泡20多年的老把式老王兄也一时摸不着北。比如，你下了很大功夫，流了湿透衣服的汗水，换了三个地方，终于找到一个自己甚为满意的窝点，深浅适中，酒米、老坛麦子重窝打过两个小时了，没有半点儿动静。于是怀疑自己泡制的酒米是不是有了问题，酒味浓了？烧酒52度啊！老坛麦子是流行的商品料，"浪底鲫"是专攻小浪底库区鲫、鲤、鳊、草等鱼种的万能饵料，今天怎么全都失了灵！无奈之下，悻悻然换了窝点。

时隔一天又到此钓场，我毅然绕过了那个"安静的"窝点。不一会儿又来一拨钓友，那个"安静的"窝点很快坐了人。我们这边刚打了窝，那个"安静的"窝点已开始出鱼，并且连竿中。当大家星星点点有了鱼咬钩的迹象，那人已钓得兴起汗水淋淋了。

我在想，人家是不是用了什么神药？

又一日，我正在家思索去哪个钓场，电话响起，是钓友齐军打来的。"老兄，你出钓了没有？""正在准备出钓，怎么了？""正好老兄，我给你提供个地方，我昨天渔获20多斤，净是大板鲫。你要去的话抓紧，我给你说说具体地方。""你说，好找不好找？""很好找。停车后人们通常都是往正西或者西南，北边是山很难行走，你就往北边走。这地方从来没人去过，走到不能再走的时候，就能看到我找的窝点，地下插着一根树枝，瞄准对岸最高那个山头。5米4竿，水深4米开外。另外注意，打窝用酒米，饵料挂老坛麦子，其他什么也不要用。"

够详细的。50公里的山路，用时1个小时。还真是个隐蔽的地方，钓场上各种颜色的遮阳伞蘑菇般盛开，固定在邻水的沟汊、台畔。齐军说的北边山体的确没人，我背起渔具包，提着遮阳伞、手袋，径直走向那个地方。倾斜的山体是有些难走，树枝的标志太明显了，我站在窝点望了望对面山头，没问题，方感觉齐军这个钓友的细心。

一天钓20多斤是个什么概念，就是不停地钓中鱼。这地方是个大斜坡：钩往前伸，深；钩往后拉，浅。入水的力度需精确掌握。当然，这都不是问题。

上午10点下的钩，老坛麦子三五分钟就需更换。到了12点，不能说没渔获，有小白条在捣乱，多数不想理睬，钓中了就提上来扔掉。这时电话响起，是齐军："咋样了老兄？""你这个位置很好，两个小时了还没有所谓的大板鲫光顾。连个鱼口都没有。""奇了怪了，昨天这时候已钓十多斤了。"

我没有失去信心，更不是不相信齐军钓友。我们可谓是鱼水情深的老铁了。神仙难钓午时鱼。再补个窝，午餐完了再说。

通常在钓场吃饭都很匆忙，有时就像打仗，一口饭没吃进嘴，那里钓中鱼了，右手起竿，左手顺便丢下餐具。扔馍、扔杯、撒饭等连带的慌乱，让人苦不堪言，啼笑皆非。今天吃饭很从容，一切就绪仍不见浮漂的动静。看了看时间，13点过了，心里想，非等到15点以后正常上班？

就这么奇怪，我用足够的耐心与毅力，坚持到17点，这时心理彻底崩溃。以往再怎么样，这个时段也会有安慰奖的，三条五条总会有的。而今天，就这么邪门，就这么不讲理……

唉——小浪底啊。我在小浪底采访渔民时做过简单的统计，仅桐树岭钓场，高峰时3道沟里停过200辆车。当然济源的小浪底钓场不一定都是这样，40 个钓场高峰时出动 3000 辆车没问题，人数将会上万。

季节钓

不同的季节，鱼情也在随时变化。

开春，鱼比较容易钓。因为随着地气的缓缓上升，万物复苏。到了清明前后，大地返青，花蝶飞舞。水中更是满河骚动，鱼的生理作用让其激情澎湃，这时候主要有两种表现。一是熬过了冬眠的禁食与安静，随着那一声沉闷的春雷，鱼儿们抖了抖鳞片，突然感到腹内的空虚似乎要容纳整个水世界，于是拼命进食，将近一个月的时段，它们个个都是饕餮"巨人"，并且以荤腥为主，蚯蚓、红虫成为首选。这个时段的小浪底，每人每天都在 10~20 斤左右的渔获。高手运气好的可达 30 斤甚至更高。

另一种表现也促进了鱼的疯狂进食，就是鱼的发情产卵时期。进入春季，水温升高，唤醒了鱼儿们在寒冷世界的寂寞，一时间兴致大发，互相追逐。在极度消耗体力的产卵过程中，补充能量成为必需。它们知道，宁愿吃下一口"肉食"，也不愿吃进满肚"清素"。这时候你就知道了鱼的嗅觉多么的灵敏，几十米开外的鱼群会绕开道道商品香饵的诱惑，找到你的荤腥，你不想钓中鱼都不行。

春季垂钓不需要水深，通常不超过两米，况且不需要大的水域。沟汊处、浅滩处、水草中、丛林旁等，是春季鱼的极乐世界。它们整日在这些容易有食物的环境中寻觅，你突然将鱼饵喂到嘴

边，钓中鱼将会是再简单不过的事情了。

毕竟还有一点儿春寒料峭，选窝点阳面要比阴面效果好。就好像冻手的春季里，下课铃声响起，同学们急慌慌去罢厕所，都会不自觉聚在有阳光的窗台下，甚至一字排开"挤塞儿"，屁股顶住墙，浑身用劲，面部的变形被阳光夸张到极致。

喜欢温暖啊！

不自觉已进入夏季。对钓鱼人来说，似乎还没有尽兴。出钓一次都是几十斤的渔获，反而乐此不疲，从没有满足的时候。就好像吸食罂粟，能主动中断吗？在美丽的渴望中，渔获日渐减少，这种荤腥的饵料突然就没有了原来的吸引力。但见浮漂舞蹈般跳跃，多是小杂鱼，白条、翘嘴、谷穗、红眼等。最可恨的是爬地虎，这是黄河小浪底水域中特有的一种变异鱼种，大的不足两寸长，小的接近一寸。头大嘴大尾巴细，像黄颡鱼的肚，小而鼓。特点是食肉，食肉不要命。有的大小跟鱼钩差不多，不知道怎样能吃进鱼钩。更可恨的是，它宁愿丢了性命，也不会轻易吐出吃进嘴里的鱼饵。有时鱼钩已在嘴里摘掉，它反而死咬住蚯蚓不放，恨上来必须用鱼钩钩出那段蚯蚓，也不会让它不要命的阴谋得逞。钓鱼人一边钓一边骂："娘咦——爬地虎，我摔死你个龟孙！"爬地虎不像小杂鱼，钓上来还会丢进水里，让它继续成长。没多大工夫，你的身旁就会丢满一大片爬地虎，蹦跶一会儿就安静了。

每每这时，钓鱼人知道进入了夏季，该换饵料了。换句话说，经过一个春季的疯狂进补，鱼儿体内有了能量，有了油水，想换换口味了。这和人类没有多少区别，大鱼大肉猛吃了一段时间，让你闻起来就油腻，就反胃，你绝对想吃点清素，吃点汤水，吃点水果蔬菜。

荤腥饵吃不香了，带果味的商品饵、小麦粒、黏小米等开始出场。鱼们的嘴越来越刁，凡有人为的因素，它们就不予理睬，你认为够清淡的美食了，那也只是一厢情愿。有人耐不住煎熬，就大声发问："鱼啊！你到底想吃啥哩？"

这时农田正是玉米披红灌浆的时节，有的小块菜地已果实盈盈。殊不知，鱼也有追求自然的口味，嫩玉米粒挂到鱼钩上，又能激起水中鱼的疯狂。这种味觉尤以鲫鱼、鲤鱼、草鱼、鲳鱼、红眼为最，一不小心就会撞上大家伙。如果海竿钓中鱼，二三十斤的不在话下。手竿就不同，你的线组是为鲫鱼准备的，撞见大物只有断线。

那是一个蝉鸣热烈阳光凶狠的午后，老王兄端坐在王拐钓场的一个拐角处，那里水深幽静，挂了玉米粒好半天没有动静。心里说午时鱼就是不好钓啊！冥冥中浮漂微微下沉，那时机老王兄抓了个正着，提竿时用了竿的内力，减少了张扬。柔柔的，挂底了？弓一样撑着竿。少顷，老王兄用内力微微一震，有蠕动的感觉。

中鱼了，大家伙！老王兄心中狂喜。

鱼竿弯成半圆，竿梢几乎点着水面。老王兄憋着气，足足僵持有十分钟，竿头才慢慢抬起，并且开始了游动。突然加速，被鱼竿牵引了回来。只能看到水面以上1米高的渔线，发出嗡嗡的导线声，又一个相反方向的加速，鱼竿咯吱咯吱有超强的受力声。老王兄沉稳地拿住它并且成功地调回头后，说："像是鲤鱼，足有七八斤重。"水面上已有将近3米的渔线了，一个甩尾，露出了红色尾巴，好大一条黄河鲤。鱼头将要出水，瞪着的两颗眼珠给人一种威慑感，那鱼明显看到了老王兄，一个打滚，"哗啦——"一声没影了。举着的竿头差点儿进水，鱼竿叭叭响了两声，老王兄下意识说："坏了！拿不住了。"话说完，僵持住了。老王兄握竿的手有点儿抖动。两分钟后竿梢微微抬起，老王兄舒了一口气，知道大物受擒。三板斧过后，就老实了，可以随意摆布了。的确，明显听话多了，尽管没出水面，鱼的轮廓清晰，顺着"8"字线路环绕，大物已经不能很好控制自己了，几次白肚朝天。我早已手持抄网等着了，只是老王兄没有下令。"好了，抄住后不敢往上端，拉到边上提。"我说知道。谁知刚接触头部，没有进抄网。只见那鱼一个翻滚，到底没有了力气，还是潜了两米深，又被引出水面。原来是因为鱼太重，渔线受力和鱼形成直角，鱼当然进不了抄网。这次老王兄说："你抄的时候同时说松线，我松了，你才能抄住。"

"好了，松！"我说。

老王兄渔线一松，那鱼顺利进入抄网。尽管尾巴在外摇摆，已无济于事。我移到岸边，垂直提起抄网，终于上岸。

当然少不了拍照，我让老王兄抱住留影，完成了那个刺激的精彩瞬间。有热心人划船过来，拿出秤称了，整整17斤。

那时王拐钓场沸腾了，好多钓友纷纷跑过来祝贺，问长问短，问得最多的是几米竿钓的，多大线组，几号钩？用啥饵？当然，这个奇迹要不是在现场，很多人是不会相信的。因为鱼竿是短节4.5米"龙纹鲤"，中间第四节已不是原装，配节。4号"渔星"主线，1.5号"将武"子线，3号伊势尼倒刺钩。

不可思议，这样的竿，这样的线组，竟然能擒获 17 斤大鲤鱼。老师真是高手，佩服佩服！

夏季用玉米粒做饵料已很普遍。老王兄更讲究，大地的玉米只是用来打窝，饵料专门找寻老年人开垦出的席片大小的荒地长出的玉米，穗不大，发黄，玉米粒嫩成一兜浆水。每每遇见，他会出高价买断。他说："这样的玉米一看就知道没上过化肥。"

这时段，满河开花，在什么窝点都能钓到鱼。鱼已经在水里畅游世界了，你只要在饵料上下点功夫就行了。

秋季又是一个特殊时段。以十月一日国庆节为界，鱼本来贵族似的吃食讲究，国庆节一过天气转凉，反而突然胃口大开，大快朵颐，吃相也没有那么讲究了。只是窝点起了变化，草丛滩头可见水花涟漪，绿草摇曳。鱼主动觅食了。

原来，水的温度告诉鱼儿，一年的黄金季节将要结束，进入冬季就意味着封口。于是，本能驱使它们补充营养，储存能量，准备愉快冬眠，因此就进入了短暂的进食期。这时饵料就五花八门了，腥香、清香、麦子、玉米、黏小米等，全都管用。特别在草丛中，你会冷不丁撞上大物，"哗——"猛然起竿，只听"哎呀！"举着空竿说："线断了！我——操！"

如果在沟汊处找好窝点，不要随便打窝，只用黏小米即可。开始重重起个三五竿，等于打了小米窝，就正常开钓，窝点只会越来越聚集。如果鲫鱼泛窝，都是半斤四两的大板鲫，很快让你爆护。

这样的时段一般延续一周到 10 天，然后戛然封口。

冬钓是小浪底的短板。十月中下旬开始封竿，大多钓友整整

196

一个冬季都在休息。因为冬季小浪底的水位是最高的，库存一般都达设计的极限，水面海拔达到 270 米，可储存 126.5 亿立方米水。鱼儿们全都集聚到了深水找水温去了，在石缝、在树根、在隐蔽处一动不动。况且黄河水是流动的，很难结冰，不像东北、北京的凿冰垂钓。因此，小浪底的冬季是安静的，是美丽的，是养精蓄锐静待花开春来的季节。

偶尔有网箱养鱼的人架着小鱼划，慢悠悠布着虾笼。如果问一声："收获可以吧！"回答说："水冷，都懒得动。"

但是二坝就不一样，特别是留庄和马住两个村的交界处，水边是两三丈高的直立陡岸，阳光反射的作用吧，五六百米的距离几乎挤满人，多用的是矶钓竿，一律用红虫作饵，甩到接近 50 米的远处，水深最多也就 3 米吧。频率虽然不高，但鲫鱼个头还算可以，二两以下的基本不见，多是四两半斤的，偶尔也碰到大一点的，会有七八两重。钓友就激动，兴奋，忘记了寒冷，"呲——"，用皮手套擤了鼻涕，在摘鱼的毛巾上擦了，脸上仍表现出专注。

冬季不是人人都有渔获的。很多人是耐不住几个月的寂寞的，哪怕在水边试试水，甩几竿，钓中鱼钓不中鱼都无所谓。当然啦，失望的是多数，有人就在窝点旁架着了火，岸上漂浮的木材早已风干，正好烤火。

你看吧，受不了冻烤火、说儿话的（黄色的幽默调皮话）都是钓不住鱼的钓友，隔三岔五就上一条两条的人显得格外用心，就感觉不到自己的寒冷了。

经常和老王兄一块儿出钓的搭档侯路，鼻子已冻得发红还不断流鼻涕，哪还顾得上鱼腥味，刚用了毛巾擦完鼻子，扑哧笑出声来，骂了句苗正说："老苗，你真他妈大玩家！"

冬钓，不是小浪底的长项，但是出来受受冻，看看水，钓友们交流交流侃侃大山，也是必不可少的幸事。就好像一姓翟的钓友，有将近两年了没有出钓，是因为八十多岁老娘突然身体不好，他需要尽孝，就老老实实宅在家里。他因此专门订了《钓鱼》杂志，在老娘休息时就翻看学习，每期杂志的内容不知道反复看了多少遍。有时手痒，他说发明了一个高招，每每这时就整理鱼包，里三层外三层地整理，鱼竿擦了又擦，线组、鱼漂、铅柱、太空豆、小钳、小剪刀、蚯蚓盒、配件盒、鱼护、抄网，包括失手绳等物件，全重新摆放。不记得整理过几遍了，放在身后，有时说需要剪刀，放在包里第几格第几层，眼不看，出手便是。

这样整理了，手痒就减轻了很多。

激动的渔事

跟着老王兄学会了钓鱼，逐步理解了钓鱼人的行为。

起初不理解，冒着40摄氏度的高温顶着太阳一坐一天，有时连续换几个钓点（窝儿）都不满意，衣服全部被汗水湿透，乐此不疲。有时一连几天有事不能出钓，电话一个接一个打："今天在哪个钓场？口怎样？几米水深？鱼大不大？用什么饵？渔获多少了？碰到大家伙了没有？"

打电话的是很有激情的刘平，只是家里"事多"，每次都要提前和媳妇商量好。那次到了下午五六点的光景，他突然变得慌乱不堪，显得六神无主的样子，越是这样，鱼口出奇的好。他突然掏出手机，拨通后说："悦悦放学了吧，雪丽，下午饭你们先吃，不要等我，领导让临时加会儿班，回去就晚了。"大家一听明白了几分，原来是没请假啊！他害怕大家说话，忙一边摆手又说："真哩真哩不骗你，领导在哩，挂了啊。"

"看来今天晚上又要睡沙发了，你钓这么多鱼，咋办！"有知情的打趣说。

"没事，每次鱼都送我姐家了。我家媳妇主要是不能闻鱼腥味。"刘平接着说，"开剥好、洗干净的鱼，我家媳妇不反对。"

"那你把鱼拿回家，不要让她动手，也不行吗？"有人不大理解。

"不行，有一次一连三天不理我，只说，你去跟鱼过吧！"

刘平这样一说，大家咪咪发笑。又有人出主意说："刘平，你看河边有多少人都带着女人来，甚至全家人出动。你应该慢慢培养她的兴趣，让她上瘾，就不会反对。"

刘平微微一笑说："我起初也这样想，试探着给媳妇说了，人家说：你在河边安个空调，我跟你去钓鱼。"大家又是笑，刘平也笑。

突然，一只鸟慢悠悠地在水面之上四五米的高度盘旋，有点儿失恋忧伤的感觉。虽然羽毛白得洁净，似乎少了一种精气神。它在欣赏自己的影子吗？还是被自己优雅的姿态感动了？总之显得漫不经心的样子。这是眼睛盯住浮漂无意间用余光捕捉到的。唉！还是不要分心的好，你钓你的鱼，别管人家在水中照镜子，还是欣赏自己，都与你钓鱼没有半点儿关系。刘平这样想着，眼睛紧盯浮漂，仍然专着心。

哎呀！有人惊呼一声。是那只鸟，顷刻变成了一支箭，头朝下一个猛子，呼啦一声飞起来，嘴里叼住一尾白条，顿时精神了，哗啦啦飞向对岸。

有人说，鸟的嘴比我们的手还灵巧。所谓一物降一物，不信不行。

刘平还在顾忌自己的妻子，说："其实我家媳妇还是很理解我的。前一段她身体不大好，坚决反对我出钓，一连两个双休日都把我圈在家里。实在急了，我控制不住抖了几下起竿的手腕动作，就好像篮球运动员罚篮前习惯性举手抖腕的练习动作一样。不承想被媳妇看见了，问：你的手往上一抖一抖，练的什么功？我说，中鱼功。媳妇沉默半天说，两周没去河边急疯了吧？我简单笑了笑没作声。媳妇说，我这两天好多了，明天周六你去钓一天吧。"

刘平仔细看了看媳妇的脸，是真诚的，好不高兴，嘴上却说："你身体刚好，一个人带孩子做饭不容易，其实钓不钓鱼无所谓。"此话一出，媳妇狠狠看了他一眼，说："那好吧，你明天带孩子，我做饭。"他一下显出慌乱，唧唧呜呜想收回那句话。媳妇看在眼里，绷了脸奚落说："你还想要个小心眼，和我玩虚情假意。"

但凡出钓，钓友必定是三三两两结伴。通常是提前一天联络，定下明早几点出发，因为大多数钓场都在 50 公里左右的地方，为了抢到理想的钓位，就早一点出发。定下凌晨 4 点的话，你 3 点就要起床，慌慌张张洗漱了，还要简单吃个早餐，一切蹑手蹑脚，生怕锅碗瓢盆的交响影响家里人休息。你然后带上干粮、水以及精心给鱼准备的饵料或者大大小小的渔具。越是怕响动，下了楼突然想起海竿的地插忘带了，再气喘吁吁上楼。有时这样上上下下能跑两三趟，还是避免不了到了钓场突然发出的"哎呀！刚买了一个浮漂，放在车库忘带了"。

大凡如此惊讶，都是落下了东西。那次苗峰兴冲冲地带着家属出钓，跑了30多公里，突然发出"哎呀"一声，把家属吓了一大跳，忙问："咋了？""抄网还放在门口的鞋柜里，忘拿了！""算了吧，没拿就没拿。"家属无所谓的样子。苗峰毫不犹豫将车掉了头，一边疯急着往家赶，一边说："越怕啥，还偏遇见啥。"

苗峰和大伙儿出钓超过20个年头了，是个资深钓友，每次总控制不住自己的激动。只要决定第二天出发，保准今晚睡不好觉。在车上总是说，昨晚失眠了。每每总有人附和："我也失眠，没休息好。""不会是传染吧？"有人不屑地调侃。

苗峰能把自己的激动激动到登峰造极的地步。在下冶镇官洗沟钓场，出鱼率最高的是沟的拐角处，别的地方钓中10条鱼，拐角处绝对超过20条。那个钓位被焦作一位钓友占据，连续3天，获鱼超过100斤。苗峰每次背着包就往那里跑，总是有人捷足先登。又一次他约钓友凌晨三点半出发，其实早不了，总有人磨磨蹭蹭耽误事。到了地点天已大亮，心里说不行了，保证有人占了。下了车往沟下一看，没人！苗峰激动万分，背上包就往那个拐角处跑。三四十度的山体斜坡，噔噔噔噔没收住脚，直接落进了水里。当人们听到声音往下看，苗峰嘴里"哎呀哎呀"喊着，就剩头和鱼包露在水面。

几个人慌忙将他拉上来，看他落汤鸡一样狼狈，都说："苗峰，以后凡咱们几个人来，这个钓位不用再抢了，非你莫属！"

苗峰看看大家，想笑却没笑出声。

小浪底的清晨是美丽的，是多姿多彩的，不仅仅是它的色彩，它的清新，它的洁净，更是它的丰富的内容。碧绿洁净的水质就不必多说，还有时不时在水面上甩出的红红的鲤鱼尾，涟漪装点着霞光的颜色。这样的个头和力度，让盘旋在水面之上的食鱼鸟艳羡不已。最精彩的，是身后、左右两边山体上的树林，那才真是鸟的天堂。有多少种鸟不清楚，鸣唱的声音五花八门。鸟的数量更是繁多，声音的厚重形成纵深。你一声尖厉，我一声浑厚。你一声悠扬，我一声激昂。不绝于耳。

到了晚上，你无法拒绝扑面而来的水的清丽与绿植物的气息。当北斗七星大放光彩的时候，满天的星辰仿佛刚从水里打捞出来，竞相闪出光芒。动情处，夜莺突然激动地鸣唱。

苗峰说："我是跑得太快没刹住闸。不像老杨，钓不住鱼就把自己钓住。"

有人笑了笑说："人家老杨又没来，你说人家干啥？"

其实老杨那次也是意外。老杨那次连中3条三四斤重的黄河鲤，兴奋异常，突然又中，鱼竿彩虹一样弓起，嗡嗡一阵走线，"哎呀！"脱钩了！空钩随即飞向身后。老杨懊恼地将空钩甩向水中，"啊——"一声惊叫，一只手忙捂住耳朵。因为那钩不偏不斜，正好钩住了自己的耳朵梢，顿时染了红。当渔友们纷纷过来，已无济于事。老王兄看了看说，剪刀给我，先剪断线再说。你这是有倒刺钩，取下来很难。有人说，赶紧回去，去医院吧。

老王兄有经验，说："到医院也得把钩剪断。"说着走向自己的钓位，在包里取出一把锋利的凹型钳，"只有剪断！"老杨咬咬牙说："剪！"

只听"咯嘣"一声断了，带倒刺的部分飞掉，后半部还在肉里，被老王兄猛地搋出。这时有钓友问"疼不疼"，老王兄说："废话，你试试!"

老杨用干净的布包扎好了，坐下来休息。大家都沉浸在沉闷中。过了好大一会儿，有人不时看看老杨，感觉没问题了，就低声说："钓3条了，还不满足，终于钓了个更大的!"

大家扑哧一声笑了，夹杂着戏骂声。

装备

钓鱼通常是从简易开始的。

简易到只用一支竿，4.5米或5.4米，短节。线组绕在直径5厘米的线轮上。为出钓又专门备用了一个线轮，上面绕着两副2.5子线绑好的钩，可随时更换。一个手提布兜，或一个半大的白色编织袋，装着鱼竿、浮漂、捡来的炮台和一个结了又结有点儿皱巴的碗口大小的便捷鱼护。这就是全部装备了。

大太阳，人家不怕晒，头上有暗黄近乎黑色的草帽。座椅不需要带，随处搬一块平整点的石头就行。打窝很简单，家里吃饭剩了点小米干饭，就装在一个塑料盒子里，用手团成鸡蛋大小的块儿，准确地投到浮漂的位置。在塑料袋里摸出一个快食面的小袋袋，那里面装着在养猪场排水沟畔挖出来的蚯蚓。他不相信商品饵，说蚯蚓是万能的。

这样的钓友来去匆匆，像打游击，转眼就挪个窝。你经常能看到他手里提着个瘪瘪的白色编织袋，在阳光下，把自己坐成一尊石像，两三个小时一动不动。原来，是30米开外的钓友听到了他的鼾声。钓友好奇，不怕鱼竿被拉跑了？就在他鼾声里悄悄临近观察，笑了，人家的竿尾有失手绳，况且是系在自己的脚脖子上。

鱼口好的时候，人家一样有好的渔获，并且经常钓到大鱼。那次他给我们讲了，说，我的装备和你们不是一个档次，只能远离三五十米以外。正好遇上了大一点、有经验或者说有点狡猾的鱼，它不像年轻鱼一哄而上，而是在外围犹豫、徘徊。在百倍警惕的时候，身旁有吃的，就让我捡了个漏。

没办法，钓上鱼才是硬道理。鱼吃食不看装备。

此钓友还有一个特点大家都很清楚，就是那一声带明显上扬突然收住的哈欠声。坐时间久了，难免发困，他那突然特夸张的哈欠能把鱼惊吓到打挺，就连身后树上的鸟也附和着动静。

我也是从这种装备开始的，只是多了一把钓鱼伞，多了一个折叠凳子。石头不能坐，一会儿就不是屁股了，是胯骨和石头硬碰硬，特疼。没有遮阳伞也不行，太阳光成了锋利的锥子，扎疼皮肤！

后来跟着老王兄出钓，我就不自觉地增加了设备。首先鱼竿要配套，从3.6米、4.5米、5.4米、6.3米到7.2米全有，但保证是短节，因为鱼包容不下长节竿。线组粗细、长短配齐，并且都有备用。浮漂品种繁多，也在不断升级，仅我自己所用或备用的就有芦苇漂、孔雀翎羽枣核形漂、巴尔杉漂、大肚漂、短脚短尾漂、纳米高灵敏漂、夜光棒、电子漂、咬钩变色电子漂以及智能报警漂等。座椅从折叠凳到折叠靠椅，再到现在的不锈钢折叠躺椅。抄网、鱼护都有了更新换代，长度 2.5 米的鱼护在小浪底很普遍。遮阳伞也是有讲究的，直径 1.3 米或 1.5 米都是初始阶段。那次刘平的伞被一股贼风在地上拔起，空中一个后滚翻掉进水中。刘平慌忙用鱼钩挂，终还是没影了。就在眼前二三十米远的地方，海竿甩到超十米远的距离，落底仍然钩不到，换成爆炸钩也不行，直到挂了树根，断掉主线，才悻悻然说：去球！不要了，换新的。

这时旁边的钓友侯经打趣说："破伞早该淘汰了，你就是不舍。你看我们这几个伞咋没事，防风！"

"你去球吧侯经，经常见你的车上拉着小蜜到处跑，你忘了？"刘平真真假假地反击。

笑声中恢复专注的神情，刘平戴上遮阳帽，掏出手机看了又看，说："法莱品牌的，牛津纺面料，伞骨玻璃纤维，直径 2.2 米，伞杆铝合金加粗，防风防暴雨，价格 636 元，马上买，三天到货。"

这就对了，这才是刘平气魄。

其实，刘平在装备上是最舍得花钱的。淘汰短节竿更显出他的豪气。那次，一个秋分时节的傍晚，吃完饭，刘平抢着洗碗，边在围腰布上擦着手，边对妻子说："我看你娘家兄弟小中有点上瘾了，说借我的 4.5 米的竿用用，回来就送过来。这不，非但没送，今天又来拿 5.4 米的。""不会吧，小中也学会钓鱼了？"妻子有点儿怀疑。"那还有假？我干脆让他连 3.6 米的全拿走了，让他知道他的姐夫够大气。""那你以后不钓了？""再说吧。"

一星期以后，刘平用上了一套（6.3 米、5.4 米、4.5 米、3.6 米）全新的长节竿，花费3000多元。一次在吃午饭的餐桌上，刘平

的妻子突然挑明了说："好你个刘平，今天回娘家见到小中，连声感谢你送给他鱼竿。到底是借，还是送？说吧，你又花多少钱更换新鱼竿！"

刘平知道露底了，偷偷拿眼斜一下妻子，淡漠地说："很普通的竿子，不值钱。""这个月又扣留加班费了？""还有一点点奖金。"刘平停了停看一眼妻子，没见到雷霆万钧的前奏，就敷衍下去说："其实吧，不是钱多少的问题，小中又不是外人，这样都有个好心情。""算了吧刘平，别在这儿打马虎眼了，知道你的小九九，钱花出去，你的心情就好了。"这时刘平勉强笑了笑，算是对这个事情的默认。

这些仅仅是钓鱼装备的一个方面，还有更多的配套与附属设备。比较大的当属准备野炊的东西。在小浪底垂钓，通常是两三个人，或者三五个人组成班，有一个大家信服的所谓班长。这个班长大家心领神会，有什么事需要商量，形不成一致意见时都要看班长。比如，明天如果出钓，有人说大奎岭，有人说三公里，班长决定去毛田，并且讲了毛田这几天出鱼率较高，大家就同意。包括明天几点出发，钓3天还是5天，指定一个司务长，考虑生活如何打理，带几桶水、多少蔬菜、多少米面、多少食用油以及各种食材、调料等。这其中有些装备是个人的，就慷慨支援，比如各种炊具、锅碗瓢盆、折叠桌椅、液化气灶、气罐、保温箱、太阳能灯、天幕帐等。每次行动所需生活开支，统一采购了按人数平摊，三二百元的没有人计较。

再就是交通车辆，多为大家心目中的班长出车，包括耗油、路桥费全是班长个人负担。乘坐这样的车出钓，参与者觉得神气，在河边也能吸引很多艳羡的目光。小浪底的很多钓场，车很难到水边，背着行李哼哧哼哧走三五百米的山路是极其正常的事情。有班长这个四驱皮卡，就不用再吃那个苦头了。班长的威信无形间被树得老高老高。

你想想，这种情况下让你买几个烧饼、买几斤鸡蛋，再带上西红柿、黄瓜以及姜、葱、蒜，还有什么可说的，麻利地屁颠屁颠行动。一切采购、准备的过程，反而有一种优越与自豪感，能够赢取很多羡慕的目光。

外出所用的防风液化气灶，出发前只需要掂量一下气罐的重量，足够几天的用量就行。起初是随地砌灶台烧地锅，无论在哪儿，三块石头就解决问题，烧柴随手拈来。在小浪底野炊，你永远不要怕手边缺了柴火，风干的荆棘、圪针到处都是，大锅小锅统统被熏得黢黑黢黑。能做饭已经很幸福了，不再带干粮啃烧饼、喝凉水了。人多就带一箱红烧牛肉方便面，从干煮方便面发展到每人加一颗鸡蛋，再到带几样简单的青菜、豆角、西红柿、香菜等。在夏季40摄氏度高温里，顶着太阳做饭，那汗水才真叫一个爽！那次侯经起身时突然摔一个仰八叉，大家吓了一跳，起来时他说裤管全黏住腿了，一时迈不开。如果遇到全是黄土的地形，不再用石块砌灶了，在地下挖一个口小肚大的瓮形地灶，前边取一个大口，能烧柴火，后边凿一个小一点的口子作为烟囱，像鼻孔一样能出气，这样的地灶主要是防风。最高级最精致的要算在凸起的土包上做灶，人在下边烧火，活脱脱一个灶台。我在做灶方面被大家评为专家，一是手腕的力量，二是眼力，三是选地方，缺一不可。有钓友背着鱼包从此路过，看到地灶便停下来赞叹：

哎呀！这个灶做得太漂亮了吧，简直是艺术品。临走还要掏出手机拍几张照片。有时候做过几顿饭的地灶，被侯经精心保护了，找来很多柴草覆盖，说免得遭人破坏，希望明年还能用。

渔具更是一应俱全，仅那把钓椅，就让人看了又看只说美气。可架两根竿，包括鱼护、遮阳伞、水杯架以及小物件存放袋等。关键是可调节性，除了坐着舒服，还能躺。大家都知道"神仙难钓午时鱼"，这时候躺在伞下休息，还真舒服成神仙的样子了。一问价格接近两千元，说声"回头买一个"，便没了下文。

除了这些大一点的装备以外，钓台、钓伞、长节竿、短节竿、海竿、矶竿、炮台（含地插）、三米鱼护、五米抄网、鱼包、鱼护包、长节竿包、漂盒、轻重吃水浮漂、夜光漂、粗细线组、鱼钩、钳子、镊子、剪刀、摘鱼器、失手绳、头灯、防晒钓鱼服、鱼手套等，应有尽有，让初学钓鱼的人看得目瞪口呆。

就这还不完备。那次鱼口不好，班长看到对岸的地理位置、环境等条件还不错，就想让打鱼的人用小鱼划把自己送过去，人家没时间，便寻思着自己买一只橡皮船，随时充气在水上自由摆渡。

有人说价格倒也不贵，只是安全系数不好说。也还真是的，毕竟在水上作业嘛，还是认真考虑考虑再说吧。班长如此寻思，暂且放下没话。

夜钓

夜钓起初有好奇的因素在里面。操作渔具的常规动作要看熟练程度。假如是一个新手，夜钓困难就大了，就会离不开头灯，就会手忙脚乱，会丢三落四甚或不小心落水。时常不是鱼钩挂了树，就是突然钩了衣服，再么是渔线乱成一团麻，理出头绪分解开来，又缺乏耐心，在三揪两拽的恼怒里找到了剪刀，一声"去球！"便剪了乱麻，索性拿出备用的线组再来。

老手已经三三两两见到渔获，沉稳地说："要有条理，不能慌乱。"也是的，那可是手上的真功夫。打不打开头灯都能准确找到鱼钩，凭手感都能判断得清清楚楚，无论挂蚯蚓、挂小麦粒、搓饵、拉饵，甚至黏小米，都准确无误，就连抛竿也能八九不离十。眼前明亮着的夜光棒比白天更稳定，水面少了风力和波浪，稍有动作，只听"啾"一声响，然后"啪"一声打开头灯，夜光棒在空中晃动，两者的头灯照亮了出水挣扎的鱼，鱼还没有真正反抗，早已进了抄网。

夜钓设备是从夜光棒开始的。一根棒用两三个小时没问题，质量好的用四个小时不失明。只是往浮漂头顶安装的时候，需要小心调试浮漂吃水重量，通常是减少铅坠的重量，减少到等于夜光棒的重量，这样才会灵敏。后来嫌来回调试浮漂太麻烦，有了紫光灯，这种灯有三五百元的，有一二百元的，可以几种光变换，锂电池弱了可以充。好处是白天夜晚的浮漂不需要调试，打开紫光灯即可。还可以固定窝点，光束聚焦的水面只管甩钩，中心点必有亮堂着的浮漂挺身再慢慢下沉，静止到1目2目的时候，安静下来，一个黑漂或者顶漂，"啾！"准中鱼。渔具的发展与社会科技的发展一样迅速，你已经感觉紫光灯很先进了，又有了电子浮漂，又有了电子感应浮漂。本来是红蓝相间的亮色，突然全变了红色，你只管提竿，已经钓中鱼了。

如果有三五年的夜钓钓龄，家里必定有一堆更换了的旧头灯、旧紫光灯以及淘汰下的电子浮漂。有些是充不上电了，有些是落后不实用了，还有些是有故障损毁了。当然，加上平时的旧鱼竿、旧炮台、旧座椅以及鱼护、抄网、旧浮漂等，还真成了说用不能用、丢弃不舍的堆积呢！其实有不少开渔具店做此生意的，开始都是不错的钓手，买得多了，干脆开起了店。我和老王兄经常去的"没口渔具店"，老板杨占就是钓到半路开起了店，很内行，生意兴隆。店里的生意困住了他的手脚，不能说出去钓就出去钓了，得看妻子的脸色。他在河边曾向我们透露过，当时开店时和妻子有君子协议，其中最重要一条就是：坚决不能说走就走。这当然还有很多商量和机动的余地，但是得慎重把握，因为前边有"戒钓"的条件宽容过的。从"戒钓"到"不能说走就走"，妻子已经宽宏大量了，自己能不自律吗？

杨占经常给朋友打电话：今天口咋样？现在钓多少了？遇到大家伙没有？今天天好，没有风吧？今天钓多深？商品饵还是黏小米？……

朋友有时故意奚落他：别问了，中不中？你又来不了，问这么多不是干着急！

已经说好了，明天去钓一天。杨占很自豪地说。

其实很正常，既然开了店，就要好好经营，钓鱼毕竟是业余的，随便玩玩而已。杨占已经有了深刻的认识，能不养家吗？

起初大家不理解杨占为什么用"没口"两个字作为店名，是钓鱼人最忌讳的，谁愿意到河边鱼没有口呢？在水边干坐一天，碰到鱼不开口的煎熬，那是一个无奈。经常有钓友着了急，这时，杨占说：来我的店买饵料，专治鱼没口！

有时候还真行，但是你要买他调配的料。他确实是下了一番功夫的。白天和晚上的饵料就有区别，这没办法，效果明显。他是专治没口，生意显然好于别家。

在小浪底，夜钓竟成了亮丽的风景。不说灯火通明，最起码也是荧光闪烁。有些举家出动，为了能夜钓，说服妻子到河边乘凉，还带上孩子。趁天不黑在河边点着火做饭，考虑安全问题，还不能离水太近，毕竟有女人有小孩。帐篷里的音乐响了又响，流行歌儿一首一首唱完，就停止了，娱乐也有疲劳的时候。突然就有小孩子喊叫爸爸的声音："爸爸，爸爸——""唉——""我们先睡了，我妈说让你注意安全，钓一会儿就回来睡觉。"

水面上亮光点点，有蓝莹莹的夜光棒，有红黄绿相间的电子漂，更有照进水里反射出去的紫光灯。光柱直射沟的对岸，让对岸的钓友睁不开眼，就大声喊道："紫光灯换一下方向，晃到眼了，看不清。"这边说"对不起"，立马移动了光柱，回问："怎么样？"对岸就说："好了。"

又一次到教育基地后沟，好不容易赶到，还是迟了，已经有人支好了一顶帐篷。伞下一男一女。我们当然不能太靠近人家，这是水边的基本规则，况且尽量放低声音，以免影响到人家。当我们在50米开外地方支好灶具、帐篷，将要打窝开钓的时候，那一男一女收竿了，连同帐篷。此时已是下午六点多，感到诧异，就有人问：不是夜钓吗？怎么收了？回答说：家里有事了。然后两人背着行李离开了。

夜色阑珊，水面上荧光、紫光各色交晖，再加上对岸远处传来的音乐，有流行歌，有地方戏，很是热闹。我们一行四个人，由于老王兄爱喝那么两口，顺便带来几个小菜，关键是那瓶三十年青花瓷汾酒，很有诱惑力，非让陪着喝两杯。兴起时，那瓶酒已被解决，嘴里却说：喝了酒都要小心，看看鱼口啥样，不行早点休息，明早再战斗。隔壁钓友已搭了话，不行，没口。老王兄又狠狠打了重窝，真的进帐篷休息了。

凌晨四点，水面上已有灯光晃动，那是老王兄开钓了，连续钓中了五六条吧，就急匆匆来在各自的帐篷前，分别叫醒说：赶快起来，有口了。大家很迅速起来，水面上已有多处亮点。有人说，是后半夜的口。这鱼自己不休息，也不想让大家休息。也有整夜都有口的时候，那就通宵达旦了。

当东方即将放亮，鱼竿起落正性急的时候，首先是猫头鹰和无数的鸟类，它们以自己最热烈的语言高声喝彩，有些声嘶力竭，有些音调温婉，让夜钓更有乐趣，更有诱惑力，更加不知疲倦而令人津津乐道。

霞光初现，在水的荡漾里放射出无数斑斓的金光，像瓦楞一样规整，扑朔迷离。这是属于小浪底的色调，是为垂钓人精心铺陈的感染力极强的现实场景。彩色的水，晃动的浪，还有晃动着和静止着的乐此不疲的自己。

钓趣

在小浪底垂钓，熟悉地形尤为重要，不然春季开钓时让你下不去竿，不是探不到底，就是拉拽主线，让你损线断钩。为了掌握底部世界，老王兄存有各个钓点的底部照片。

每年七月份汛期到来之前，库区需要排水排沙，一则清库，二则为迎接上游突然而来的洪峰。这时候常年泡在水里的底部地形，全都亮了相，哪里是梯田，哪里是凹坑，哪里是斜坡，哪里是荆蔓草丛，甚至哪里是石头群、沟槽等，全都记录在相机里。这是需要时间的，是需要奔赴各个钓点观察记录的。老王兄做到了，并且了如指掌。难怪老王兄往那里一坐，周围的人尽看他一人表演了。他一条一条地钓，别人的浮漂纹丝不动。偶尔有小白条捣乱，起竿便挂底，三番五次地扯断脑线甚至主线。实在没办法，就挪窝。钓友老杨是挪窝高手，一天里能换四五个窝，经常是运动战，这个窝钓两竿，不行再到下一个窝，哪个窝有鱼再蹲点。嘿，你还别说，他的渔获总不比别人差。不过，他每次带来的窝料是别人的几倍。他常说：舍不得孩子打不了狼，更何况抓只鸟也得蚀把米！

老杨有一句经典语录，当到处换窝钓不到鱼时，就会感慨地说：犯病了，坐哪哪没鱼！

这句话大家都会说，一旦鱼口不好，就调侃：坐哪哪没鱼。

老杨还有一个特点，很爱夸自己调配的鱼料。你只要借用了他的料，每钓到一尾鱼，他必定会说：还是我的料行吧！那次刘平用了他的料，仍然没有效果，情急之下挂了两条蚯蚓，突然就漂动了，提竿一看，嗬！是个大家伙，遛了一会儿出水一看，是个三斤重的草鱼。老杨大为兴奋：哈哈，我的料还真是厉害！刘平说：老杨不好意思，我是用蚯蚓钓的。老杨说，不可能，草鱼对蚯蚓可没兴趣。刘平认真地说，奇了怪了，蚯蚓钓草鱼，不多见。老杨又说：如果真是蚯蚓钓的，那就是草鱼吃错嘴了。本来是吃我的窝米的，不小心吃进了蚯蚓，主要还是我的料起作用了。

大家哧哧笑了起来。

老杨解释自己爱换窝，说，一排几个人都在钓，左边这个人哗啦哗啦上鱼了，不一会儿右边那个人哗啦哗啦也上鱼了，看看这边上了，看看那边又上了，自己不一会儿就出了满头汗。咋办？只有一个办法：换窝！

和老杨一起出钓，你会有无尽的快乐。

告诉你，要想钓住鱼，夜里休息好，养精蓄锐，早上起来烧一炷高香。老杨这话又引来对方笑骂，他却得意。

鱼有闭口休息的时候，也是老杨活跃之时。话题说到如何休闲、如何享受快乐，他立马联想到猪，要想享受，干脆托生成猪，光吃不干活，还有人研究营养问题，够幸福吧！

这一下引起哄堂大笑，连老杨也笑得满脸开花。

老杨继续逗乐，我出个谜语，你们猜猜。半天不动，忽然一动，上面欢喜，下面好痛。

有人哧哧笑。老杨也有点想笑，但是没有笑出声，说：这个谜底可是我们的本行。

刘平突然有悟：钓住鱼了吧？

对！钓住鱼。

老杨还是很欣赏刘平的，脑子好使，每次看到认识不认识的钓友不住地钓中鱼，明显比自己的频率高，就要千方百计看人家的料，感觉人家遮遮掩掩不说实情，就动手捏一点儿放在鼻子前闻闻，心里就明白了八九分。

一次，刘平妻子正吃着鱼，对刘平说："你现在怎么尽挑鱼背上的肉吃？记得我们谈恋爱时，你最爱吃鱼头鱼尾……"刘平抿一口酒说："情况不同了嘛！现在我的目标是吃鱼，当时我的目标是钓鱼。"一句话引出了妻子妩媚的白眼。

还有一件犯迷瞪的事。那次鱼口特别好，刘平和老杨每人都有十多斤的渔获。突然狂风暴雨袭来，伞骨全被折断，两人急慌慌收了用具就往车上装，东西多，一时没办法仔细清理，反正已经淋得湿透。最后两个人都掂着鱼护硬往车上塞，这时他俩已没有落脚的地方，索性把脚抬在高处。老杨突然醒悟：你看咱俩，鱼淋雨怕啥？说着两人都哈哈大笑……

类似钓鱼的乐趣很多，对钓鱼人，大致可分为四种：

第一种，为赶时髦吃个新鲜活鱼。这种人，多半钓技不高，心浮气躁，没耐性，常常是灰心丧气空手而归，被老婆讥讽为"跟屁虫"的人。依然故我，乐此不疲。

第二种，为满足鱼上钩时的快感。他们对钓技颇有研究，什么湖、塘、沟汊，什么风向、气温，用什么鱼饵钓什么鱼，什么"春钓阳、夏钓阴、秋钓渊、冬钓冰"以及"长钓腰、方钓角"等，都能说出些道道来。他们志在大鱼必得，乐而忘返。

第三种，是为沽名钓誉。他们喜欢参加好事者举办的钓鱼大赛，钓技一般，心高气傲，炫耀的是富贵的时髦。往往在小浪底野钓，骄傲的是装备。一天之内，做饭吃饭会用去大半天时间。收获寥寥，会说："享受过程，重在参与。"

第四种，则是休闲养性，顺其自然。

凡此种种，我还是欣赏与敬佩大智慧、高境界的钓鱼人的。

我的总结是：坐如钟，守如松，其趣自出。不急不躁，依然故我。

这才是真正懂得钓趣的人。

站在楚河汉界前

　　从济水源头过黄河，涉荥泽，眼前便横亘一条百余米宽的深涧，荒苍险扼，形胜萧森，是谓鸿沟！或曰楚河汉界！

　　噢！原来我站在楚河汉界前。

　　楚河汉界，印象是在车、马、炮布了阵的棋盘上。只知道它是一条界线，和儿时读书时与同桌画的分割线一样，超越了，就用臂肘捅过去。后来在历史课本上知道了点"楚"和"汉"，但不知道河界在哪里，更不知道它的形状。至于鸿沟之说，也只是知之皮毛，不知其内涵。今天，我知道鸿沟和楚河汉界的关系是等号，更惊叹和感动了它的过去。

　　鸿沟，实则是一条古老的河道。《辞海》说：古运河名，约战国魏惠王十年（公元前360年）开凿。《水经注·渠水》引《竹书纪年》作"大沟"，故道自今河南荥阳市北引黄河水，东流经今中牟、开封市北，折而南经通许东、太康西，至淮阳东南入颍水。连接济、濮、汴、睢、颍、涡、汝、泗、菏等主要河道，形成了黄淮平原上的水道交通网，对促进各地经济、文化的交流，起了巨大作用。但，这是历史，曾经的辉煌。眼前只是一条苍老而荒凉的深沟，深有 50 米开外。至于长，东望已夷为平地，首端被黄河吞噬也仅剩不足千米了。可想，在 2300 年前的农耕时代，没有挖掘机，没有运输车，只有粗笨的铁器、抬筐和背篓。当然，更有黄河水浸染了的黄皮肤的人。一时间让我看到蚂蚁搬家的场面，热烈、轰烈、壮烈、冲动、震动、感动。那是何等壮观的场面！旁边有浪涛拍岸的黄河水，脚下是深挖起来散着芳香的黄土。男人们一律光着臂膀，挽起裤管，暴起铁块钢筋一样的腱肌和撼地震天的力度。女人们绾起发髻，汗水把衣裤紧贴在身上，张扬着美的曲线和发出银铃一样的笑声，激荡着男人头上滚动的气流，加快着铁具、木具和抬筐、背篓欢快的舞步——挖呀，挖呀，就有了汹涌翻腾的水流。带着王屋山太乙池的祝福，带着万泉寨济渎泉的欢歌，接濮水，迎颍水，连泗水和菏水。进农田，润肌喉，载帆船，传文明。好一条鸿沟！

这些仅仅是古运河的一面。它的另一面却是"战马嘶嘶关隘紧，弹矢横飞刀光寒"的惨烈景况。

那是公元前 206 年至公元前 202 年的楚汉战争，即汉王刘邦和楚王项羽在此互筑军垒，形成汉霸二王城，相互对峙作战。西边为汉王所筑，叫汉王城；东边为楚王所筑，叫霸王城。二城均位于广武山山巅，北望滚滚黄河从天边而来，掠城而过。城的西边和南边，群峰峥嵘，俯首环顾，榴园遍野，枣林充壑，景色独特。在古代交通不发达的情况下，这里地扼东西咽喉，项羽如能控制这一地区，进可以西向入关，直捣刘邦基地；退可以遏制刘邦东下，固守城池。刘邦如能占领这一地区，进可以居高临下，直取项羽阵营；退可以把握关中，稳持要地。因此，双方在此刀枪对垒，相持不下。唐韩愈在《过鸿沟》诗中写道："龙疲虎困割川原，亿万苍生性命存。谁劝君王回马首，真成一掷赌乾坤。"李白《登广武古战场怀古》云："秦鹿奔野草，逐之若飞蓬。项王气盖世，紫电明双瞳。呼吸八千人，横行起江东。赤精斩白帝，叱咤入关中。两龙不并跃，五纬与天同。楚灭无英图，汉兴有成功。按剑清八极，归酣歌《大风》……"

是这条宏阔的深沟，是这座非凡的广武山，让一场战争进行了数年。可以相见，那是怎样的一种场面，鼓角相闻，刀光剑影，血的鸿沟，泪的河界。一边是杀声震耳，一边是哀号低吟。那些生命幸存的将士，看到胜利的曙光即将泛起，很快又被阴沉的夜色笼罩，如此这般反反复复，面对的只是血泪横流，只是老将新兵的更换。这是怎么了？何时是尽头？那是亿万苍生的性命啊！

大河在轰隆隆怒吼！济水在沉呦呦愤慨！广武山呢？草木呢？日月星辰和万物生灵的良知呢？

终于，在相持数年未决胜负之时，项羽对刘邦说："现在天下纷扰不定，都是因为我们两个人，我愿同你独身搏斗，一决雌雄，不要白白劳累天下人民。"刘邦赞同道："我宁愿斗智，不愿斗力。"结果两人在极不情愿又无奈的情况下，约定以鸿沟为界，平分天下。鸿沟以西归汉，以东归楚，从此罢战。双方士卒听说停战了，纷纷欢呼雀跃！

烟火熄灭了，一切恢复了平静。战马践踏的小草重新萌生了嫩芽，烟火烧秃的树桩又开始泛绿。士兵和百姓的脸上没有了愁云，田间耕作的繁忙和收获的希望又在热烈与祥和的氛围里出现。村庄的农户柴门大开，机杼声、儿女嬉闹声、锅碗瓢盆的碰撞声以及畜禽的鸣叫声，又此起彼伏地交汇在一起。从男女老少悠闲自得的表情看，向往和平，追求幸福，太平盛世，国泰民安，才是他们所盼望的啊！

鸿沟犹在，黄河仍在奔流，汉霸二王城的遗址还有迹可循。唯缺失了济水！难道是它不愿看刀光剑影、血流成河的悲惨场面，索性隐去了不成？

姑且是吧！还会汩汩流淌吗？

奇迹不定时就会出现！

第三章

黄河

入海流

沁园春

1

　　这里群山叠翠，土地平阔，村树含烟，阡陌纵横。这是沁水公主的田园吗？是汉明帝刘庄为爱女刘致册封的心爱之地吗？

　　沁河滔滔东流，远方是朝阳的斑斓霞光，水面跳跃着金黄和银白。水的跳跃，是因为跨越无数颗滚圆的石卵。一场暴雨，河床立马丰满而圆润起来，把护堤以上的庄稼映照出茁壮的样子。有垂柳摇曳。

　　很早就想探访沁园的，它的遗址与我同乡，村与村也就三四公里的路程。正应了熟悉的地方没风景这句话。每每想起，总唤不起提笔的冲动。那日接触了一位长者乡亲李宗杰，他很来激情，说亲自参加了沁园遗址的保护工程，对那个近百米长的土台子太了解了。我诧异！原来，是我的定位显得固执了。沁河冲出太行山，北岸自西而东串珠子般的村庄依次是省庄、西窑头、留村、化村、逯村、马村，再往东便是沁阳市地界。几十年的印象定位

225

是留村啊，村头岸边现在还留存两三处直径 10 米、高 5 米左右的土围子，荒草遍布。

乡亲李宗杰带我上到了化村的土台上，背对沁河，面前是土地、村庄的景象，逶迤而苍茫。北方是屏障一般耸立的太行山，山脚下横贯东西而平行着的是焦枝铁路和焦克公路，还有通向三晋大地的半山腰的高速公路以及连接南北的通衢 207 国道。好一块风水宝地！

再看沁河的大致走向，出山口，直冲西窑头、留村而去。那里地势高，迫使水流偏向东南，让我想起黄河冲出小浪底以后两岸的控导坝垛工程。留村遗留沁河岸畔的土围子，在历史的角落尘封了近两千年，仍在抵抗风雨的洗礼。按照今天的思维，应该是先于坝垛工程，护佑着岸上的村庄、土地与稼穑，作用非同寻常！

沁河南岸则是东汉时的京畿属地沁水县城。沁水县是当时沁河流域唯一以沁字命名的城池。其县治所在现在济源市东北部的王寨村北。沁河在秦以前称少水，汉代以后称沁水。济源境内当时共设三县，另两县为轵县和波县，分别在济源南部和西部。现在的沁阳市汉代称野王，之后是河内县，改沁阳县是民国的事了。试想，绿柳垂秀，轻摇舟橹，优哉游哉！沁水县城往南跨过黄河，就是京都洛阳，也不过区区 60 公里路程。传说汉明帝刘庄特爱第五个女儿刘致，这样的距离方便探望。

脚下的这个近百米长的土台，接近足球场大小。台下石碑上刻有"沁园遗址"字样，系河南省人民政府 2006 年 6 月公布的省级文物保护单位，济源市人民政府 2012 年 5 月刻石立碑。早在

1981年11月，原新乡地区文物普查工作队到此勘查，发现有陶钵、陶瓮、石锤、贝壳等残存遗物。文化层深约1.5米。后又在留村东南土岗中，发现有石斧、石镰、石铲、石凿以及灰陶片、彩陶片、白衣彩陶片等遗存。1984年11月，济源县文物普查组又到上述两处做考古调查，同样采集到彩陶钵、灰陶鬲、大口陶盆、小口尖底陶瓶等遗存物，纹饰多为粗细绳纹或大方格纹，为东汉遗物。最为珍贵的是，在西窑头村附近出土的汉代文物，如杀猪宰羊的庖厨陶俑、活灵活现的斗犬，还有憨态可掬的百戏俑，或歌舞，或说唱，或角抵，或斗兽，或骑射，神采飞扬，动感十足，张扬着生活的多姿与昂扬的精神。

文物遗址如此多，我就不再纠结自己印象的偏差了。

乡亲李宗杰又透露说，他们村"化"字是从"花"字演变而来的，以前是个大花园，居民全是养花工。这一下子洞开了一条思路，我原来把沁园认定为一个村庄，就更是狭隘无知了。沁园的全称是沁水公主田园，化村仅是沁水公主田园的一个花园。广袤丰沃的农田呢？廊桥修竹池荷亭台楼榭呢？

其实，想象而已。田园没有标准的规格，也没有关于沁园风光的文字遗存，只能遥想它的精致、它的幽静，梦幻它的典雅、它的恢宏。

仅有的文字记载，倒是关于沁园的一桩轰动朝野的公案。

2

如此美妙的沁水公主田园，在汉代能不招人艳羡吗？词典中解释沁园说："东汉明帝（刘庄）女沁水公主所有，后为窦宪所夺。"简短几句话透出一个重要信息，沁园被窦宪掠夺。窦宪夺园又是怎么回事呢？

窦宪倚仗自己是当朝国舅，大肆吞并土地，并且连当朝册封的公主田园也不放过，出低价强行夺走沁园。沁水公主刘致深谙窦宪的张狂与残暴，考虑到窦家祖辈曾给大汉王朝做过贡献，忍气吞声不敢计较，于是窦宪便将沁园占为己有。

后来汉章帝自京都出行，过河路经沁园，看到这片田园，指问随行的窦宪："此田园谁人所有，怎么这般死气沉沉？"窦宪立马脸色骤变，支支吾吾乱说一通，并且阴冷地用眼神威吓随从不让乱说。后来章帝知道了窦宪夺园事件的来龙去脉，极为愤怒，立马召见窦宪，声嘶力竭地斥责说："好你个窦宪，平时经常听到你在下边胡作非为、残害百姓的不法事件，鉴于你窦家与当朝的关系，就没做计较。这件事要不是我亲眼所见，就不会相信。事实面前你还遮遮掩掩，答非所问。你也太胆大妄为了吧？连尊贵的公主的田园你都敢抢夺，更不用说普通百姓！我告诉你窦宪，你在国家的棋盘上充其量是个小卒而已，要想抛弃你，就像随手灭除一只臭老鼠那样轻而易举。不信，你窦宪就走着瞧！"

窦宪哆嗦着差点儿尿裤。为了保全性命，遂惊慌失措地见了自己的皇后妹妹。皇后大为惊愕："啊，我的哥，你有几条命！你连累了窦家啊！"

皇后思之再三，能亲眼看着窦家的辉煌就此毁于一旦？皇后于是脱去自己尊贵的皇后服饰，穿上最普通的素服，连叫几声吾皇便低头下跪不起。皇上见状虽有震动，但还是洞明内情。事情嘛，一码是一码，毕竟是自己钦点的皇后啊！怎么能为了外戚之事跪着说话呢？于是就让皇后起身，坐下说话。一番痛恨啊，自责啊，自己有很大责任啊，最后归结一句话，吾皇看在夫妻的分上，宽恕他，给他一次反省改正的机会吧！

章帝是真的恼火了，心里说，此事非同儿戏，岂能马虎了事？潜台词说：容我好好考虑考虑。

这期间，窦宪对皇后妹妹言听计从，立马将公主田园返还，并赔了很多不是，方才走完了事情外围的程序。窦宪虽没有被及时关押法办，也长时间不再受重用。

于此，我更加向往于沁园的春天了。沁水如玉带在山间蜿蜒而出，一路欢歌涌进中原大地。河畔烟柳婆娑，村庄错落参差，萦耳是蜂蝶在蔬畦花田中嗡嗡声，入目远山逶迤如黛，时而可见数点白鹭在水雾间翩跹。人们闲适、游乐、斗唱、耕作，好一幅山水田园画卷。这就是想象中的沁园之春？

《辞海》如此解释"沁园春"："词牌名。东汉窦宪仗势夺取沁水公主所有的沁园，后人作诗以咏其事，此调因此得名。"

在我国词牌广袤的典籍中，唯《沁园春》有根可循，是词牌里最为鲜明亮丽的瑰宝。

1936年初，毛泽东率部东渡黄河赴太行抗日前线，适逢天降鹅毛大雪，遂挥毫疾书，写下了气吞山河的《沁园春·雪》：

> 北国风光，千里冰封，万里雪飘。望长城内外，惟余莽莽；大河上下，顿失滔滔。山舞银蛇，原驰蜡象，欲与天公试比高。须晴日，看红装素裹，分外妖娆。

江山如此多娇，引无数英雄竞折腰。惜秦皇汉武，略输文采；唐宗宋祖，稍逊风骚。一代天骄，成吉思汗，只识弯弓射大雕。俱往矣，数风流人物，还看今朝。

该词纵横捭阖，气贯长虹，与《沁园春·长沙》遥相呼应。以"数风流人物，还看今朝"回答了"谁主沉浮"的感叹。上阕雄浑寥廓，描绘北国雪景；下阕气势恢宏，点评千古帝王。以崇高的革命情怀，呈现出非凡的境界。

《沁园春》，这曲千秋家国梦，是一首被无数以身许国的将相和位卑未敢忘忧国的文人，唱响了两千年的主旋律。有壮丽山河，有血泪和积郁，悲壮着雄浑与豪迈！

至此，沁园已不再是莽苍的田园，已进而为《沁园春》，成了理想、奋进、胜利的文化符号。

时光在陶山沉淀

弯弯的山道

1997年春上，我受命拜识陶山。

"陶山，距乡政府六公里，由十一个自然村组成，全村一百七十三户人家，全都散居于沟沟岔岔和山凹岭背。此处沟壑纵横，山岭光秃，怪石嶙峋，土地贫瘠。祖祖辈辈依山凿洞而居，靠天吃饭，过着日出而作、日落而息的呆板生活。家家门前有一孔水窖，靠雨天蓄水维持生计。

"一天，陶山被春天的气息所笼罩。山洞、岭头蓊郁着圪针、荆棘和野蒿的繁茂，间或有黄的、红的花朵点缀，偶有蝴蝶翻飞其间。山村窑洞前的空地上，黄狗、黑猪和老母鸡相继平卧在地上。乍看，呈懒散状。唯有楝树下拴着的灰驴站立着，稍低头，耳朵耷拉着，眼睑微合，全身毫无表情，似沉醉着品味那浓郁的苦楝树花香……其实不然，它们是在尽情享受春天那明媚阳光的沐浴，把整个山村映衬得无比静谧。"

这是 22 年前的一段文字，现在仍然依稀可见，仍然温馨，仍然可亲。主人公在这条山道上蹒跚的脚步，摇晃的身影，依然在眼前清晰着。他是残疾人陶晓宝，一位优秀的人民教师。

再次来到陶山，已物是人非。山村荒芜了不少，偶尔可见老人身影。童稚之欢呢？黄狗、肥猪、灰驴、老牛呢？手里一份资料上说，自山地退耕还林以来，村里的农具牲畜逐渐闲置、减少，庄稼把式没有了用武之地，年轻人纷纷外出打工，就连学生也到乡镇、市区上学了。据粗略统计，全村外出打工者超过 300 人，剩余年老体弱者在家留守。

陶山的确偏僻，自然条件恶劣，是典型的贫困村。为了扶贫，为了脱贫，为了让这样的山村能够摆脱千百年来穷困的折磨，自上而下一齐努力，什么政策扶贫、项目扶贫、产业扶贫，都是很好的措施，并且已经在桃山村开展实施。忽然有人发现，如此独特的地理位置与自然资源，何不开发旅游？

于是，我和作协几位朋友再次来到陶山。

多亏那方黄土

那天，我再次在陶山的肩膀上行走，行走在陶山的街头巷尾，突然发现，上天有恩，把高坡上的黄土搬运到贫瘠的陶山，造福一方民众。风调雨顺时，陶山峰顶瓜果飘香。

那，只是过去式。

那，只是望天收。

脚下的河流，从未顾及过山头的举动。有风无数次地刮过，麻荚圪针多情地撒一些叶子下去,顺水向东漂走。那些成串的黄花被称为野玫瑰,被风牵着频频点头。陶山多有不甘,眼看着咆哮在脚下的黄水骤然抬高,高到山的腰部。从未见过的清澈,这是原先的黄河吗?就在山头鸟瞰,一天内数十艘游船游走,汽笛声、欢乐声、歌声环绕着陶山,喊叫着黄河三峡的名字。耳旁嗡嗡的声音,是游人在三峡景区祈福撞钟。

陶山脚下几近四面环水,南面是黄河主河道八里峡,左手是龙凤峡,右手是孤山峡。本来是三面环水,不承想山脚北面一条深邃的后沟,是经年的雨水顺陶山而下冲刷而成的,连着孤山峡,被小浪底的水淹到鼻梁骨。正好留下鼻梁走车,不然陶山就成了孤岛。

陶山刚刚调整了村两委班子,支书陶建平和村委主任陶小强刚过而立之年,心气正旺。那日听到他们谈发展思路时眼中放着光,他们要在已成规模的核桃产业、花椒产业以及养殖业的基础上,盯准旅游,实现突破。

通向沟底那条石板路

有星月草木做证,那条通向沟底的石板路,连接着陶山外的世界。

穿过荒蛮的荆棘圪针,老槐树沧桑的面容没有半点表情。脚步、身影、勾担,挑着的水桶亮出优雅的舞姿。

20世纪90年代,政府出资,在陶山的制高点安装了水泵。小浪底库区有充足的水源,于是陶山村家家吃上了自来水。羊探峡那眼山泉冷落了，千百年陶山人走得光亮的山路荒芜了。那日我执意去打探，气喘吁吁到沟底，仍有清凌山泉涌流。陶山人用青石砌就的井台，高出水面五六十厘米。井台周围长满苔藓，有狼尾巴蒿在井口招摇，蛛网缠绕，不小心触了脸，随手抹去，便惊吓了井壁石缝一只褐色青蛙，扑通，落了水。

陶山这里视水如命。一条山路上演绎了多少属于陶山的世俗故事。拖到腰际的长辫在陶家姑娘的腰身上轻摆。张家的小伙儿机灵了，挑起水桶就走，老娘在窑洞里急了眼："水缸还满满的，你咋又去担水……"

上山，少说也有二里的山路，村子居住零散，不少住户挑一担水要走七八里的路程。

也许上天不忍心让陶山人为吃水付出如此艰辛，就有圪针荒草立马封锁了这段不忍回望的山路……直到开发旅游的今日，村里组织山民挥舞镰刀斧头，溜光的石板路方显露出昔日真容。

一棵大腿粗的桃树

那棵桃树，孤零零长在一座规整的窑院里。院里腐叶松软，有新芽拱出，到处散发霉腐之气。而桃树，约成人大腿粗细，刚被锯了头，像士兵在镇守。

人去窑空，院门窑门洞开。有人领前挥一小树枝，扫除当道的蛛网。一行人啧啧赞叹：这窑院青石券窑门，石头錾工精细。进得窑内，窑洞宽阔深远，足有 30 米进深。这是我见到的最阔大的窑洞。村里人说，这窑洞住了五代人，因地势好，土层厚，各代人都有扩修。到了第三代，家境更好，干脆再扩进深，请了当地最好的木匠、石匠，包括土工，开山采石，精雕细刻，硬生生修成如此坚固的窑洞。

盯着一块块阴凉的青石，顿时感觉到了家境的殷实源自主人的勤劳俭朴，陡生无尽敬意。

这里的窑洞早已在若干年前就闲置了下来，多是土窑，取了门框门板的更是不成了样子，有的随便存放些杂物如水缸、面瓮，抑或一根旧檩一张破桌等。当然了，随着社会的发展，淘汰窑洞是必然的，尽管人们总结说"冬暖夏凉"，有它的道理，也的确如此，但是那种湿潮的腻歪总让人不清爽。

当地全都建了楼房，前后大窗户，对流。

我看到陶山闲置下来的旧窑民居，还真有点儿留恋的感觉呢！站在窑院内，手在刚锯了头的桃树桩上抚摩。有人解释说，桃树长疯了，枝杈占满了院里的空间，以后来参观的人多了，碍事。

离开时，院墙根儿亮光一闪，一朵金黄的小花向我点头，啊！那是一朵蒲公英。这应是最后的坚守。能不能迎来春雨，我充满期待。

嘹亮的哨子声

小浪底北岸的五龙口深山区，生活着我国最北端的野生猕猴种群，计16群3000余只。它们成群结队，与人为伍，游戏于崇山丛林之中。每当游人走近，它们便会守候在山道旁，像迎接贵宾那样欢迎大家。怎么这般温顺可爱，先天的野性哪里去了？好奇心引导着我，我认识了一个人，了解了事情的真相。

——题记

认识猕猴

有谁知道，野生动物猕猴身上的野性有多少？

匡三傲知道。那是1995年冬季的一天，匡三傲踏着厚厚的积雪进山了。耳畔刮脸的山风狼嚎般鸣叫，让人徒增一种莫须有的胆寒。

突然，一个惊人的场景出现了：雪地上躺着一位老人！只见几只猕猴在一旁围坐着，一只老猴正拿着矿泉水瓶，朝躺着的老人嘴里喂水……尽管那是只空瓶，却顿时让匡三傲动容！

爹！爹！匡三傲用急迫而沙哑的声音唤醒了老人。忙着要背他下山的时候，老人从口袋里掏出一个带绳索的哨子，嘘——嘘——吹了两声，显出力不从心的虚弱，但还是引来了悬崖上、石缝中隐藏着的上百只猕猴。老人让匡三傲代他投放玉米等饲料，然后用一个手势说"过来"，旁边一只晃悠悠的小猴便走了来。小猴毛发凌乱，精神明显萎靡。老人从另一个口袋里掏出一个塑料袋，取出加工过的几块胡萝卜，伸手让小猴吃下，说："它肠胃不舒服。"然后将那只哨子抖索索地挂到了匡三傲的脖子上……

把家安到深山

已经半年了，山沟里没有了哨子声。

匡三傲把老人从医院接回南阳老家，陪老人走完人生最后一段路。正准备带上家眷起身，王屋山下当地政府再次派人来催促，说据山上的放羊人讲，一段时日里，满山的猕猴像失了魂魄一样无精打采，没了嬉闹声，没了应有的机灵，甚至有人给它们喂食也视而不见。它们一个挨一个坐在地下，长时间不动。是病了？就有人突然醒悟了说："猴和人一样有灵性，不见了老匡，它们难受啊！"

猕猴们为啥如此动情，和老人已有 10 多年的交情了！以前此沟曾被当地人称为"愁儿沟"！由于此沟自古就是晋豫两省的交通要道，商贾政要往来必经此地。野性十足的猕猴经常行凶拦路抢劫。如果行人褡裢里的干粮不及时拿出来，猴王会下令让"打手

们"一哄而上，不把褡裢翻个底朝天不罢休。你敢反击，便会招来大祸，迎来迅雷不及掩耳的猕猴的铁掌和利齿。

当行人将食物藏起来，猕猴抢劫不到时，会在迫切需要进食的关头怒不可遏，攀上壁立的悬崖，嘶鸣着搬起石头抛向空中。一猴抛，百猴应，倒霉的自然是行人了……人与猕猴的对立越发严重，枪响猴散的场景时有发生，是老人带着自己的儿子阻止了猎枪的再次响起。每到冬春季节，老人便来到沟里，随便抛撒些玉米、山芋、果皮，甚至草根……久而久之，猕猴们不再忍饥挨饿，能不回心转意吗？能不产生感情吗？

匡三傲背着铺盖，携着家眷进山了。那山在黄河小浪底北岸。

真诚相待

匡三傲心里清楚，要想取得猕猴的信任，就要真诚相待。

每当山沟里响起嘹亮的哨子声，必定会有玉米粒、大豆甚至红薯、萝卜头等美食。从冰雪寒冬，到料峭早春，再到酷暑炎夏，哨子声按时响起，从未间断。用匡三傲的话说，是按时开饭，是对猕猴的诚信。

猕猴是很有心计的。匡三傲数年如一日的真诚，早已感化了猕猴。无忧无虑的生活，让猕猴膘肥体壮。猕猴群落不断地壮大。起初每群几十只、上百只，今天每群200~300只。在这个区域内共有10多群2000余只猕猴，每个群落都有自己的猴王。猴王的地位是靠实力拼杀出来的，弱肉强食是自然界的规律。

根据匡三傲的观察，猴王每4年更换一次。每次更换猴王，都会拼杀得天昏地暗，血流遍地。这时匡三傲就会奖赏犒劳胜利者，就会拿出简单的西药片和家里祖传的土单验方以及随手采来的中草药，为拼杀中败下阵的"残兵败将"疗伤。

2001年深秋，匡三傲受伤了，是被受了重伤的二猴王咬伤的。本来二猴王年轻气盛，极具称王的实力，在连续闯关进入最后的决战阶段，对手有躲避之嫌。二猴王瞅准时机，连连进攻，满以为胜券在握，就忽视了防守，被对手伺机下了毒手，一口啃到要命的私处，震耳欲聋的惨叫宣布了失败，沦为群落中的第二位。

匡三傲看在眼里，在替二猴王惋惜的同时，赶忙给它包扎救治。岂料，二猴王把怨气一下子撒到了匡三傲身上，尖利的牙齿突然就咬透了匡三傲大腿的肌肉，顿时分不清血是匡三傲的血，还是二猴王的血……

哨声再次召唤来这群猕猴，已是一个月以后了。匡三傲的伤口基本痊愈，二猴王伤口已感染，正在恶化。匡三傲急在心里，生怕废了这只青春焕发的猴子，就再次给它救治。此时的二猴王，眼神里透出了无尽的忏悔。直至匡三傲消炎、除腐、缝合结束，它都乖卧着没再反抗。

不仅仅是美猴王

匡三傲说，这里两三千只猕猴，生活不是问题，担心的是每年不定时的疾病和防疫。

2004年8月的一天，匡三傲照常吹响了哨子，三声过后，山沟除了哨音的回声，没有猕猴的半点儿回应。坏了！匡三傲顿觉不妙！他带领自己的家人四处寻找。妻子说："这么大的区域，到哪儿找去？"匡三傲突然指着一个岔沟的深处，说："在那里！"根据他多年的经验，岔沟上空有几只老鸹（乌鸦）在鸣叫着盘旋。待近前，猕猴全部瘫卧在林丛中，眼神迷离，无精打采，有些还不住地咳嗽。

当时气候反常，猴群全部呼吸道感染！这么多年匡三傲没有放松过食物调理，经常用土单验方预防，不承想还会有如此大规模的感染。更令他吃惊的是，一连5群千余只猕猴全都如此。他一边向当地防疫部门通报，请专家会诊，一边请当地政府增派人手，购买大量药物、土豆、山楂、胡萝卜等。增派的人员每天支大锅烧开水，把大量的土豆、山楂、胡萝卜等煮熟，加上他自己调配的各种草药，引逗猕猴们吃，引逗猕猴们喝……一个月过后，猕猴恢复了健康，尽管有所损失，但已是不幸中的大幸了。

至于疫情，匡三傲说：今后不会再出现了。

的确，一连8年安然无恙。

2012年3月，突然又出现了哨声失灵的意外。匡三傲惊诧万分！原来猕猴得了急性肠胃炎，全部拉稀无力行走。上次的疫情预防住了，又出现新的疫情，这让匡三傲防不胜防。根据经验，他迅速调动人员支大锅熬中草药，胡萝卜、土豆、南瓜、水果……又是一月有余，人瘦了一圈。他兴奋地说：完全有了治疗的把握，那么严重的病情，几乎没有损失！

那天我又到山里采访匡三傲，他正在锅里煮着草药，然后捉住一只瘦弱的小猴在热气里熏，又用适度的药水浸泡。我问这小猴怎么了，他说小猴后半身得了风寒，弄不好会残疾。难怪小猴倒立着行走，匡三傲经常给它开小灶呢！

我好奇地问他，用了什么绝招，治好上千只猕猴的急性肠胃炎。他笑笑说：这个就不说了吧。我也笑笑说：家传秘方岂能外漏！

欢乐"愁儿沟"

在匡三傲20多年的精心调教下，昔日的愁儿沟，变成了王屋山下人和猕猴的欢乐谷。

现在，来王屋山五龙口猕猴自然保护区旅游观猴的人络绎不绝。猕猴展示给人的是与生俱来的机灵，这些给人们带来无尽的乐趣。

为了逗趣欢乐，人们不会忘记手中提着食物，如花生、爆米花或者苹果、饮料等。猕猴们就在大量的食物面前被诱惑出各种各样令人捧腹大笑的动作。人们幸福着、开心着，就把食物抛出去。

孩子们最投入，认为猕猴口渴了，哭闹着让爸妈给猕猴喝矿泉水、喝饮料。

"嘭!"猴子们像大人一样潇洒地开易拉罐的动作，惊得大人小孩满场喝彩。

大人说，猕猴真能。

小孩更是惊讶得目瞪口呆！

正在尽兴处，猕猴呼啦啦掉头跑掉。原来，那边哨声响起……

东沟的南坑

小浪底水域辽阔，无数的沟壑、山梁纵横出王屋山的深邃。水底的村落与窑洞被沉淀成历史。被文明的进程尘封，裸露出浮在水面的山尖、梁脊，昭示着曾经作为祖祖辈辈山民观日出看月落而起居劳作的坐标与参照。此时，月亮依然在山尖悬挂，然而没有了老牛的喘息、羊群的铃铛，却换成了黄河鲤摆尾的水声与银月辉映的涟漪。

在无数条山梁掩映下的深涧里，植被蓊郁，突然听到有犬吠鸡鸣，这是小浪底库区淹不到的地方。

沟的走向是自北向南。由于沟连接了王屋山和黄河，古人送了它一个儒雅的名字——青萝河。何为青萝，不得而知。难道是水面漂浮的青荷？还是湿地上婀娜的芦苇？或许都有吧！唐代诗人岑参曾在此结庐归隐，就居住在自己的青萝斋里。"早年家王屋，五别青萝春。安得还旧山，东溪垂钓纶。"岑参的这首诗，透露了他离开青萝河后的惦念之情。时至今日，东溪成了东沟。

东沟是青萝河畔的一个行政村，方圆 12 平方公里。河两岸像珍珠一样穿起十多个自然村，每个自然村正好是一个居民组。昔日弯弯的山道已被硬化，公路的畅通让这个山村走出了封闭。它掩映在绿色的树林里，沉醉在青萝斋深深的幽雅里，它历史的底蕴和人文的情怀时刻在召唤着世人。这不，环境和土壤以及独特的水分彰显了得天独厚的优势，千余人的村庄承接了800亩蔬菜制种的农活。科技部门说，这里谷幽泉清，水草丰茂，有大山作天然屏障，是种蔬菜的上佳之地。

春日，蜜蜂在各种金黄的蔬菜种花里翻飞。加上红的纱巾、绿的遮阳伞，还有柳枝一样蛮腰的造型和青萝瀑银铃般的笑声，汇成大山里的春光曲，打破了这里千年的沉寂。东沟人没有猝不及防，没有满足于每亩增加的2000元菜种收入，早已在半山腰的宽阔地带修了偌大的停车场，街头、路旁与老树下，有茶水摊、冷饮摊，也有土特产甚至小吃。山民说，每到双休日，我们就忙不过来了。

收完麦，东沟人就准备着收获菜种了。成串成串棒棒般丰盈的籽荚，在地中央戴着草帽的稻草人的呵护下，更加光彩照人。突然，青萝河那边传来激昂的欢呼声。原来，当地组织的垂钓大赛收官，捧起冠军杯的团队禁不住欢呼雀跃。

"走，看一棵古树去。"有熟悉的人提议。

沿青萝河顺流而下，村头便是红砂石砌起来的堰坝，清水绿波，飞瀑流湍，既方便引水灌溉，又增添了人文景观，难怪野鸭振翅兴奋呢！哗哗的流水，生生把坚硬的砂石犁出道道凹槽。凹槽里写满了世事变幻与人间冷暖。青萝河扭了一下腰，腰窝便有一道隐隐的石阶路，石阶上青苔龟裂，杂乱铺陈。当然，自来水已通到了农户，谁还来河边淘菜洗衣？

数十米的石阶路牵着小村，维系着村庄与河流的深情。

南坑村到了。我还没来得及思考村名的来历，已站在了精美的农家院外。此宅建筑的造型设计完全城市化，墙体粉刷讲究，高高的门楼上雕刻有"紫气东来"四个大字。相比之下，这在不足200人的南坑村出类拔萃。更可喜的是，门外一方田园，挂满了杏、李与蟠桃，果实红艳，令人垂涎。突然宅门打开，闪出一靓丽少妇，见我们赞不绝口，就热情地招呼我们进家里坐坐。门道口全自动洗衣机正在嗡嗡地工作，墙壁上下装着空调。顷刻，主人从屋里端出一盆金灿灿的黄杏，说："尝尝，我家杏多，全放在冰箱里，吃不完。"

"听说村里有一棵古树?"我随口问。

"就在我家屋后，空树，没啥好看的。"少妇无所谓的样子。

哇! 皂荚树! 像一把绿色大伞，正好占有着村中的一块空地，与四周的民房保持了应有的距离。这场景，应该是村里的活动中心……此时，有人已粗略丈量了树围达4米。我看看树身，确实中间有个大洞，空了。一旁的石凳上，几位大婶带着小孩在悠闲地闲聊。我走过去搭讪："这树有多少年了?""说不了，老人们说有500年，以前供全村人洗衣服。"我又看看通往青萝河的那段石阶路，眼前仿佛晃动着农妇手扬棒槌的身影，皂荚砸碎了裹在粗布里，梆梆梆的捶布声在耳畔回荡……

霎时，那位少妇拿着手机急匆匆过来，对坐着的妇女们说："这月电费下来了，我家最高，96元。""我家多少?"少妇触摸着手机屏："80，三嫂家65。""……家电多，降不下来，反正没有浪费。"

一番话，让我震惊，和城里的消费基本接近！

我的眼前恍惚了，仿佛看到古老的皂荚树散发出一抹绚丽的亮光，在青萝河的上空闪烁……

秋的色彩

一切都在倒影里。

"啪！"面前的地下爆了一颗红色"炸弹"，没有烟雾腾起，没有弹片飞扬，鲜红的柿子酱分散开去，蘑菇一样的造型。金黄？橘黄？抑或金红？鲜红？男人看看那坨红，把眼光移向柿树梢，蓝天里那只东张西望的喜鹊，正在怨恨自己把嘴伸得太深，触动了柿蒂。男人不去管那么多怨恨与惋惜，他知道，不像从前，村里人会把柿子树摘得干干净净。现在村子空落落的，年轻人仍然进城打工，儿童入学仍然向往城市。村里多是留守老人，重体力活儿干不动，整日扫扫大街、铲铲杂草什么的，没事了三三两两在活动中心晒太阳，眯着眼，看蓝天白云。有人说：那日我亲眼所见，小浪底的鱼飞进云朵里了。

男人是两头兼顾着生活的，对这一片山地有感情。闲时进城打零工，忙了就回来突击农活。这地里的红薯，他自己也吃不了多少，年轻时吃伤了，现在一吃就烧心。都是为了孩子们，这个说，爸爸你种点红薯；那个说，种点红薯吃稀罕。这不，干活时没人回来，反而给了几条编织袋，说给单位同事带一点。我们领导家不在农村，他全家特爱吃红薯。

男人扭头看看女人，满树的红柿，咱们摘一些吧？说着将眼光又瞟向了高处。女人直一下腰，手没有停下，说：不费那事，红透了，让喜鹊吃吧。

两人都不再说话。好半天男人略有所思地说：的确，大雁已飞走快一个月了吧！

与大雁有关，因为这棵柿树的品种叫"雁过红"。大雁南飞时，正是采摘柿子的最佳时期。在小浪底北岸的王屋山，秋的红色，比如尖椒，比如鸡冠花，比如红菊、一串红、西番莲等，这些红，除了尖椒播种成片，蔚为壮观以外，其余都不是成片的，而是零星地散布，有的在田野地边，有的在庭院墙角。

这些红色里，尖椒最夺人眼球。不是它的张扬，不是它不留情面的辛辣刺激，而是它的晾晒。洁净的路面，用几根木杆抑或石块一挡，避免车辆碾压就行，这条路就涂上了丰收的"中国红"。如果庭院里没有树木遮挡阳光，地下打扫净了，红色的亮光，硬生生吸引门外行人的眼睛。更精彩的，圆圆的大小规格的笸箩以及长凳子上架起来的苇箔，全摊满了尖椒，像艺术品，引得无数相机、手机咔咔嚓嚓拍照。更有投入者想让大娘（主人）进入画面，大娘见得多了，一个微笑应允，然后扭身进了屋子。大娘一会儿出来，惊得来人大呼小叫：太棒了，太棒了！大娘您好样的。原来大娘头上裹了条深色毛巾。大娘只管用手里的一个微小的耙子翻动尖椒。大家无数次地转换角度，在闪光灯的明灭里，把红色的秋天拍够，方才依依惜别。

晾晒后的尖椒大多数卖给了食品加工厂，留下少许就足够自家加工食用了。首先需要爆炒一些黄豆、芝麻、花生、核桃，再削几个个儿大的沙滩酥梨，一并放进门口的石碓臼，先是慢慢捣碎，避免它们不老实跳出来，捣黏糊了，方才使劲捣碎。什么时候黏稠到香味扑鼻，红里透亮，就加工成了。瓷瓮、瓷坛、塑料瓶、玻璃杯等器具，全装满了，就等着孩子们星期天回来一个个拿走。

这秋天，还真是红到家，红到心里了！

鸡冠花的零星闪烁，也是很有特色的点缀。不经意间就在墙角田头出现了，四十到八十厘米的高度，那种手掌大小出现皱褶的鲜红的鸡冠花，肉嘟嘟的，形似鸡冠，或为穗状、卷冠状。顶端呈鸡冠状的部分，全是线状的绒毛，即使未开放的小花，颜色也极为喧闹，多为深红色，很是富态。其实它有很好的药用价值，鸡冠花清热止血，主治赤痢、便血、崩漏等症。

鸡冠花作为装点秋色的草本花卉，早已得到文人的盛赞。唐代诗人罗邺《鸡冠花》云："一枝秾艳对秋光，露滴风摇倚砌傍。晓景乍看何处似，谢家新染紫罗裳。"秋高气爽，诗人在庭院漫步，只见阶旁一株红艳的鸡冠花披着晶莹的朝露向太阳微笑。透过薄雾后的霞光，恍惚中那花突然变成一个翩翩起舞的美人，那容貌，那柔媚的身姿，是谁呢？诗人采用拟人手法，借助想象，写出了鸡冠花富丽的色彩、身姿给人带来的美感。

在小浪底土生土长的我，总爱盘点各种植物斑斓的颜色。如果细化，有红、黄、绿、白等色彩，那才真正是五彩缤纷的小浪底。

红

黄栌。

秋天的小浪底，最美丽的风景莫过于黄栌了，坚挺的叶柄举起圆润的叶子，黄里透红的颜色，将原本清丽的秋光装扮得热闹起来。有不少地方的黄栌成集约的阵势，包围并燃烧着数道山梁与峰峦，那种规模不是一个壮观能形容得了的。因此，黄栌的红在王屋山呈红色的主色调，怎不令人期待？

黄栌，落叶小乔木或灌木，树冠圆形，高 3~5 米，木质通体黄色，因此称其黄栌。单叶互生，叶片呈卵圆形或倒卵形，叶面脉络清晰，光泽可鉴，叶柄细长，韧力强，不易折断。圆锥花序疏松，花蕊细小呈羽状长柔毛。核果小粒，干燥，肾形扁平，果皮薄，不开裂。花期 5~6 月，果期 7~8 月。黄栌属于阳光植物，喜光，也耐半阴，耐寒，耐干旱瘠薄和碱性土壤。不耐水湿，宜植于土层深厚、肥沃而排水良好的砂质壤土中。秋季当昼夜温差接近10℃时，叶色变红。让你想象不到叶子如熊熊烈焰，上千米的距离，就会让你感到热烈的温度，直至把你熏染得面红耳赤，激情燃烧。这时的黄栌叶，方才在自然的秋风里，得意地向你频频点头。

那天我带着刚上二年级的孙女去观赏，感叹之余，一不留神孙女就没影了，后来孙女在红叶掩映中出现，红色的脸膛，欣喜激动的表情，手里举起一束艺术的火焰，高喊着：爷爷，我有了红色的书签！

噢！自然天成，足够精美！

早已约好要去王屋山观赏红叶的。

其实我已观赏过红叶了，那是在香山，燃烧的红叶曾令我陶醉。当迎接我们的王屋山朋友说出"王屋山的红叶才是真正的红叶"时，我漫不经心的微笑里就有几分矜持和疑虑。到了阳台宫，让我景区朋友此话不谬。

车盘旋而行，越往山的深处，窗外已见不着蓝天，叶片时而掠窗，时而远移，越来越红亮，越来越美丽。当同行者的赞叹已啧啧连声时，我听到的却总是这样一句话：真正的红叶还在前面哩！果然，车到千年银杏树旁，便感觉进入了红浪翻滚的火海。山顶、山腹、崖际、谷底、溪畔，一簇簇，一团团、一串串、一片片，似火在烧，似旗在飘。这是王屋山？生于斯长于斯的我怎么就不相信、不认识了呢？

形圆、柄长、红得鲜亮、红得彻底、红得深沉的是黄栌叶；秀美、有棱角、脉络清晰而红得热烈的是五角枫；沟谷中多是槭树、黄栋树；崖壁上攀缘着的是顽强的爬山虎；那山崖高处的是栎树，叶片经霜，红的深红，黄的橙黄，绿的墨绿，红绿相间，色彩斑斓，光怪陆离。

最绝最妙是身临红叶丛中，置身红叶下，满世界的红，脚下是轻微脆响的多年积叶，或坐，或躺，最自由的全身放松的体验。不知不觉间，手中已采撷了各种形状、各种颜色的叶子，甚至摘下了整个枝条。

当你看到十分鲜亮的一片，三两步跑到树下摘下后，前面又出现更美丽的了。你已跑得满头大汗，见到的，仍是无边的红色波涛，一浪一浪地涌向天际。追逐吧，前边的更加美丽！于是就登上了海拔一千七百余米的天坛峰。登高望远，一览众山小。群山逶迤磅礴，千峰万壑皆红霞。难怪风景名胜专家评价说，如果说王屋山的红叶是个大花园，那么香山红叶只是花园中的几朵花。

我猛地回想起唐代大诗人白居易游王屋山的诗句："霜降山水清，王屋十月时。石泉碧漾漾，岩树红离离。"至此，俗世的纷扰顿时远去，全然无存。难怪传说中的轩辕黄帝曾在此设坛祭天！好一块净地！试问：王屋山方圆五百里的红叶是被那鼎沸的香火染红的吗？在天坛峰，你根本用不着带酒，那旷达，那清风，那红浪，足足能教你酩酊连年！待醒来，才真正领悟到回归自然的妙处。

啊！怎能不怀念你呢，王屋山的红叶！

枫树。

枫树，落叶乔木，春季开花，多为颗粒状，黄褐、红色。枫叶为掌状，长 10 厘米左右，秋季变为黄色，渐至橙色，最终红色。枫树的木材可用于建筑、乐器、雕塑等。目前城市栽植较多，作为绿化观赏树种。

小浪底的秋天，最火红的风景莫过于枫叶了。艳红的枫叶，炫耀到让你不相信自己的眼睛。难怪杜牧的《山行》如此脍炙人口："远上寒山石径斜，白云生处有人家。停车坐爱枫林晚，霜叶红于二月花。"

大自然真是天生的颜色调配师，蓝天的蓝，白云的白，霜叶的红，如此色相的对比，怎不炫人耳目？怎不振奋人心？而这种大自然的神来之笔，正中诗人杜牧之怀。"寒山""石径""白云""人家""霜叶"，由"上寒山""停车"的诗人串联起来，构成一幅秋山图。

于是，杜牧就成了秋枫的代言人。

在小浪底，枫树虽然没有呈枫林的规模，只是零星的点缀，也丝毫没有影响如"二月花"的艳丽。王屋山五斗峰下的前堂村，是大自然的一个硕大的调色板。枫树点缀其间，就明显增加了生动。叶形有五角的，也有三角的，我们通常说的五角枫，居多。

在明珠岛，那是一个几乎四面环水的岛屿，与大陆连接处呈勺子形。称它明珠岛，的确是小浪底库区的一颗明珠。黄河本来自西向东，因为它，只好南环而绕行。明珠岛的所有植物因黄河格外旺盛，美味的水果成为当地特产。在此基础上，近年来人工栽植了大量的观赏树种——枫树，一时间便增添了小浪底无尽的秋色，把明珠岛染得艳丽无比。

红果树。

红果树，当地人称山楂树，俗名山里红。蔷薇科落叶小乔木，高达 10 米。枝条密集，叶卵形，长 5～10 厘米，花瓣近圆形，紫红色，花期 5～6 月，果期 9～10 月。红果树喜阳光及温暖气候，耐瘠薄干旱。多生长在山坡、路旁及灌木丛中。

红果之所以称红果，是因为它鲜艳的色泽。它的果，像一把伞呈半张开的姿态，一嘟噜有五至十颗。树冠，深沉的红色，炫目而美丽。

红果不仅仅是人们爱吃的水果，也是一味常用的中药。中医认为，山楂味酸、甘，微温，具有开胃消食、活血化瘀、收敛止痢等功效。现代研究发现，红果对心血管病有较佳疗效，可用于治疗高血压、高血脂、冠心病等。另外，山楂对疝气、腹泻、经闭、腹痛及肝炎等，也有较好的辅助治疗作用。在当地政府的引领下，王屋山的民众大面积栽植红果树，山梁、沟背、梯田，秋季全成了红色的海洋，很是壮观。红果的销路指靠着新建起来的一家红果加工厂，多么好的得天独厚的条件啊！有原料基地，有生产加工，做好经营管理和营销就行了。然而，产业发展不太理想，民众怨声载道，几年光景，大面积的红果树被砍伐掉。

今天看到的，沟沟岔岔、路旁及灌木丛中的红果树，仍然散发出沉稳的红光。

柿树。

柿子树是落叶乔木，品种很多，小浪底常见的有大板圆、牛心柿、小火锅、磨盘柿、雁过红等。柿树的叶子是椭圆形或倒卵形，背面有绒毛，花是黄白色，像草帽形状。柿子扁圆或圆锥形，橙黄色或红色。柿树的木材是上好的木料，质地坚硬，当地常用来做案板。自20世纪90年代始，利用它做高尔夫球杆的杆头，很受欢迎。柿树是太行、王屋二山贫瘠山区的代表树种，高可达15米，树干直，树冠庞大。多生长在山坡、岭头、路畔等撂荒之地。柿树有一年种、百年收的美誉，树龄可达300年，而且生长期间一般不需浇水、施肥，它的耐干旱的能力是其他树种不可比拟的。柿子不但营养丰富，而且有较高的药用价值。生柿能清热解毒，是降压止血的良药，对治疗高血压、痔疮出血、便秘有良好的疗效。柿叶在日本更是大受推崇，以此制成的柿叶茶，含有大量人体必需的维生素，很受欢迎。

红皮榆。

榆树是小浪底北岸极为普通的树种，属落叶乔木，高可达30米。树干直，树冠近球形或卵形，叶子细碎，单叶互生，边缘锯齿形状。树皮深灰色，粗糙，不规则纵裂。榆树喜光，耐旱，耐寒，耐瘠薄，不择土壤，适应性很强。春季结出一嘟噜一嘟噜的榆钱，在饥荒之年，是一种救人性命的充饥食粮。

红皮榆，是榆树的一个种类，和普通榆树的区别就在于颜色。红皮榆树皮不像榆树那么粗糙，红而细腻，像鱼鳞片一样，但容易翘起。秋季叶子呈火炬般燃烧，能烧红人的眼睛和面颊，能勾住人的魂魄，让你情不自禁地感叹说：绝了！绝了！

这一奇观是在王屋山的前堂村发现的。这些年这种树有不少的培育和移栽，于是城市绿化区、景点、道路两旁等，经常可以见到红皮榆的身姿。

榆树材质坚硬，农村多用来做建筑材料。20世纪修建房屋，能用榆木做大梁、二梁、檩、椽甚至门窗料的，必定是财大气粗之家。

黄

小浪底随处可见招摇的黄花，如满山的野菊，一年生草本植物。我发现黄色的菊中，有一种是低矮的，二三十厘米，一枝一花，多长在悬崖石缝或崖畔，风一吹，一晃一晃地耀眼。这种菊可制成上好的凉茶，清凉解暑明目。每到秋末，能见到很多山民背个长杆，杆上有镰刀或剪刀，在悬崖上采摘。山民采摘不全是自己饮用，一是送亲朋好友，二是受人之托，卖些零花钱。所托之人多是二道贩子，开一辆三轮车在山里转悠。尽管每斤付给山民二三十元，他自己还有对半的利润。

小浪底的黄花还有很多，比如迎春花、连翘、黄刺玫等，漫山遍野，这里不作叙述。

银杏树。

银杏树早年在小浪底是稀有树种，只有王屋山深处有一棵千年银杏王，古树专家鉴定它已有1400年的树龄。

银杏树的果实俗称白果，因此银杏树又名白果树。银杏树生长较慢，寿命极长，自然条件下从栽种到结银杏果要二十多年，四十年后才能大量结果，因此又有人把它称作"公孙树"，银杏树是树中的老寿星，具有观赏、经济和药用价值。

今天的小浪底，已有很多银杏树，每到秋季，成了满域尽披黄金甲。它的金黄，是黄金般纯粹的黄，骨子里的高贵是造物主的恩赐。银杏树动辄上百年、上千年，不愧为植物中的活化石。

有人说王屋山是个谜，而王屋山的这棵千年银杏树则是谜中之谜了。

我不敢姑妄称它为树，从没见到过这样大的树，怕称它为树

黄河的第三条岸

是一种对它的亵渎，好在它从不埋怨责怪。

初见它是在几年前。沿当年轩辕黄帝上天坛峰祭天的山道前行，一路曲曲折折，山势险奇峻峭。忽有人惊讶指点："看！银杏树！"当时已秋末，它的叶片金黄金黄。于近处，自己生生地看成了个痴呆相，只剩下被勾走了魂的躯壳。你死活也不会相信，它怎么就长这么大！

站在树冠下，抬头已见不着蓝天，树干上斑驳的裂纹，记载了它的沧桑。忽然就感觉出自己的笨拙来，自己在它面前显得异常渺小而可怜，可能是它太伟岸了吧！走出它的华盖，于百米远处看它，树冠像一座山包，端直的株干，蓬勃茂密的枝条，青绿中泛着黄色的折扇形小叶片，那么的精巧。

那是个没有月亮的夜，天空满缀着耀眼的星星，大山被黑暗隐却了轮廓，露出暗灰的苍茫。我歇息在距树三百米的清隐居，眼前总出现银杏树的身影，于是摸索着来到它的身边。此时的银杏树生出阴森森的感觉来，使自己一时无所适从，脑子里成了空落落的一片。许久后顿悟，在它面前，不允许人有半点的隐私与诡诈。千年银杏树的超然大度，让你感觉没趣儿，自惭形秽。

我读懂了，心里豁然亮堂了起来，那晚觉睡得十分甜美。

桑树。

桑树属落叶乔木，喜光，根系发达，生命力极其旺盛，在中国南北方都能生长。

桑树还是一种长寿树种，经千年而能正常结果。更令人称奇的是桑树没有大小年，进入产果期后年年都是盛产。即便是千年老树，依然年年硕果累累。

桑树木材细密坚韧，可以制作弓以及多种民族乐器。

桑树具有较好的药用价值，桑叶、桑皮、桑根都可以入药。桑叶主要用于治疗风热感冒、头疼、咳嗽，还可用于清肺等。桑根常常用于治疗惊痫、目赤、牙疼、筋骨疼痛等。桑皮具有泻肺平喘、利水消肿的功效，可以用来治疗肺热喘痰、小便不利等。

桑树的果子，即桑葚，味道酸甜，汁液多，口感较好，有极好的营养价值。此外，桑葚还可以用来酿酒，加工成果汁等。

在小浪底，真正让人领教了桑树的生命力强大。凡在淹没区内，杨树、榆树、柿树、椿树、槐树包括荆棘、圪针、藤蔓以及各种杂草，全在水下窒息死亡。第二年看到枝上发芽的，除了柳树，另外无疑就是桑树了。

杨树。

杨树在小浪底是再平常不过的树种了，因生长迅速，高大挺拔，树冠有昂扬之势，有"穿天杨"之称。

杨树为落叶乔木，树干通直，树皮光滑或纵裂，常为灰白色。杨树叶的形状为卵形。

杨树通常被分为白杨派、青杨派、黑杨派、胡杨派、大叶杨派五大派系。小浪底王屋山一带多为白杨，树干大多呈灰白色。杨树的树干都很笔直，树皮表面很光滑，高度可达30米甚至更高。

杨树不太讲究生存条件，哪里有黄土，哪里就可生存。土壤里还透着冰碴，春风中还夹带着寒意，她的枝头已经冒出翠绿的嫩芽。她的每一片嫩芽，每一片叶子都是努力向上的，绝不弯腰媚俗。秋风里，白杨树虽然脱尽了叶子，单薄的枝条依然透着精气，枝干向上，高昂着头。严冬里，她迎着刀霜雪剑，依然伫立在寒冷的黄土地上，傲骨铮铮。在一年四季里，给黄土地增几分生动和美丽。

栎树。

栎树为落叶或常绿乔木，少数为灌木。高可达 25 米。树皮灰褐色，斑驳有裂缝，粗糙。

栎树多生长在山坡、石缝以及丘陵地带。树叶在秋季落叶前会变黄色或红褐色。近年来栎树开始成为景观树种。

栎树还可以培养木耳、香菇等多种食用菌。栎树材质坚硬，是制造车船、农具、地板、室内装饰等的普遍用材。

王屋山的主要树种就是栎树，覆盖了大面积的山体，每到秋末冬临，黄色就成了主色调。栎树的粗犷还真有王屋山和小浪底的秉性！

椿树。

椿树一般指的是臭椿树。香椿和臭椿的区别很明显。首先是外观不同。臭椿树干表面光滑，灰青色，没有明显裂缝；香椿树干较为粗糙，颜色在青灰色基础上呈现暗红，也有摆脱青灰色直接呈暗红色的，被称为红香椿或红油香椿。其次是味道不同。臭椿叶子有刺鼻的异味，是无法接受的怪异味；香椿叶子浓香，很受人欢迎。

香椿不仅味道鲜美，而且营养价值很高，并具有食疗作用等。

关于香椿的外观区别，有这样一个传说。传说在很久以前，有个皇帝外出打猎，为了追一头野猪，在深山里跑迷了方向。眼看日落西山，皇帝又累又饿，抬头见山坳有一猎户人家，就和卫士一起敲开柴门，想讨顿饭吃。主人一看来人非同寻常，不敢怠慢，可家里没什么好吃的啊！这时家里主妇让当家的到房后山坡上摘了些香椿嫩芽，精心做了一盘香椿炒鸡蛋。皇上吃了，连声叫好，说在皇宫这么多年，从未吃过这种菜，遂追问这个食材和做法。主妇告之，皇帝龙颜大悦，立即决定封香椿树为"树王"。皇上题了个字牌，命卫士挂到香椿树上。卫士哪里认识香椿和臭椿啊，结果就挂到臭椿树上了。臭椿树昂起头很是骄傲，旁边的香椿树见自己的功劳被臭椿树抢得，十分气愤，立马树皮就炸裂了，从此香椿树就有了龟裂的树皮。

绿

崖柏。

这里的崖柏，指生长在悬崖上的柏树。

当然，这种说法对不对，没有请教专家，仅仅是从字面上理解。

我曾指着近百米高悬崖上一棵崖柏问：那棵胳膊差不多粗细的崖柏有多少年了？年已七旬的老羊倌说：不比牛腿细。打我记事起，看它就是这种老样，没有变化。

话语的模棱两可就像崖柏年龄的模糊，没人能够准确定义。

崖柏宁死不屈，宁死不倒，宁倒不腐，不屈不挠、坚韧不拔的精神，这是我们需要学习的。可惜的是，近十年内，一些人为了金钱，铤而走险，太行山崖柏遭到了毁灭性的破坏。

红豆杉。

红豆杉，又名紫杉，常绿乔木。

红豆杉属浅根植物，其主根不明显、侧根发达，是世界上公认濒临灭绝的天然珍稀抗癌植物。

小浪底红豆杉也是屈指可数的，只有在山的深处偶尔可以看见。让人意想不到的是，王屋山竟珍藏着一棵1300年树龄的红豆杉。初次看见，给你一种强大的震撼，让你一时语塞，只有默默仰望，这就是红豆杉？

这是红豆杉，是1300年树龄的王屋山红豆杉！

我在距它50米开外的沟壑里观望，约20米左右的树高，树干需二人合围，树冠直径在20米的范围内。这是继千年银杏树之外的更大惊喜。可惜的是，由于山高沟深异常闭塞，人们没有对它进行保养，它的树干出现了一个人可进出的大缝。山民在树旁耕种，秸秆、豆秧、麦秸之类的柴草随意堆放，着过几次火，树干的空心内壁已染成黑色。树干表皮有刀痕。询问山民方知，着火是在冬季，在树下烤火取暖，为了避风，火生在树洞里，人在洞口取暖，就把内壁烧成黑色。表皮的刀痕，是百里之外沁阳的一位老中医所为，剥一次皮，能配好多服中药呢。利益啊！

我大为震惊，思索再三，决定用自己微薄之力，呼吁社会关注，尽快保护这棵无价之宝。

在巨大的社会舆论之下，保护名木古树已成为共识。通过林业部门实地考察，聘请业内专家会诊，拿出了行之有效的措施，从需用什么营养液，到调剂勾兑填充物，再到树冠下土壤保持、安装隔离护栏等，措施得力。毕竟，林业部门是专业的。

这棵红豆杉，已成为王屋山一处亮丽风景。

女贞树。

女贞属木樨科，常绿灌木或乔木。

女贞在王屋山一带大量栽植，掐指算也就是二三十年的光景。以前的传统树种里，常绿的乔木屈指可数，除了柏树，还真没有能够在冬季里可以看到的。女贞的引进，让冬天增加了绿意。

女贞树的外观姿容以及秉性，可以用《本草纲目》中的一句话来概括："此木凌冬青翠，有贞守之操，故以贞女状之。"树木之中，大概再也找不到如此深富含义的树名了！

关于女贞子有这样一个传说。从前有个善良的姑娘叫贞子，嫁给一个本分的农夫。两人都没了爹娘，同命相怜，十分恩爱地过日子。婚后不到三个月，丈夫便被抓去当兵，任凭贞子哭闹求情，丈夫还是一步三回头地被强行带走了。丈夫一走就是三年，音信全无。贞子一人整日里哭泣不已，总盼着丈夫能早日归来。可是有一天，同村一个当兵的逃了回来，带回来她丈夫已战死的噩耗。贞子当即昏死过去。乡亲们把她救过来后，她还是一连几天不吃不喝，寻死觅活。最后有个邻家二姐劝慰她，说那捎来的信或许不真，才让她勉强挺了过来。这一打击却让她本来消瘦的身体更加虚弱，这样过了半年，她最终还是病倒了。

临死前，贞子睁开眼，拉着二姐的手说："好姐姐，我没父母，没儿女，求你给我办件事。"二姐含泪点头。"我死后，在我坟前栽棵女贞树吧。万一他活着回来，这树就代表了我永远不变的心意。"贞子死后，二姐按她的遗言做了，几年后女贞树枝繁叶茂。

果然有一天，贞子的丈夫回来了。二姐把贞子生前的情形讲了一遍，并带他到坟前。他抱住女贞树哭得天昏地暗，泪水洇湿了树下的黄土。此后，他因伤心过度，患上了头晕目眩的病。

说来也怪，那棵女贞树不久竟开出了浅白色的花，还结了许多紫色果子。乡亲们都很惊奇，议论纷纷，有的说树成仙了，吃了这果子，人也一定能成仙。贞子的丈夫听了怦然心动，心想：吃了果子，如果成仙，就可以和爱妻见面了。他于是摘下果子就吃，可吃了几天，没有成仙，更没见到贞子，头晕目眩的病却日渐好转，没几日便痊愈了。

就这样，女贞树的果子的药性被发现，能补阴益肝肾，很受人们青睐。

冬青。

冬青属常绿乔木，叶革质。果实椭圆形，红色。

在我国主要分布于长江流域以南各省区，喜温暖气候，有一定耐寒力。适生于肥沃湿润、排水良好的酸性土壤。较耐阴湿，萌芽力强，耐修剪。常生于山坡的杂木林中。由于它适应性强、四季常青，城市和乡村绿化随处可见它葱郁的身姿。

冬青移栽成活率高，是园林绿化的首选。由于其本身青翠油亮，生长旺盛，观赏价值高，宜在草坪上、门庭、墙边、园道两侧种植，或散植于叠石、小丘之上。根据不同的绿化需求，进行平剪或修剪成球形、圆锥形，以美的形式装扮自然环境，让人赏心悦目。

冬青的种子及树皮可供药用，为强壮剂；叶有清热解毒作用，可治气管炎和烧伤烫伤等。

竹。

小浪底的竹只是零星的存在。

小浪底冬季相对寒冷，南方多数竹子是不适应的，我们常见的仅有毛竹和青竹。发现竹竿由青色变黄色的，多为毛竹。竹竿自始至终都是青绿色，那无疑就是青竹了。

小浪底大面积网箱养鱼，每个网箱都是用粗壮的毛竹做浮漂，在一根绳子的连接下，一排排漂浮，像水上田园，很是规整。

在我国的传统文化中，竹子的坚韧象征着中华民族坚韧不拔的性格；竹是中空虚心，象征君子淡泊高雅的志趣，引起了诸多文人墨客的喜爱。

白

芦苇。

在小浪底，沟尾、浅滩、岸畔，都有芦苇成片的身影。它常以惊人的繁殖能力，形成浩浩荡荡的芦苇丛。芦苇根茎发达，高 1~3 米。芦苇的叶细长，顶端渐尖成锥形。芦苇的花，长 20~40 厘米，在风的吹拂下，旗帜一样飘扬。

芦苇是高纤维植物，是造纸的上好原料。芦苇还可以编织成苇箔、苇席、苇筐、苇篦等。芦苇茎内的薄膜，做笛子的笛膜，音色奇佳。芦苇根部可入药，有利尿、解毒等功能。

古往今来，芦苇多进入文学作品中，文人通过芦苇来抒发春去秋来的时序情感及相思之情。

于此，记起《诗经》中的《蒹葭》：

> 蒹葭苍苍，白露为霜。所谓伊人，在水一方。

记起唐·司空曙《江村即事》：

> 钓罢归来不系船，江村月落正堪眠。
> 纵然一夜风吹去，只在芦花浅水边。

菅芒。

菅芒，多年生草本植物。菅芒不太讲究生存环境，山坡上、道路边、溪流渠畔以及各处撂荒地极为常见。当然，在潮湿又向阳的地方生长尤为茂盛。菅芒秋季开花，茎部嫩心可作食用。

在儿时的记忆中，菅芒不叫菅芒，叫菅菅（尖尖）。当嫩叶包裹着新芽挺起大肚时，里边还是嫩嫩的软体，用手捏牢，使劲往上一拽，"咯吱"一声，像在农田抽蒜薹一样，嫩嫩的一截会从中拔出，白亮亮的嫩。这个白嫩的东西有 10 厘米长短，接近筷子的粗细，叫作"芒涨涨"，直接送进嘴里咀嚼，甜而有汁，很是爽口。当时吃得很尽兴。因为那时候缺粮食，肚子饿啊！

吃"芒涨涨"是有时令性的，只有秋天几天的时间，早了青嫩，无节拔不出来，迟了里边长老，发白像棉花。菅芒的根一年四季都能吃，细长，白色，有骨节。我们挑选叶子粗壮而高的菅芒，下边根系必然发达，一般的有 20～30 厘米长，个别的 40～50 厘米。每每挖到筷子一样细长的家伙，会激动得让人嗷嗷叫，拿在手里炫耀半天。菅芒的根白嫩清脆，骨节处可齐齐折断，关键是含有足够的糖分，水分也足，咀嚼一节就会听到咕咚一声咽糖汁的声音。它如果能长得粗一些，不比甘蔗差。当然，是说它的糖分和水分。咀嚼后吐出的渣没有甘蔗那么多。

儿时挖菅菅吃，那是填饱饥肠辘辘肚子的最好办法。那是 20 世纪的五六十年代。不巧的是，菅芒根的汁液吃多了胀肚。那次虎蛋妈找到我家问，你们今天吃多少尖尖？虎蛋在家不能吃饭，肚胀得像拨浪鼓一样。你的肚胀不胀？我说，不胀啊！那俺虎蛋的肚是咋了！

我奶奶听了赶紧劝她说，肚要是不疼，你就给孩儿揉揉。那是吃得多了，不要紧。虎蛋妈扭身走了。

小浪底的秋季，霜改变了植物叶子的颜色，在红、黄、绿色彩之外，在深秋的河床或山坡，总有一大片一大片被冷冽的朔风掀起，如飞雪般洁净的白色菅芒花浪。许多人都误以为这些菅芒是芦苇，其实大错特错。芦苇花在秋天看起来是多少有点暗淡的褐色，其美丽无法和纯白的菅芒花相比。

小浪底的秋是多彩的，是立体的，还有很多色彩很多内容都值得写，又怕有照搬自然的嫌疑，于是就匆匆打住。

舟行济水

寻迹济水

济水，古代曾经与长江、黄河、淮河齐名，是古"四渎"之一。从春秋时期开始，济水就受到先民们的祭拜。历经数千年沧桑巨变，济水早已失去了它昔日的英姿。在济水源头的济源，它已蜕变成为一条浅浅窄窄的小河，灌溉不足万亩。然而，济水留下的历史遗迹和文化遗产，不但证实着它的存在，而且记述着它昔日的辉煌。

济渎庙坐落在济水源头，它的存在让一个两千人口的村庄命名为庙街村。济渎庙是奉诏而建的祭祀济水的圣殿，其建筑群落之宏大、内涵之丰富，超过了长江、黄河、淮河沿岸所有祭祀水的庙宇。济源因济水发源而得名，济水下游的济南、济阳、济宁，都因济水而得名。《禹贡》《水经注》等重要典籍中，都可以找到济水的记载。魏文帝、唐太宗、宋徽宗、明太祖、清乾隆都为济水修过祭文，下过诏书，褒扬济水之德，祈求水神护佑国家平安。孔

子、孟子、墨子、孙武、管仲、李清照、蒲松龄，这些是济水流域出过的历史名人。白居易、李顾、文彦博、王铎等诗人，都为济水留下了不朽的诗篇。

济水的三洑三现最为神秘。关于济水的源头，史书记载多是发源于王屋山，是王屋山上的云气化成的水，滴到王屋山天坛峰西崖下的太乙池里，称为沇水。沇水穴地洑流，到达平原后涌出为泉，出自龙潭的是济水西源，出自济渎池和珍珠泉的是济水东源。二源汇流后，东流至温，穿越黄河，在荥泽再现，而后又潜洑东流，至陶丘再现，如此，构成了济水三洑三现之说。

济水在原阳分为南济和北济。南济、北济在巨野泽汇合后，从巨野泽东北方流出，具体位置是梁山东南。梁山泊曾孕育梁山无数名好汉，都是济水的造化。济水经泰山西南绕至泰山西北，然后向北流去。这一流向，《水经注》记载了很多古地名，沿用到今天可以确定的是，后来由于济水的淤塞变迁和地名、水名的变化，济水故道脉络已不太清晰，只有济南至入海口的小清河，大体上就是济水故道。

菏泽听蛙

菏泽大地古老而神奇。起初对菏泽的印象是个空白，我知道菏泽的名字还是在济源宣化街露天的篮球场看台上，那是王屋山下最初的篮球运动中心。已记不清当时是什么规格的比赛了，有菏泽男篮参加，始知菏泽是山东省的一个地级市。看台上有球迷说菏泽有牡丹，脑子里立刻便产生洛阳牡丹的印象。这是不是我的孤陋寡闻，当时没有更多地去在意。时至今日，走黄河，踏访古济水到了菏泽，才对菏泽有了认识。

单从菏泽二字的表象看，《辞海》说"菏"通"荷"，我就看到了浩瀚的湖泊开满了鲜艳的高洁之花——荷花。那是何等的一番美丽啊！《辞海》进一步解释菏泽说："古济水所汇，东出为菏水。"对菏水的解释说："古水名。'菏'一作'荷'。分东、西二段：东段自今山东省定陶县北分古济水东出潴成菏泽，又东流为菏水……西段自今定陶县西济水南岸分出，东北流至县北还入济水。"这让我对菏泽顿生特殊感情：我在济水首，君在济水腹。至于尾，当然是东营和大海了。原来同是济水滋养，一脉相承啊！

今天意识到古菏泽的独特，表现在它的伟岸、粗犷和不同寻常上。我们可以想见它的辽阔，不是大海一样的深广。大海是蓝色的，菏泽是艳丽的，是花香袭人的，是大自然和各种生灵的和谐之地。这时，让我看到的不仅仅是红的、白的、粉的以及大大小小、高低错落，或含苞待放，或初露端倪，或热烈大方的、满世界的"绿伞"衬映下的莲藕的花朵，更看到了花朵上嗡嗡飞行的蜜蜂，更看到了花朵之上蓝天之下翱翔嬉戏着的水鸥和翠鸟。当然还有水中一族，各有各的"领地"，各有各的自由。忽而有荷花绿叶在颤抖摇曳，有呱呱鼓噪着的青蛙在水面追逐。它们成群结队地享受着蛙间天伦。荷叶和花朵是蛙们的保护伞，青蛙就不怕袭击。然而，正在它们无所顾忌热烈相爱的时候，它们突然失去了自由。一叶小舟悄悄犁开荷缝，神不知鬼不觉就让蛙们进到了网中。蛙的两条腿成了餐桌上的佳肴，一时间伟大的人类便成了青蛙的天敌。小舟颤悠着前行，时常搁浅，用力把竹篙折成弯弓，弓直，舟再前行。那是蛙们的重量啊！

听蛙，能听出一种祥和和安乐。鼓鸣犹如天籁，群蛙唱时，此起彼伏，悠扬动听，一派平安吉祥。唱到动情处，音满弦断，戛然而止，必然有不安定因素在躁动。蛙们的自我防范意识时刻也不能放松啊！儿时在农村老家居住，院墙外便是水塘，夏天和小伙伴们整天泡在水里，用黑泥巴把身上严实地涂了，躺在岸边晒太阳。……大人说，活脱脱一个泥鳅！这时候，青蛙就倒了霉，它们以为水静就太平了，就悄悄从水底浮起，先是露两只眼睛观察，感觉没事，就把脊背浮出来晒太阳。有的感觉不过瘾，就干脆爬上岸来晒。我们觉得是时候了，就把早已准备好的尖尖的铁丝（绑在长竿上的刺蛙工具）悄悄对准青蛙，离青蛙够近的距离，猛刺过去，没跑儿，青蛙准在铁丝上挣扎。这种恶作剧把青蛙搞得魂飞魄散，长久地在水里不敢露面。我们以为把青蛙消灭光了，谁知晚上正睡得香甜，满世界的青蛙都在水塘里唱歌，高亢的蛙鸣把我吵醒。我惺忪着眼起来撒尿，母亲说，不是青蛙聒噪你，你就尿床了。我看看满屋的漆黑，耳旁无数的青蛙更加疯狂地鸣叫着。无奈，就听出一种旋律来，成了抑扬顿挫的大合唱。后来，那合唱成了我的催眠曲……

听蛙，能听出禾苗的苗壮和五谷丰登。在菏泽的四周，在菏泽中的沟洫田埂上，五谷在四季的轮回中尽情地吮吸着济水，贡献出自己的果实。然而，五谷的生长由青蛙来保护。你根本不能相信，青蛙的眼睛是那么犀利，一米高的稻谷叶上有害虫蠕动，青蛙一个箭步跃起，那虫已进到青蛙肚里。有些害虫很狡猾，用相似禾叶十二分的颜色伪装着自己，欺骗过农人的眼睛，哪里瞒得过青蛙？一个跳跃，一只害虫，青蛙算得上跳高好手！

菏泽，豁达而美丽的菏泽，你生在北国，却美过江南。江南没有你的辽阔豪迈，江南更没有你那四季分明的景色界限。菏泽的水土不仅仅是养育荷花，更养育今天的牡丹花。十里绿荷，百里飘香，这人间的仙境早已成了历史，早已成了人们的想象。只有这个城市记得她，尽管这个城市已满布牡丹的符号，但是装潢也好、标签也好、名片也罢，统统印着菏泽这个古老而厚重的"老字号"的名字。就好像济水早已消失，而和她有关系的城市如济源、济宁、济南、济阳等仍然记着一样。

日月轮回，岁月更迭。菏泽、荷花只能在《菏泽市志》和记忆里睡眠，让我惊叹的是泽和水的力量，不光孕育出姹紫嫣红、丰润妩媚、缤纷灿烂、端庄富丽、国色天香等更多的词汇来讴歌牡丹的丽质，更孕育出历史的苍茫，孕育出人与自然的精粹——那便是人杰之魂！

此刻，我了解到：在孔子众多的弟子中，很有名望的冉雍是鲁园茶堌（今菏泽张什店）人；那个唐末农民起义领袖黄巢是曹州冤句（今菏泽西南）人；那个聚天下武林好汉于水泊梁山、"替天行道、杀富济贫"的宋江是菏泽郓城人。这种人文和情感的深蕴，浩浩荡荡轰轰烈烈地从远古走来，坚定地向未来走去！

当你在菏泽的土地上行走，耳旁有蛙鸣，眼前是鲜花，更有历史深处的跫音，能不生出几分思古之幽情？

济宁，人杰地灵

　　济宁境内河流如织，水源充沛，山水灵气涵养了济宁的人杰，更吸引了大量的文人墨客前来，留下千古诗篇。

　　陪伴我采访的是济宁日报社办公室主任房茂鑫先生，他首先向我介绍了一处古建筑，名曰太白楼。该楼坐落在济宁市城区古运河北岸，楼体为两层，垂檐歇山顶，砖木结构。二楼檐下正中悬挂着扇形"太白楼"楷书阴刻匾额，楼下正厅北壁上方镶有明代人所书"诗酒英豪"大字石匾，下嵌着李白、杜甫、贺知章全身阴刻"三公画像石"。

　　这分明是一座底蕴深厚的文化楼，与大诗人李白真的有关？这引起了我们的兴趣。据资料载，该楼原是唐代贺兰氏经营的一座酒楼。唐开元二十四年（736 年），大诗人李白携夫人许氏及女儿平阳，由湖北安陆迁至风景秀丽的任城（济宁），居住在酒楼前，每天至此饮酒，挥洒文字，写下了大量的诗篇。后人为纪念李白把这里称作了"太白酒楼"。现在的这座太白楼是明朝的时候重建的，"酒"字也在那个时期被去掉，正名为"太白楼"。

　　太白楼浓墨飘香，文气袭人，是济宁人杰地灵的真实写照。

在数千年的历史中，济宁的大地上曾出现过繁如星辰的历史名人。春秋战国之际的儒家学派代表人物孔子及孟子、曾子、子思等均为古代济宁人。

仅这些名字就让人肃然起敬。在璀璨闪烁的群星中，孔子则是群星中的巨星。曲阜东南有一座海拔300多米的尼山，尼山是至圣孔子的出生地。孔子早年丧父，家境衰落。他曾说过："吾少也贱，故多能鄙事。"虽然生活贫苦，孔子15岁即"志于学"。他善于取法他人，曾说："三人行，必有我师焉。"乡人称赞他"博学"。孔子授徒讲学，凡有志向、有抱负、肯上进的人，都收为学生，以"礼"和"仁"为道德教育的主要内容，培养出一批有才干的弟子。孔子的教育活动不但培养了众多学生，而且他在实践基础上提出的教育学说，为中国古代教育奠定了理论基础。

孔子是伟大的思想家，其思想内容丰富，体系庞大，对中国和世界都有深远的影响。由于孔子的出生地与古济水有着紧密的关系，所以我们就感到无比的亲切。

首先，孔子思想解放，肯定人的地位，强调人的作用，敢于直面人生，正视现实，提倡天下为公、人格平等。其次，孔子为封建社会的稳定乃至发展提供了思想武器。例如，孔子提出的"君君、臣臣、父父、子子"的观点，就是要人们讲究名分，为历代统治者所接受。最后，孔子的道德思想对于中华民族崇高的道德规范的建立、中华民族的向心力的凝聚都具有重要作用。孔子倡导的"孝悌""忠恕""己所不欲，勿施于人"等，这些思想对后世有很大影响，这一影响已植根于中华民族的文化土壤中，融合于中国人民的血液中。

孔子及其儒家思想不仅在中国传统思想中长期占据主导地位，而且早已超越国界，成为世界文化宝库中的丰碑。

河水与陆地

我是驱车来到东营的。

我想把黄河拥抱大海的那个壮美瞬间进行一个记录,哪怕拍一张明晰的照片也行。之所以有这样的愿望,是想有一个头和尾的比照。我已见证了海拔 5000 米高处的湿地,那真正是一个星宿海。高原耐寒的水草企图用自己的疯长遮挡住水,随便一股涌动的泉水就会无情地打乱草叶的企图。草只能待在有生长条件的地方,而水就不同,恣意流淌。当太阳光照射的时候,你看吧,湿地完全是满地的星星在闪耀,这时你才会醒悟星宿海的真正含义。

在东营黄河口湿地,芦苇主宰了整个湿地世界。也好,路两边一人多高齐刷刷的芦苇,甩着漂亮的白发舞蹈着,哪里有如此曼妙的风景?观景台,确切说是观景亭,用数根木料高高建起来的亭子。顺梯攀登而上,离地面五六米的高度,没有芦苇能够再阻挡视线,该一目了然了吧?随从人说这是观看黄河入海的最佳地点。话是这么说,大家都在朝一个方向瞭望,茫茫苇海够辽阔,够壮观。有人说,苇海尽头苍茫的地方就是黄河入海处。我擦了擦眼睛,凝神观看,仍是一片苍茫的轮廓。究竟是茫茫苇海,还是

苍茫大海？有人感慨地说，黄蓝分明，黄的颜色是汹涌的黄河水，蓝色的就是大海了。我笑了笑，同行者也笑了笑。或许今天能见度不行吧，我拍了几张无边无际的芦苇和叫不出名字的自由飞翔的鸟，感觉意犹未尽，就询问如何乘船观看。

有游客刚从船上下来，又聚过来登亭观望，劝说，别去乘船，在船上看到的是满眼蔚蓝，根本看不到入海口。离入海口老远老远就停下了，让你观望。你看到的仍然是一片苍茫，远远的似乎是一条线，什么黄蓝分明只能是遥想。大家都嚷着让船再往前行，工作人员说已经够近前了，不能冒险！可能是怕搁浅，不再追问。五分钟不到，照片还没拍完，工作人员就让大家进船舱，急急地。回来后看到码头还有排着长队等待乘船的游客，难怪呢！

如此一说，就打消了我乘船观望的念头。有什么办法呢？人又不是芦苇，不是海草，不是海鸥，只好乖乖地站在瞭望亭子上观望吧！这才是母亲河的神奇所在。

还好，我们有车，就开到最前沿的地方吧！只要有路，就只管前行，那才是最靠近的地方。

没走多远，感觉不对头，我们闯进了鸟的领地，只见一群群惊飞而起的鸟。路越来越窄，不断有荒草和弯着腰的芦苇挡道，像钻进了无底胡同，驶入了历史的深巷。前方有一个牌子醒目写着几个字：安全起见，到此为止！

这是善意提醒。我们停下车，看看周围，除了前后没有尽头的芦苇胡同，左右全是封闭严实的芦苇。这时，偶有高高飞起的大鸟仿佛窥视我们。我们的空间越来越小，视线更加封闭。有人说，再往前走走看看啥样。

在好奇的念头支配下，越了善意提醒的红线，继续前行！

不对！车明显感到费力，减慢了速度。停下来一看，轮胎已半陷入了泥沙，留下深深的印辙。不敢走了，马上倒回去！司机连掉头的机会也没有，直接后退。发动机引擎破着喉怒吼着，一气倒回百十米方才安全。

我们舒了口气，不应该越红线铤而走险。这时记起了一句话：黄河没底！什么意思？就是陷进泥沙中，越挣扎越深。想想是十分后怕的事。说话间，刚才倒车的车辙里已有了清水，那是再不能往前走半步了，一旦陷入就会后悔莫及。

严重自责！没素质！

我们索性把车开回到那个牌子后面，方感觉"回头是岸"，感觉轻松了很多。观鸟吧！偌大的黄河三角洲，偌大的鸟类天堂，我们尽管不懂鸟，不识鸟，看看它们的千姿百态，总是一个难得的经历吧。

正在安慰自己的情绪时，几只苍鹭被车子惊起，和我们平行着飞翔，神情明显慌乱紧张。殊不知，车窗外有不法分子在打鸟，它们能不惊悸吗？

行至沟渠和湿地湖水处，芦苇隐退，水草成片出现。水鸟嬉戏，飞的飞，游的游。红嘴鸥、黑尾鸥以及成群的雁、鸭，各呈姿态，纷纷鸣叫着。进入鸟类管理区的大门，只见一条笔直大道通向远方，两边是一望无际的大苇荡和广阔的水面。苇叶在风里发出哗啦哗啦的声响，花穗轻舞，富有诗意。

透过茂密的芦苇丛，百米之外，一排高压线杆，几乎杆杆有巢，接近半数的巢穴之上，有亭亭玉立的东方白鹳，可能太远了，一时看不清它的芳容。据说东方白鹳是黄河三角洲湿地的主要鸟类。

不远处，两只成年东方白鹳带一只幼鹳，幼鹳头颈发黄，飞在低处，成年鹳在高处，一前一后夹持着，其乐融融！另有九只白鹤飞则同步，降则同时，莫非是一个族群？有摄影爱好者挽起裤管，试图趋近，在泥泞中跟跟跄跄没走多远，白鹤就远走高飞了。

目击远方，万千雁鸭一览无余，有的展翅高飞，有的一字排列，还有聚集成群的。

这河口，这三角洲，这湿地的植物和鸟类，还真让人陶冶了性情。

扭回头，扑面而来的是久负盛名的胜利油田，井架林立，井然有序。一排排"磕头机"（采油机）隐藏在苍茫的苇丛里，没有人的踪影，野兔时隐时现，鸟儿在一旁飞翔。时间久了，它们知道采油机的运转对它们没有伤害。一旦机器停了，鸟儿就会在井架上警觉地观望，必定有手持工具的石油工人急忙赶来。有人总结了黄河三角洲持久的特产：土地、芦苇、"磕头机"。没有办法，这是大自然的赐予。

我怀着无比激动的心情返程，途中经过胜利黄河大桥。这次通行包含有特殊的纪念意义。当我数年前在5000公里开外的黄河源头玛多县，跨上海拔最高的第一座桥梁时，除了心中的震颤和骄傲，就想着有朝一日，再到黄河最下游跨上最后一座大桥。这座大桥就是脚下的胜利黄河大桥。

胜利黄河大桥位于东营市垦利区城东北侧，像一架巨大的竖琴，凌驾于滔滔的黄河之上。大桥由主桥、引桥组成。桥两端为造型优雅的桥头堡和花园式绿化带。

该桥既是沟通黄河尾闾两岸交通的枢纽工程，也是黄河三角洲上的一大现代工程景观。

汽车跨过桥梁，在平阔的齐鲁大地奔驰，我的心平缓了下来，像完成了一项无比艰巨的任务。然而，在济阳境内一个路牌吸引了我，确切说是路牌上"闻韶台"三个字。当年老夫子是何等的痴迷与陶醉，我是决心要看看这一重要的历史文化遗迹的。

循着牌子指引的方向，我们已来到郊外的地方，问路人，皆摇摇头不知。终还是一个60岁开外的老者知晓，有人说，人家是老教师。难怪呢！我请教老者，闻韶台有历史，有典故，我想看一下这一著名的历史遗迹，请您老指点一二。老人笑了笑，带我顺田地里一条土路行走，走到一处略高一点的荒地。老人用手指了指说：当年的闻韶台就在这里，台高40米，占地约2800平方米，台顶面积约900平方米，全是用黄土堆积起来的，"文革"中遭到拆毁，早已荡然无存。

我反复盯着这片荒地，脑里乱糟糟的，几近空白。孔子一生传播儒家思想，曾来到曲堤这个地方讲学，结果听到了《韶乐》，便被深深地吸引住了，发出了"韶，尽美矣，又尽善也"的慨叹，为此有很长时间尝不出肉的滋味。

后人在孔子学习韶乐的地方建高台纪念，起名"闻韶台"。

多么神圣的地方啊，却又如此冷寂。

当我回过神想和老先生搭话时，人已不见了踪影。他的默默离去，我在想，他一定和我一样的伤感，可能，不握别更好！

后记

2014 年 5 月上旬，接到中国作协公布的全国 50 位作家深入生活名单，其中河南两个名额，我和傅爱毛。我的申报选题是黄河的生态和人文环境，计划用长篇散文的形式来完成。现将当时部分采访手记的附录加以整理，作为一个创作历程的见证。于此，很快就涌动出几位朋友的名字：奚同发、姬盼、张文欣、拓文敬、陈立新、刘爱珍等。朋友们的帮助，助了我深扎采访的一臂之力，更让我信心大增。

2014 年 9 月 11 日，黄委会调度中心

我是通过挚友奚同发的联络和引荐，到黄委会调度中心采访的。接头人叫赵山峰，是过了而立之年的青年，开封人，是水利水电科班毕业。很热情，寒暄后首先让我们观看大屏幕全景黄河，黄河上最大水库是刘家峡水库，它是自己的天然容量，不需要调节。4500 米海拔高度是黄河的发源地，鄂陵湖、扎陵湖是优质黄河水的两颗明珠，纯净而饱满。下面 5000 公里的行程中有十二条

较大规模的支流，不断地壮大着黄河主流的力量。十二条支流分别是：

一、湟水

湟水是黄河上游一条大支流，发源于青海省海晏县境内，于甘肃省永靖县汇入黄河，全长 374 公里，流域面积 32863 平方公里。

二、白河、黑河

白河（又称嘎曲）、黑河（又称墨曲）是黄河上游四川省境内的两条大支流，位于黄河流域最南部，流经川北若尔盖高原，两河分水岭低矮，无明显流域界，存在同谷异水的景观，加之流域特性基本相同，堪称"姊妹河"。白河长 270 公里，流域面积 5488 平方公里。黑河长 456 公里，流域面积 7608 平方公里。

三、洮河

洮河发源于青海省河南蒙古族自治县西倾山东麓，于甘肃省永靖县汇入黄河刘家峡水库区，全长 673 公里，流域面积 25527 平方公里。在黄河各支流中，洮河年水量仅次于渭河，居第二位。

四、清水河

清水河发源于宁夏固原开城境内，在中宁县汇入黄河。河道长约 260 公里，为黄河在宁夏境内一级支流。

五、大黑河

大黑河发源于内蒙古自治区卓资县境的坝顶村，流经呼和浩特市近郊，于托克托县城附近注入黄河，干流长 236 公里，流域面积 17673 平方公里。

六、窟野河

窟野河发源于内蒙古自治区东胜区的巴定沟,流向东南,于陕西省神木市沙峁头村注入黄河,干流长 242 公里,流域面积 8706 平方公里,是黄河流域土壤侵蚀最严重的地区,也是黄河粗泥沙的主要来源区之一,对黄河下游河道淤积有严重影响。

七、汾河

汾河发源于山西省宁武县管涔山,流经太原和临汾两大盆地,于万荣县汇入黄河,干流长 710 公里,流域面积 39471 平方公里。

八、无定河

无定河发源于陕西省北部定边县境,流经内蒙古乌审旗境,流向东北,后转向东流,至鱼河堡,再转向东南,于陕西清涧县河口村注入黄河,全长 491 公里,流域面积 30261 平方公里。

九、渭河

渭河位于黄河腹地大"几"字形基底部位,流域面积 13.48 万平方公里,为黄河最大支流。

渭河是向黄河输送水、沙最多的支流。渭河较大支流多集中在北岸,较大支流有葫芦河、泾河、北洛河。

十、洛河

洛河发源于陕西省蓝田县境,至河南省巩义汇入黄河,河道长 447 公里,流域面积 18881 平方公里。

十一、沁河

沁河发源于山西省平遥县黑城村,自北而南,过沁潞高原,穿太行山,自济源五龙口进入冲积平原,于河南省武陟县南流入黄河。河长 485 公里,流域面积 13532 平方公里。

十二、金堤河

金堤河发源于河南新乡县境，流向东北，经豫、鲁两省，至台前县张庄附近入黄河。滑县以下干流长158.6公里，是一条平原坡水河流，流域面积4869平方公里。

十三、大汶河

大汶河发源于山东旋崮山北麓沂源县境内，由东向西汇注东平湖，出陈山口后入黄河。干流河道长239公里，流域面积9098平方公里。习惯上东平县马口以上称大汶河，以下称东平湖区。

李山峰不愧是学水利水电专业的，黄河的一个拐弯、一个大小工程，他都十分清楚，随即又介绍了黄河上长藤结瓜一样的大小水电站，比如：

班多水电站、龙羊峡水电站、拉西瓦水电站、李家峡水电站、公伯峡水电站、苏只水电站、积石峡水电站和黄河上游被誉为"第一颗明珠"的盐锅峡水电站、八盘峡水电站、青铜峡水电站以及黄河中游的三门峡水利枢纽发电站、小浪底水利枢纽发电站、西霞院水利枢纽发电站等。

小浪底是整个黄河蓄水量第二大水库，现在淤积严重，排沙的手段有：1.上游陕西省内支流修很多河坝。2.上游综合治理减少泥土流失，退耕还林。3.小浪底调水调沙。

调水调沙不会去考虑网箱养鱼的利益，网箱养鱼严格说是黄河上的违法养殖。

调水调沙可能造成下游的安全问题，本来滩区很平稳，不注意就会垮塌下去。

滩区种地也是黄河上的违法行为，按规划都要迁到大堤以外。

保护湿地是我们的责任，我们有意识让水上到湿地，保护水生动植物。

黄河流域用水指标有一个统一的安排，各个省的情况不一样，山西、陕西就少一些，河床低，代价高，用的就少。

小浪底蓄水根据上面来水情况，做到保持最大库容。

调度中心作用职能：

1. 掌握全部黄河水系。2. 根据掌握的情况合理分配，制定管理条例。3. 监督各地执行情况，按照条例做好落实。

笔者问：黄河上摄像头这么多，谁在管理？

李山峰答：黄河系统各地各部门管理，我们随时监督。各地放多少水由中心调度，多与少全部控制，比如小浪底，中心给泄水指标，由他们掌握，今天少明天多是他们的事，时间段内可以灵活，但总的水量要平衡。

我的本职工作是水量调度。

李山峰介绍得很详细。最后握手告别！

2014 年 9 月 22 日，采访河北老刘，刘老三

我是下午 5 点左右到桐树岭的，老刘在远处水上小船上忙乎。他爱人在"家"（靠岸边的生活船），正在洗衣服，我说明来意，她说老刘刚出去，一个小时后才能回来，你看他准备喂鱼，喂完了才过来。我说没事，等一下吧。

女人高喊着告诉了他。我也顺便高叫老刘的名字。老刘在水

上有回声。低沉的声音告诉我他知道了，声音是在水面打着漂滚过来的。我就坐在靠岸的码头船上，是港航局接待游人登船的码头船。

黑暗已经封锁了水面，透出昏暗的轮廓。老刘喂完了鱼，小船快速向我驶来。他看不清，近前了才哎呀了一声，是老葛呀！你咋不事先打电话，让你等这么长时间。说着上了船，我俩坐在游客登船的长椅上。

老刘说下步计划到新安县水面养花白鲢，这地方水小。上游可以，一年就能出手，孩子在新安养，去年我们弄了十多万元。爱人在水上喊叫吃饭，老刘让我回家吃饭，我说别客气，说两句话就行了。他说女儿在外面打工，学的国际贸易，在一家小公司上班，不大理想。

养鱼时间：夏季早上6点，上午10点，下午2点，晚上6点，四次。

一个月弄好了长三四两，料很关键。一箱两三千条鱼，箱都是悬在中间，三米四米的深浅。张岭一个养鱼的女人在箱边钓鱼，说不用鱼竿，手拉住绳顺网箱丢下去，随便一钓就是大鱼，只是太勒手。

那年翻船以后是我三弟救的人。他懂水性，一看就能定好位。有人说专家定的位，其实是我三弟肉眼定的。我三弟说就在这儿，他看到水上一会儿冒个泡，就能决定。他有经验。他的小船让孩子救人，一下救了17个人。后来大家伙来了，冲锋舟穿来穿去，各种灯光晃眼，乱套了，还指挥着让我们靠岸，结果再没有救出一个人。

老三这几年养得多，品种多，弄了百几十万元，新安买了两套房，老家买了两套房。

上游的水域没有网箱，随便就可以养，位置在明珠岛对面。我这地方鱼处理完了就走。去年花白鲢死完了，这地方老杜去年损失最大，十多万元。排水时缺氧了，看不好就麻烦了。水下了突然一闭闸，水返回了，这样又开闸，又闭闸，形成冲刷。我很快就要卖鱼，到时我给你弄两条吃吃。我说那可不行。你看到我这儿什么也没有，也不吃饭。我说已经耽误你时间了。

天黑了，我告别老刘。

2014 年 8 月 13 日，冢谷堆村

在黄河上采访一个刚上岸的老渔民（65 岁）和驼了背的老婆婆，老两口很健谈，但不愿透露姓名。

说起黄河上最大的那次翻船事故，老人滔滔不绝：当时风急浪高，突然一股黑风刮来，游轮就翻了。岸上渔民都发现了，谁也没办法。当地人水上作业还没经验，这时刘老三指挥两个儿子驾自己的小船摇了过去，小船在浪尖上起起伏伏，船侧翻后还没有完全进水，有人在水里挣扎。老刘救回 17 个人。航务局的船一路急速而来，一时间水面上穿梭凌乱。有冲锋舟架高音喇叭狂喊：大家注意安全，一切小船靠岸。这艘小船不要乱窜，不要添乱，抓紧到岸边去，不要影响施救。老三用外地口音说我们在救人，当地行政船上人听不懂，就强行命令靠边去！刘老三让孩子们靠岸了，无奈，灯光把眼晃得什么也看不见。老三说，完了完了，救

不了人了。结果，河面上船只慌乱且无序，满河的船只没有再救回一个人，几十条生命就这样消失了。

最后这个老渔民见到老刘，说：你爷们儿出大力了，找市里领导，让他们奖励。人死了，一个人包赔几十万，救十几个活人就不值一分钱？

老刘有一次正好碰上市领导调研库区网箱养鱼，就顺便说了救人的事。市里领导说，这事已圆满处理完了。

不是刘老三他们争名争利，伸手要报酬。我敢说，当时救人是一种本能、一种责任，他根本不会考虑要什么报酬，生命比什么都宝贵！他尽心尽力做了，亲手救了 17 个人。

老人叹了口气，平和地说：渔民最大的心愿是能够安心静气地捕鱼。

2014 年 8 月 18 日，采访陈立新

为了询问陈立新父亲的情况，无意把话扯远了。

长泉村对应的南岸是孟津县西沃村。

西沃有煤炭，有瓷器厂，长泉这边有硫黄矿，下冶有银沙洞，原来有 72 盘炼银炉，船行黄河，主要运的就是这些相关的材料。

下冶镇官洗沟，原来曾经炼银。

当时企业主不好好交税，上级来人收税，这个老板就把税官关起来，有说弄到井下杀害了，但公开说收到了税就失踪了。上级就派公安来暗访、调查，调查清楚税官的下落后，感觉地方势力太大，并且有地方武装，就请示上级，派正规武装力量来围剿。

企业老板死命反抗，利用复杂而熟悉的地形，动用自己的全部武装来保护，结果让官方部队几次不能成功。在大年三十夜晚，地方势力以为可以安全过年的时候，官方部队增强武力，一举包围了整个山沟，将地方势力全部被消灭。一时间沟里"血流成河"，官洗沟就这样流传了下来。

血流成河的原因是，由于矿洞里遭到破坏，矿泉红水汹涌而流出来，人们为了形容那次镇压死了很多人，就认为是血流成河了。

原来交通不便，山上石板路还留有铁轮痕迹。

八里胡洞崖壁上有栈道。西岭在牛弯儿下游，牛弯儿上游是清河口，清河口也是渡口，黄河边这条山路大峪镇人走得多，下冶镇以西的人走得少。古渡口自上而下的顺序是毛田、清河口、牛弯儿、西岭、长泉、关阳……船工是下苦力的，拉上行船的时候屁股撅很高，手抓住石头。时常能听到船上号子声。那时走水路是很发达而先进的交通，南岸崖壁上雕刻有石塔，实际是北魏时期船工消极怠工的作品。小浪底截流时动用先进的切割手段，把文物抢救下来，运到新安县千唐志斋保存了起来。

在崖壁上近百米高的地方，说明黄河水位当时很高。雕刻的作品也是对水的一种镇压，是人们的一种意愿：祈求安澜、平安。

水急浪高时，船工的号子声阵阵急，嗷嗷叫。

黄河边的人水性都很好，但有时也有意外。冢谷堆村一个公认好水性的人，遇到了大漩涡，足有一丈多深，在里边漩了好长时间，直到有点迷糊了，嘴里喃喃说不行了，这次是活不成了。在这关键时刻，岸上有人看清楚了，高喊你到上边听我指挥，往你的左手边猛划几下就出来了。在岸上人的指挥下，才侥幸脱了险！

陈立新说，我爷就是死在水里的。我大伯十六七岁也是死在水里的。我叔4岁时给了人。二姑被日本人开枪打死在黄河滩。我奶奶是个了不得的人。奶奶要饭的长形竹篮我记得很清楚。父亲原来承包100多亩地，现在水淹以后还有50多亩。土质不错，种粮食，栽果树，种瓜菜。

爷爷的故事：日本侵略中国时，国民党逃兵从山西过来，河南边是中央军，北边是日本兵。当时国民党逃兵看到死伤太多，有些就害怕了。从山西逃过来两个兵，都是黄河南岸人。打听到我爷爷在当地水性好，就在我爷爷面前苦苦哀求，并且说家里有老娘，重病在身，就我一个孤儿，必须回去照顾老娘。爷爷看到是个孝顺儿，经不起好话，就决定夜里躲过日本兵的监视，在隐蔽地方把二人送过去。

爷爷身背葫芦，找一根碗口粗的桐木杆，让二人在水里抱住，他牵引过河。这是土办法，但效果很好。没想到的是，当时时值初冬，人们已经穿了棉衣，在滚滚黄河里浸泡，况且送过去还要拐回来。在无月的漆黑里搏击，还算顺利，二位逃兵上岸了，爷爷在拐回来的河水中没了力气，胳膊腿划一下蹬一下都很困难。不应该啊？不要说身上带着葫芦，就是平时赤身不带葫芦也会轻松打个来回，原来，是被河水冻僵了！

爷爷下水前专门安排我大伯在北岸等，就是说要有个照应。在早该拐回来的时间里，大伯突然看到河中央一个模糊黑点，心里说回来了。就隐隐听到声音说，我不行了，人是在水里漂，没有击水声。大伯不由分说就下了河，能看到自己的父亲遭此不幸？

大伯根本没想到自己的水性不是太好，再加上河水的冰冷，只够大伯自己招架了。但是关键时刻潜能是无限的，自己的父亲已奄奄一息，说话都很困难，几乎发不出声了。大伯隐隐听到爷爷对他说，你不该下来。大伯使尽了本能的极限，把僵硬的父亲往岸边推、拖，突然感觉河水的力量变得如此强大，自己的力气越发小得可怜。大伯体能已消耗殆尽，腿和手沉重而不听使唤了，河水的冲力越来越大，自己感觉要下沉淹没了，"我要救父亲，不能下去"，在无数次坚定信心，给自己生命鼓劲的时刻，也记不清自己灌进去几口致命的黄水了。自己本来是救父亲的，怎么腿和胳膊全没了力气，特别是心在肚里嗵嗵蹦了两下，感觉再也蹦不动了。大伯的手抓紧硬硬的爷爷，隐隐听到岸上有声音，估摸着被水冲到了关阳渡口一带，就拼尽全力高喊：救人啦！我是关阳村的外甥，我是西岭村的（若干年后，关阳村有老人回忆黄河上的事情，说在夜里听到黄河里有人呻吟，少气无力的样子）。呼喊声就这样顺水东去，没有换回任何反应。黄河在翻滚，波浪在汹涌，漩涡在前赴后继地进行，一个消失，一个又来，不厌其烦，朝着大海的方向……

2014 年 10 月 13 日，长泉新村

在同事陈立新的陪伴下，我来到移民后的长泉新村。位于济源市区南环路一侧，村内规划整齐，街路硬化洁净，两旁栽植绿化树女贞，很有生气。

街旁一家门口的石凳上，坐着几个人在闲谈，旁边地上有晾晒的大豆谷物。蹒跚学步的幼童被老奶奶牵着，老奶奶不时注视我们一眼。旁边卧着的半大黄狗，起初警觉地瞪着我们，见我们和乡亲们热情地说话，感觉不是什么可疑分子，就趴在地上懒得理我们，它用迷离的眼神在想心思，不！是在白日做梦吧！

那日不巧，我们找的人大家都熟悉，说想聊一聊在黄河行船的事。都说那真找到家了，人家一辈子老艄公，船上没有不知道的事情。只可惜，你们找得迟了，这人现在多数时间躺在床上，行动不方便不说，关键是不会说话。本来好好的一个人，春上不小心摔了一跤，差点要了命。从医院回来就不会说话了。

现在问河上的事干啥？有手里干着家务活的老妇人好奇地问。我如实告诉她，是想了解以前渡口的资料，那是古黄河文化的一部分，我们生活在黄河边，以前在水上受过不少苦，也收获很多实惠和乐趣。已经很多年不行船了，这些资料不收集，慢慢就没人知道了。

又一个妇女说，还能登登报？我笑了笑说：只要材料翔实、精彩，写好了没问题，能登报。那妇女给我暗示了一下旁边坐着手没有闲下来的老妇人，叫这位老姐说说，人家家里人也在船上多年。哎呀太好了，我赶忙说：这位老姐家里人在不在？我们找他聊聊。不在家，闺女家有点闲活儿，他说在家没事急得慌，就去干了，明天就回来。那不行我们明天再来一趟，他只要在船上干过，就会知道行船的来龙去脉。这位老姐你作为家属也应该知道一些的。船上都是男人们的事，他们忌讳妇女说船上的事，更不允许女人上船。俺家人在船上十多年可安全，我只字不提，但是我可是没有少磕头，没有少烧香上供……

老妇人话题突然沉重起来，几个街坊直点头。我当然明白，男人前脚出门，女人后脚就扑通跪下了，嘴里会说请各路神仙保佑家里人一路顺风，安安全全。还会供上各类食品以表真诚。

当然，有多大作用暂且不说。作为黄河上遗留下来的封建遗风，女人们都这样做了，况且是认真而虔诚的，只要男人安全归来，就心满意足，就对神仙感恩戴德了。至于其他，有必要顾忌吗？

我一时无语。

2014 年 10 月 18 日，西沃新村

这天阳光很好，暴晒着秋天丰收的图景。

所谓新村，就是重新建起来的村庄。西沃村原来是孟津县和新安县交界临黄河的一个村庄，他们做出的最大牺牲就是整体搬迁，从洛阳的孟津县来到了焦作管辖的孟州，虽有一个"孟"字相连，那可是两个地区，况且从黄河南岸迁到了北岸，距离相差50 公里开外。当然，这些都是为了支援国家重大水利工程小浪底的建设。中国民众就是这么的无私无畏，舍小家为大家。

我不是采访他们的先进事迹，是为了寻找西沃古渡口那些风里浪里的老艄公。是为了一睹他们的风采，想知道他们对渡船的感情。因为我的同事陈立新亲家是西沃村的，他有一些亲戚熟人好接头，于是，就成了向导。

有热心人引荐，见到了刘西舜、刘西忠、张士先等人。这些

人都是年近七旬的老人，但身体很硬朗。特别是刘西舜老人，1931年出生，高龄83岁，身材魁梧，年轻时一顿吃2斤卤猪肉，外加3瓶啤酒。几十年生活在船上，论力气一个人能顶几个人干活，是公认的老船长。刘西忠和张士先都是船上主要的船工。几个人集中在西舜的家门口，拉开话题都很激动，都很有激情。经他们手跑坏了3艘木制大船，上至青铜峡，下至济南，都是他们经常走船的地方，黄河的每一个弯儿、每一段缓儿、每一道激流和暗礁，都铭记在艄公心里。他们说，上了船就不知道还能不能再穿鞋。说这个行业是"活着没埋"，就是说上了船有无限的风险。

　　和老人们聊，经常是有一搭没一搭的断续。有时候思路像旋涡，思路到哪儿，情绪就快速旋转，并且声情并茂。说着就是沉重的"嗨吆嗨吆"的行船号声。由于口音不同，有些话听起来很费力，甚至很懵懂。只记录了一些关键词。比如他们对黄河水路复杂地段的名词：

　　上山河，下山河。支锅石。上碎石。磐石。滚锅漆。乱弹花。疙瘩西。一河不砸。大峪口。石谷洞。

　　说起领船人（船长、艄公）：

　　摆角儿。一个艄公一条河，看风使舵。站在船头的人，眼里都有三分水。

　　船也有多种类型：方船、长船、杂木船、漂船。

　　我不理解漂船是什么，原来是河上的一种悲壮的义举。他们船上只有刘西舜老人见过，还没有亲自操作过。他们也不希望有那样的操作。那是刘西舜的父辈经历的。1938年，蒋介石炸开了花园口，无数生命付之东流，造成了人类历史上重大的灾难。为了堵住黄河水奔涌的缺口，动员上下渡口自愿组织漂船，尽快封堵决堤。当时刘西舜父亲正是西沃渡口有名的艄公，漂船只有他来掌控。伙计们把石头装得足够满，等到其他渡口船只全都准备好，政府统一指挥，纷纷向决口驶去，到激流处，船的速度几近漂飞，只见艄公一个麻利的横舵，利用水的巨大冲力，硕大的船身像鲤鱼打挺，没影了。如此这般一艘一艘地漂来，沉没，满船各种形状的大大小小石头堆积，决口岂有不堵上之理！

了不起！漂船！

刘西舜记起船上时常用的一些对联，读时露出满脸自豪：

龙头虎脚生白玉，钢嘴铁牙吐黄金；舵后生风

下山东一本万利，回河南财源滚滚；顺风顺水

大将军八面威风，二将军开路先锋；风生气顺

桅杆十丈摇钱树，舱深五尺聚宝盆；舵后涌金

激情处，只听刘西舜老人高声喊：

哟嗬嗬——

刘西忠张士先立马应道：

嗨哟

伙计们哟——

嗨哟

抖抖肩哟——

嗨哟

喊着喊着刘西忠和张士先就起身弓起了腰，一副在肩膀处使劲的样子。

天下黄河几道弯——（嗨哟）

几道弯里能行船——（嗨哟）

几道弯里有财神——（嗨哟）

几道弯里出宝贝——（嗨哟）

船儿到了逍遥镇——（嗨哟）

有钱没钱喝几杯——（嗨哟）

最后，我也附和着：

嗨哟嗨哟嗨哟

无意间，旁边已站着不少邻居在看，这里就笑成了一片。